跟着名家读经典

两汉文学名作欣赏

王运熙 等著

北京大学出版社
PEKING UNIVERSITY PRESS

图书在版编目(CIP)数据

两汉文学名作欣赏/王运熙等著. —北京：北京大学出版社，2017.9
（跟着名家读经典）
ISBN 978-7-301-28476-6

Ⅰ.①两… Ⅱ.①王… Ⅲ.①中国文学—古典文学—文学欣赏—汉代 Ⅳ.①I206.2

中国版本图书馆CIP数据核字(2017)第155107号

书　　　名	两汉文学名作欣赏 LIANG-HAN WENXUE MINGZUO XINSHANG
著作责任者	王运熙　等著
丛 书 策 划	王林冲　周雁翎
丛 书 主 持	邹艳霞
责 任 编 辑	邹艳霞
标 准 书 号	ISBN 978-7-301-28476-6
出 版 发 行	北京大学出版社
地　　　址	北京市海淀区成府路205号　100871
网　　　址	http://www.pup.cn　　新浪微博：@北京大学出版社
微信公众号	科学与艺术之声（微信号：sartspku）
电 子 信 箱	zyl@pup.pku.edu.cn
电　　　话	邮购部62752015　发行部62750672　编辑部62767857
印 刷 者	北京中科印刷有限公司
经 销 者	新华书店 787毫米×1092毫米　32开本　13.125印张　218千字 2017年9月第1版　2017年9月第1次印刷
定　　　价	48.00元

未经许可，不得以任何方式复制或抄袭本书之部分或全部内容。
版权所有，侵权必究
举报电话：010-62752024　电子信箱：fd@pup.pku.edu.cn
图书如有印装质量问题，请与出版部联系，电话：010-62756370

序

中华民族历来重视阅读经典。从春秋时期孔子增删"六经",到秦吕不韦组织编纂《吕氏春秋》,从南梁萧统组织编选《昭明文选》到清人吴楚材、吴调侯编选《古文观止》……这些经得住时间考验的伟大作品,大浪淘沙,洗尽铅华,传承着中华民族最弥足珍贵的思想感情,被一代代人记诵。这些作品刻在了我们民族的"心版"上,丰富和滋养了我们的民族精神。

意大利知名作家卡尔维诺说:"经典是那些你经常听人家说'我正在重读',而不是'我正在读'的书。"经典之所以成为经典,必是以其经得住咀嚼的内涵,有益于读者的。著名美学家朱光潜先生谈到读书时，说："读书并不在多，最重要的是选得精，读得彻底。与其读十部无关轻重的书，不如用读十部书的精力去读一部真正值得读的书；与其十部书都只能泛览一遍，不如取一部书读十遍。"中外两位先哲谈到的都是经典的精读，谈的都是如何让阅读"心版"上的印痕更深。

而经典的精读实在不是一件容易的事。经典也意味着过往，过往就与正在读书之人有时空之隔膜。

那么，什么样的方法能让我们更容易、更有效地阅读经典？从黛玉教香菱作诗的故事中，我们可以体会出，跟着名家读经典、读名作可谓是一条读书捷径。

名家是大读书人，他们的阅读体验值得借鉴。在浩如烟海的书籍中踽踽独行，摸索读书之路，难免进入狭窄的胡同，名家的读书导引就是我们不见面的名师的教诲。阅读经典时遇到的许多难点，也许就是阻碍读书人的一层窗户纸，一经名家点破，便会有豁然开朗之感。

20世纪80年代，大型文学鉴赏杂志《名作欣赏》的创刊，正是暗合了当时人们澎湃的阅读经典的热情。一批闻名遐迩的名作家、名学者、名艺术家们推荐名作、赏析名作，古今中外的名作经典，经萧军、施蛰存、李健吾、程千帆、王瑶等名家的点化，高格调的名作和高质量的析文相得益彰、水乳交融，极大地浇灌了如饥似渴的刚刚走出文化禁锢的读书人的心田。《名作欣赏》也由此成为中国名刊。几十年来，我们一直坚持这一办刊传统，力邀全国名家，精析经典名作，为中国人的文学阅读尽了一份力，发了一份热。

《名作欣赏》创刊三十周年庆典大会上，新老办刊人和新老读者都觉得将《名作欣赏》三十余年的文章精编出版，是一件有益于读者的大事。编选工作十分浩繁，我们也知难而上，未敢懈怠。经取精提纯、镕裁加工、分类结集、有序合成，2012年"《名作欣赏》精华读本"丛书由北京大学出版社出版。出版五年来，重印数次，为读者所珍爱，这是我们喜出望外的。细细想来，也正是经典的魅力、名作的魅力。

民族的自信源自文化的自信，时下，中央电视台的两档节目《中国诗词大会》《朗读者》出人意料地受到人们的欢迎。这实际是民族文化自觉和经典的浴火重生，也是中华民族经典的光辉照映。沐浴着天时、地利、人和的春风，北京大学出版社对"《名作欣赏》精华读本"进行修订改版，并增加了插图，丛书名改为"跟着名家读经典"，更好地契合了这套书的本意,更具有文化品位。这既是对国家阅读战略的呼应,也是对亿万读者阅读经典的有效补充,必然会被更多的读书人发现和珍视。

让我们一起来加入"全民阅读"的阵营,拥抱文化复兴的春天。

赵学文

《名作欣赏》杂志社总编辑

目录

程世和	一个伟大狂惑者的自白 司马迁《报任安书》赏析	1
韩兆琦	辞情抑扬　悠游唱叹 读《史记·游侠列传》	11
俞樟华	文浅情深　韵味悠长 《李将军列传》艺术论	27
邵璧华	是大行不顾细谨,还是刊刻参差? 试为太史公一改《鸿门宴》	47
季镇淮	侧面用笔　匠心独运 司马迁传记文释例	55

屠 岸	雄浑慷慨　博大宏浑 《大风歌》赏析	67
潘 慎	"横绝四海　又可奈何" 刘邦《楚歌》究竟是为谁而发	81
何沛雄	淋漓尽致而又余味无穷 试谈《古诗十九首》的修辞技巧	89
吴小如	澄澈的人生观照　坦率的心灵控诉 《古诗十九首》二题	103
周绚隆	炽烈而深沉的岁暮独白 兼谈《行行重行行》的结构	117
王富仁	鱼：自由的象征 汉代乐府诗《江南》赏析	127
张永鑫	因形换步　随类赋彩 《陌上桑》谈艺	133
杨志学	秦罗敷：汉代那最美的女子 我读《陌上桑》	141
吴小如	饱含浓厚感伤情绪的愤激之词 说古诗《冉冉孤生竹》和《回车驾言迈》	149
皇甫修文	荒诞形式与悲剧内涵的有机融合 汉乐府《十五从军征》结构分析	163

张永鑫	爱的呐喊　情的咆哮	173
	汉诗《上邪》《青青河畔草》赏美	

周绚隆	比喻生动　过渡自然	183
	《明月皎夜光》中的情感转换	

周绚隆	妙在飘忽有无间	191
	谈《西北有高楼》中的以实写虚	

王敦洲	无可奈何的绝望呼号　典型情绪的双向张力	201
	谈《公无渡河》的审美价值	

王运熙	一篇戏剧色彩浓厚的叙事长诗	211
	《焦仲卿妻》赏析	

王富仁	主题的重建　语言的精妙	219
	读《孔雀东南飞》	

谭学纯	未经雕琢的自然形式　显示着人性美的真谛	261
	《孔雀东南飞》《木兰诗》比较赏析	

王　永	是英雄，还是孝女？	275
	《木兰诗》思想倾向新探	

罗执廷	民间立场与反战倾向	285
	《木兰诗》解读	

燕　筠	人生岁月　永恒价值	303
	《秋风辞》与《雁丘词》对读	

| 康金声 | 广大而空阔　华美而幽冷 | 313 |
| | 《长门赋》赏析 | |

| 蒋文燕 | 穷愁但有骨　贫贱可安身 | 325 |
| | 扬雄和他的《逐贫赋》 | |

| 蒋文燕 | 形骸尔何有　生死谁所戚 | 335 |
| | 张衡和他的《骷髅赋》 | |

| 蒋文燕 | 疏阔悲凉　苍茫隽永 | 351 |
| | 读刘歆《遂初赋》和班彪《北征赋》 | |

| 陈庆元 | 形似与神似　朗健与悲怆 | 363 |
| | 谢惠连《雪赋》与谢庄《月赋》对赏 | |

| 王力坚 | 道德距离与审美距离 | 377 |
| | 从萧纲诗看南朝宫体诗的美学意趣 | |

| 韩兆琦 | 惊涛飞瀑　一倾而出 | 387 |
| | 读贾谊的《过秦论》 | |

一个伟大狂惑者的自白

司马迁《报任安书》赏析

程世和

作者介绍

程世和，1962年生，安徽省池州市人，陕西师范大学文学院副院长、教授，主要从事中国文学史教学与研究。有著作《〈史记〉：伟大人格的凝聚》、《汉初士风与汉初文学》等。

推荐词

《报任安书》是司马迁的真情道白，正是这封信，使我们知晓了司马迁作《史记》的抱负和风险。"身残处秽，动而见尤，欲益反损"，《史记》的写作是艰难的，宫刑的痛苦是身体和精神双重的，带来的耻辱也是双重的，更严重的是人生价值观的破碎。原本以忠于皇帝、报答朝廷、出于公心履行职责为最高人生准则的司马迁突然发现，在皇帝那里，自己不过是"文史星历，近乎卜祝之间，固主上所戏弄，倡优畜之，流俗之所轻也"，从此他表面上"从俗浮沉，与时俯仰，以通其狂惑"。然而内心深处，他仍固执地保留着他的一点信念，"隐忍苟活，幽于粪土之中而不辞者，恨私心有所不尽，鄙陋没世，而文采不表于后也"。这篇文章对于司马迁"通其狂惑"的"伟大"之处进行了解读。

史公司马迁的《报任安书》是对任安（少卿）来信的回复。关于任安来信的内容，许多人曾做出错误的判断。清人包世臣《艺舟双楫·复石赣州书》就这样写道："窃谓'推贤荐士'非少卿来书中本语。史公讳言少卿求援，故以四字约未书之意，而斥少卿为天下豪俊以表其冤，中间述李陵事者，明与陵素非相善，尚力为引救，况少卿有许死之谊乎？实缘自被刑后所为不死者，以《史记》未成之故。"在他看来，任安是在下狱后写信给史公的，目的在于企求他能尽故人之谊，出面援救自己，而史公则由于《史记》一书未成，婉言拒绝了这一求援。包世臣的这一说法"曲径通幽"，很受人们的赞赏。

事实上，任安来信绝非狱中求援之作，班固《汉书·司马迁传》就这样明言："迁既被刑之后，为中书令，尊宠任职。故人益州刺史任安，责以古贤臣之义。"史公自己在

《报任安书》一开头也说得很清楚:"少卿足下:曩者辱赐书,教以慎于接物,推贤进士为务,意气勤勤恳恳,若望仆不相师,而用流俗人之言。""书辞宜答,会东从上来,又迫贱事,相见日浅,卒卒无须臾之闲,得谒指意。今少卿抱不测之罪,涉旬月,迫季冬,仆又薄从上雍,恐卒然不可为讳,是仆终已不得舒愤懑以晓左右,则是长逝者魂魄私恨无穷。请略陈固陋。"显然,任安是在益州刺史任上写信给史公的,在这封信中,任安很诚恳地要求他在官尽职,推贤进士。而史公则由于事务繁重,一时无暇与任安谈心,直到任安下狱后,才赶紧给任安写了封回信。由此看来,任安求援之说纯属臆测,理应纠正过来。

在推翻求援之说后,一个尖锐的问题就显豁在我们面前:我们深知史公是一个富有正义感的伟大史家,但任安为什么却对他"责以古贤臣之义","教以慎于接物,推贤进士为务"?难道史公在当时确实听从了"流俗人之言"?这是一个值得深思的问题。

《悲士不遇赋》是司马迁后期作品,很能反映他当时的思想实际。他在这篇赋作中说:"理不可据,智不可恃,无造福先,无触祸始,委委自然终归一也。"深刻认识到自己正处于一个黄钟毁弃、瓦釜雷鸣的黑暗世界,在这样的世界中个人的聪明才智只能引火烧身,给自己带来毁灭。要想安度人生,唯有采取一种"无造福先,无触祸始"的浑噩无为态度,此外别无选择。

这正是史公晚年发自内心深处的苍凉的心声。这种发自内心深处的苍凉心声,我们在《报任安书》中同样可以听到:

故且从俗浮沉,与时俯仰,以通其狂惑。

正所谓"世人皆浊,何不淈其泥而扬其波;众人皆醉,何不铺其糟而啜其醨"(《楚辞·渔父》),这种狂惑的处世方式曾被屈原断然拒绝,而今却为史公所遵从。这不能不使人黯然神伤。

这正是史公特殊的人生遭际所致。想当年,史公特具豪放的气质、无畏的勇气,而今却备受李陵之祸的折磨,他"肠一日而九回,居则忽忽若有所亡,出则不知其所往。每念斯耻,汗未尝不发背沾衣也"。肉体与精神的双重煎熬自然会使他想到了死,但所恨的是《史记》的著述事业未能完成,于是他决定顽强地活下去。然而这时再也不能以"不羁之才"自负了。他当时"身残处秽,动而见尤,欲益反损",一旦轻举妄动,灾祸就会重新降临。置身于此,唯有磨平自我的棱角,在现实生活中泯灭是非,随波逐流。为了《史记》的著述事业,史公只得强忍悲愤,走上了隐忍苟活的道路。

这是一条受尽屈辱的痛苦的道路。在《报任安书》中,我们无时不感受到一个被痛苦缠绕的痛苦灵魂。

> 仆赖先人绪业,得待罪辇毂下,二十余年矣。所以自惟:上之不能纳忠效信,有奇策才力之誉,自结明主;次之又不能拾遗补阙,招贤进能,显岩穴之士;外之又不能备行伍,攻城野战,有斩将搴旗之功;下之不能积日累劳,取尊官厚禄,以为宗族交游光宠。四者无一遂,苟合取容,无所短长之效,可见于此矣。向者,仆亦尝厕下大夫之列,陪外廷末议,不以此时引纲维,尽思虑,今以亏形为扫除之隶,在阘茸之中,乃欲仰首伸眉,论列是非,不亦轻朝廷,羞当世之士邪?嗟乎!嗟乎!如仆,尚何言哉!尚何言哉!

史公委曲痛陈的是一个刑余之人的屈辱与卑微,字里行间,他仿佛要把自己所有的"污"点都暴露无遗,一切都似乎说明自己在苟合取容,一切都似乎说明自己无能至极。在这种狂惑的语调中,郁积着一个思想者难吐的愤懑。然而在那个封建专制的时代,已经惨遭痛击的史公只能隐藏起自我的锋芒,对自己痛加贬抑,甚或自我作践。在当时,史公深刻体会到了一个卑贱者的悲哀,他满怀凄凉地写道:

> 仆之先人非有剖符丹书之功,文史星历,近乎卜祝之间,固主上所戏弄,倡优畜之,流俗之所轻也,假令仆伏法受诛,若九牛亡一毛,与蝼蚁何异?

在这里,《太史公自序》中所表现出的史官世家的自豪感已荡然无存,更没有那种自比周公、孔子的伟大使命感,代之而起的却是与"倡优"、"蝼蚁"同列的自我贬抑,从《太史公自序》的自我张扬到《报任安书》的自我贬抑,人们不难感到一个伟大史家的创巨痛深。

史公把自己贬抑到微不足道的地步,一方面是以一种狂惑的形式确保自己在现实中的生存,另一方面也是史公对自己处境的清醒认识。事实上,在统治者看来,像史公这样的"文史星历",也确实是"固主上所戏弄,倡优畜之",其身遭飞来之祸就证明了这点。这使他清醒地认识到"自己直为闺阁之臣"的卑贱地位，惨痛的遭际之后决定自己只能埋葬独立的自我，只能像世俗小人那样人云亦云，苟且偷生。这正是严峻的现实对史公处世方式的终判。

至此，我们似可以推知史公大难后居然很快升迁为执掌机要并推选人才的中书令的缘由了。对史公这一升迁，王国维《太史公行年考》中说："史公父子素以文学登用，奉使扈从，光宠有加，一旦以言获罪，帝未尝不惜其才。"也许我们不应该排除这种可能性。但我认为这可能主要与史公当年的行为表现有直接关系。当时由于他锋芒内隐，佯装出一副"务一心营职，以求亲媚于主上"的样子，从而又赢得了武帝的重用。如果史公仍一如既往，张扬己见，或稍有违拗，他不但做不上中书令，就连性命也难以保全。

从表面上看，史公这些行为无异于桓宽《盐铁论·周秦篇》所言："一日下蚕室，创未瘳，宿卫人主，出入宫殿，得由受俸禄，食大官享赐，身以尊荣。"

然而又有谁知道史公在游戏人生的背后正进行着一番伟大的事业。为了《史记》，他已决意不再顾及自己在现实中扭曲的形象，不再顾及人们对他的种种非议。他深深感到自己已孤身进入到一个巨大深邃的历史时空中，自己复杂的思想情感已难为世人所理解,故而他在《报任安书》中反复咏叹:"悲夫!悲夫!事未易一二为俗人言也。""此可为智者道,难为俗人言也。""今虽欲自雕琢,无益,于俗不信,适足取辱耳。要之,死日然后是非乃定。"看来,注定史公将成为深入历史的孤勇者了。

从《报任安书》中我们听到了一个伟大狂惑者的自白,在这一自白中,我们并没有感到一个混世者的"无行",相反更感到史公的伟大。史公作为一个正直文人,遭受到统治者对他施加的厄运。他只因为李陵说了几句话,就被汉武帝刘彻投入蚕室,施以腐刑。这种灭绝人性的摧残给史公带来极大的痛苦,但面对这种噩梦般的挑战,他并没有走向绝望和毁灭,相反,他强忍着自己的满腔悲愤,经受住心灵扭曲的巨大痛苦,在惨淡、孤独、狂惑中积蓄着巨大的回应力量,最后终于以自己的整个生命铸成了中国文化史上的奇观——《史记》。

辞情抑扬 悠游唱叹

读《史记·游侠列传》

韩兆琦

作者介绍

韩兆琦,男,1933年生,天津市静海人。1959年毕业于北京师范大学中文系。北京师范大学中文系教授、古典文学教研室主任、中国古代文学先秦两汉文学方向博士生导师。

推荐词

对于司马迁在《史记·游侠列传》中赞赏的侠士们,《汉书》的撰述者班固深不以为然,批评司马迁"退处士而进奸雄"。

其实,这话也不是没有道理。这道理就是撰述人的屁股坐在了哪一边。从民间立场看,社会的功能是对于社会大众的公平、正义,从统治者的立场看,社会的功能是对于统治者利益的维系。很明显,受过牢狱之灾的司马迁的《史记》站在了民间的立场,而任官于朝的班固站在了皇权的立场。后人对于司马迁的评价,也仍然以这条线为标准。然而,谁也不能否定,司马迁的《史记》比班固的《汉书》穿透力更大,影响力更大,流传更久,更被读者赞誉。而且,历时越久,赞誉越多,毕竟社会是平民的社会,越到后来越是。韩先生的欣赏文章对此有独到的见解。

《游侠列传》是表现司马迁的理想道德,对汉代统治者及上流社会进行无情揭露、激烈批判的一篇战斗性很强的文字,班氏父子不深辨底里,而责之为"退处士而进奸雄",因而招致了近两千年的非议,这是不足怪的。但是对《游侠列传》究竟该怎样理解,对司马迁歌颂朱家、郭解这类游侠的现象究竟该怎样评价呢?本文想谈几点看法。

一、歌颂游侠的急人之难、舍己为人,是为了批判汉代上流社会的世态炎凉,卑鄙自私。

《游侠列传》一开头在序言里就说:"今游侠,其行虽不轨于正义,然其言必信,其行必果,已诺必诚,不爱其躯,赴士之厄困,既已存亡死生矣,而不矜其能,羞伐其德,盖亦有足多者焉。"又说:"布衣之徒,设取予然诺,千里诵义,为死不顾世,此亦有所长,非苟而已也。故士穷窘而得委命，此岂非之所谓贤豪间者耶？"这里清楚地说明了这些游侠的"言必信，行必果，已诺必诚，不爱其躯，赴士之厄困"，以及他们的"为死不顾世"，是使司马迁最倾心的地方，也是司马迁要为他们立传的主要宗旨。按照这个宗旨，他在朱家传中着重写了他的"所藏活豪士以百数，其余庸人不可胜言"，称赞了他的"专趋人之急，胜己之私，既阴脱季布将军之厄，及布尊贵，终身不见"。在郭解传中也称道了他的"借交报仇"和他的"既已振人之命，不矜其功"。司马迁为什么要称道这些呢？因为社会黑暗，人间不公平的事情太多了。忠奸不分，是非莫辨，坏人当道，好人受欺，一切法律科条都不是保护好人，而是专门助长坏人的。在这种告诉无门的世道上，除了游侠能给那些受打击受迫害的人们一点帮助，此外还能叫他们去指望谁呢？而这种祸从天降的倒霉事又是任何人都可能随时碰到的，正如作品所说："且缓急，人之所时有也，昔者虞舜窘于井廪，伊尹负于鼎俎，傅说匿于傅险，吕尚困于棘津，夷吾桎梏，百里饭牛，仲尼畏匡，菜色陈蔡。此皆学士们所谓有道仁人也，犹然遭此灾，况以中材而涉乱世之末流乎？其遇害何可胜道哉！"远的不说，近来尊显一时的魏其侯，无端地被田蚡之流杀害了;忠勇盖世的李广,活活被卫青之流逼死了;李广的儿子李敢已经官至郎中令,居然在光天化日、众目睽睽之下,被霍去病射死了,在这个世界上有任何一个人为他们主持过一点公道吗?

回头看看汉代朝廷上都是些什么样的人吧,《魏其武安侯列传》写群臣廷论魏其武安曲直的情景时,御史大史韩安国说:"魏其言是也,丞相言亦是也,唯明主裁之。"老滑头模棱两可。其他人是:"主爵都尉汲黯是魏其,内史郑当时是魏其,后不敢坚对。余皆莫敢对。"《报任安书》写汉廷群臣对待李陵败军的态度是:"陵未没时,使有来报,汉公卿王侯皆奉觞上寿。后数日,陵败书闻,主上为之食不甘味,听朝不怡,大臣忧惧不知所出。"尤其可恨的是那些"全躯保妻子之臣",他们看风使舵,落井下石,因为过去的一点"睚眦之怨",这时就趁机"媒孽其短"了。这些人难道还有心肝吗?再看看那些像苍蝇一样寄食于权贵门下的宾客的嘴脸吧,《平津侯主父列传》说:"主父方贵幸时,宾客以千数,及其族死,无一人收者。"《魏其武安侯列传》写窦婴贵幸时,"诸游士宾客争归魏其侯",到田蚡受宠时,"天下吏士趋势利者,皆去魏其侯归武安"。《汲黯郑当时列传》说:"夫以汲郑之贤,有势则宾客十倍,无势则否,况众人乎!下邽翟公有言,始翟公为廷尉,宾客阗门;及废,门外可设雀罗。翟公复为廷尉,宾客欲往,翟公乃大署其门曰:'一死一生,乃知交情;一贫一富,乃知交态;一贵一贱,交情乃见。'汲郑亦云,悲夫!"这是多么令人感慨的事情啊!司马迁歌颂游侠,正是和批判汉代官场、批判汉代上流社会这种卑鄙的道德风气相表里的。

二、歌颂游侠的"扞文网",有批判汉武帝的专制统治与严刑酷法的意义。

韩非在《五蠹》中是把游侠当作一种蠹虫来加以否定,并主张坚决取缔的。他说他们是"以武犯禁",也就是不遵守王法。对这些问题我们不能简单从事,而是必须把它放到当时的历史环境中去考察。汉武帝是我国古代一位有作为的皇帝,对于他的历史功绩我们是应该充分肯定的。但是由于当时的专制制度以及许多政策措施不当所造成的社会问题也是相当严重的。例如,为了供应连年不断的战争而实行了旨在搜刮民财的盐铁官营,均输平准,又由于经济凋敝、民不聊生、治安不稳而实行了对全国上下残暴镇压的酷吏统治。《汉书·刑法志》说:"孝武即位,外事四夷之功,内盛耳目之好，征发烦数，百姓贫耗，穷民犯法，酷吏击断，奸宄不胜。于是招进张汤、赵禹之属，条定法令，作见知故纵、监临部主之法，缓深故之罪，急纵出之诛，其后奸猾巧法，转相比况，禁网寖密。"《史记·平准书》说："自公孙弘以《春秋》之义绳臣下取汉相，张汤用峻文决理为廷尉，于是见知之法生，而废格沮诽穷治之狱用矣。其明年，淮南、衡山、江都谋反迹见，而公卿寻端治之，竟其党与，而坐死者数万人，长吏益惨急而法令明察。"《汉书·宣帝纪》说："后元二年，武帝疾，往来长杨、五柞间，望气者言长安狱中有天子气，上遣使者分条中都官狱系者，轻重皆杀之。"这和《史记·酷吏列传》中所说的"郡吏大府举之廷尉，一岁至千余章，章大者连逮证案数百，小者数十人。远者数千，近者数百里"，以及"论极，至流血十余里"云云，是一致的。而大司农颜异是以"腹诽"的罪名被杀害的，这样的罪名似乎在秦朝也未曾有过。不仅如此，甚至连国家的三公也都惶惶然，朝不保夕。《汉书·公孙贺传》说："自公孙弘后，丞相李蔡、庄青翟、赵周三人比坐事死，石庆虽以谨得终，然数被谴。初，贺引拜为丞相，不受印绶，顿首涕泣曰：'臣本边鄙，以鞍马骑射为官，材诚不任丞相。'上与左右见贺悲哀，感动下泣，曰：'扶起丞相。'贺不肯起，上乃起去。贺不得已，拜出。左右问其故，贺曰：'主上贤明，臣不足以称，恐负重责，从是殆矣。'"果然，公孙贺后来也被杀了。宋代胡寅说："宰相，人臣所愿为者，而武帝多杀，使人不敢以辅弼为荣。"（《汉书评林》引）这在历史上也是少见的现象。

而且这种杀戮又多是出自汉武帝的个人意志，那些酷吏是专门看着汉武帝的脸色行事的。张汤之所以飞黄腾达，就是因为善于迎合汉武帝的心理。《酷吏列传》说："所治即（若）上所欲罪，予监史深祸者；即（若）上意所欲释，与监史轻平者。"杜周当廷尉，做法与张汤相同："上所欲挤者，因而陷之；上所欲释者，久系待问而微见其冤状。客有让周曰：'君为天子决平，不循三尺法，专以人主意指为狱，狱者固若是乎？'周曰：'三尺安出哉？前主所是著为律，后主所是疏为令，当时为是，何古之法乎！'"这样的残暴统治，这样的法律科条，该不该反呢？司马迁歌颂游侠，说这些游侠"虽时扞当世之文网，然其私义，廉洁退让，有足称者"，对不对呢？我们觉得完全应该，完全正确。也只有他们敢作敢为，能替那些善良软弱但又受打击受迫害的人们出一口气了。

三、批判了公孙弘等舞文弄法杀害游侠的罪行，有揭露儒者的伪善，抨击汉武帝独尊儒术政策的意义。

司马迁对汉代儒生至为不满，因为他们大都是一些毫无原则、毫无廉耻，只知争名图利一心向上爬的人。本文一开头所说的"至如以术取宰相卿大夫，辅翼其世主，功名俱著于春秋"云云，就是指的公孙弘之流。公孙弘的为人，正好是汉武帝政治的一种形象的表现。《平津侯列传》说他"习文法吏事，而又缘饰以儒术"。这个人"尝与公卿约议，至上前，皆倍其约以顺上旨。汲黯廷诘弘曰：'齐人多诈而无情实，始与臣等建此议，今皆倍之，不忠。'上问弘，弘谢曰：'夫知臣者以臣为忠，不知臣者以臣为不忠。'上然弘言。左右幸臣每毁弘，上益厚遇之。"这个人"外宽内深，诸尝与弘有郤者，虽佯与善，阴报其祸，杀主父偃，徙董仲舒于胶西，皆弘之力也"。汲黯是武帝时期以耿直著称的大臣，他对汉武帝伐大宛得天马后作诗荐之宗庙不满，说："凡王者作乐，上以承祖宗，下以化兆民，今陛下得马，诗以为歌，协于宗庙，先帝百姓岂能知其音耶？"就是这么点事，公孙弘起而攻击说："黯诽谤圣制，当族。"（《史记·乐书》）这样一个人与汉武帝合作，真可谓相得益彰了。此文正好详细地记载了他们互相配合杀害郭解的过程："及徙豪富茂陵也，解家贫，不中訾，吏恐，不敢不徙。卫将军为言：'郭解家贫，不中徙。'上曰：'布衣权至使将军为言，此其家不贫。'解家遂徙。"是杨季主的儿子观察汉武帝的脸色把明明不够条件的郭解硬是列入了勒令搬迁的名单，卫青替郭解说情，结果又弄巧成拙，从而更加深了汉武帝对郭解的忌恨。明代钟惺说："帝数语聪察，然卫将军重解为之言，未可知也，解祸亦在此。"（《史记评林》引）

当迁入关中后，又有人给郭解帮倒忙，杀死了杨季主，凶手逃跑了，而郭解被捕了，但郭解是完全无罪的。当朝廷派人到郭解的故乡来调查此事时，"轵有儒者侍使者坐，客誉郭解。生曰：'郭解专以奸犯公法，何谓贤？'解客闻，杀此生，断其舌。"看，又是一个儒生！"儒生，柔也。"这些人是专门柔于官府，讨好官府，而故意与侠者为难的。结果惹怒了郭解的宾客，他们又杀了这个儒生，使郭解的问题更复杂了。最后，"吏以此责解，解实不知杀者，杀者亦竟绝，莫知为谁。吏奏解无罪。御史大夫公孙弘议曰：'解布衣为任侠行权，以睚眦杀人，解虽弗知，此罪甚于解杀之。当大逆无道。'遂族郭解翁伯。"这就是公孙弘。"解虽不知，此罪甚于解杀之"，这就是公孙弘的逻辑。郭解是名人，强迫郭解搬迁是经过汉武帝钦定的，这郭解的被族灭，汉武帝不能不知道。公孙弘是被汉武帝尊起来的儒生的最高代表，而这些儒生就是这样来为汉武帝的统治服务的。《儒林列传》说："公孙弘以《春秋》白衣为天子三公，封以平津侯，天下之学靡然乡风矣。"又说："自此以来，则公卿大夫士吏彬彬多文学之士矣。"就是这样的一群儒生，就是这样的一组尊者与被尊者，汉代的政治，汉代的社会风气恶浊到如此的地步，岂不可哀也哉！

有些人不是这样看问题，而是单单从司马迁受宫刑的个人问题上去挖掘，例如明代的陈仁子说："迁之传此，其亦感于蚕室之祸乎！吾于此传可以观人才，可以观事变。"董份说："史迁遭李陵之难，交游莫救，身坐法困，故感游侠之义，其辞多激，故班固讥其'进奸雄'，此太史之过也。然咨磋慷慨，感叹宛转，其文曲至，百代之绝矣。"（《史记评林》引）这些观点也常被今天的评论文章所引用。这些我们不是说它不对，而是说单单抓住这一点，岂不太片面、太狭隘了么！至于班氏父子说司马迁"序游侠则退处士而进奸雄",说郭解等人"以匹夫之细,窃生杀之权。其罪已不容于诛矣",这正表现了汉代统治者及其御用儒生们的观点,这是班氏父子局限性的大暴露。

这篇作品写作方法上的主要特点如下。

其一,巧妙而突出地运用了对比衬托。作品以"韩子曰:'儒以文乱法,而侠以武犯禁。'"作开头,一下子就把侠和儒同时提出来了。接着他叙述了自先秦以来侠者与儒者各自的行为表现、社会功能,以及他们所得到的社会评价、社会地位。他对那种有些本来很坏(如公孙弘),有些虽然不坏但也绝无用处可言(如季次、原宪)的儒者历来受到称扬,甚至享受着高官厚禄,而侠者济人之危,奋不顾己,结果一贯受打击受污蔑的社会不公,进行了愤怒的斥责,并引"鄙人之言"而加以引申说:"何知仁义,已享其利者为有德,故伯夷丑周饿死首阳山,而文武不以其故贬王;跖跷暴戾,其徒诵义无穷。由此观之,'窃钩者诛,窃国者侯,侯之门仁义存',非虚言也。"在这里,他对于儒生受统治者尊用,有地位,有权势,从而可以操纵社会舆论的现实,表现了极端的愤慨。接着他又进一步地把儒生分成了两种,一种是"读书怀君子之德,义不苟合当世","终身空室蓬户"的闾巷之儒,一种是"以术取宰相卿大夫,辅翼其世主,功名俱著于春秋"的朝廷之儒。二者对比映衬,更突出地表现了他对公孙弘等朝廷之儒的嘲弄与蔑视。对于侠者,他也把他们分为身系"王者亲戚,借于有士卿相之富贵,招天下贤者,显名诸侯"的贵族之侠,和全靠自己"修行砥名,声施于天下","然儒墨皆排摈不载"的布衣之侠。他认为前者"比如顺风而呼,声非加疾,其势激也",而后者则完全是靠着自己的品德和社会实践,一铢一两地积累起来的。两两比较,从而更突出了朝廷之儒的可鄙可恶,与布衣之侠的可钦可敬。而郭解传则是具体地展现了一场朝廷之儒与布衣之侠的激烈斗争,揭露了一件朝廷之儒倾害布衣之侠的残酷事实,从而一箭双雕地使作品主题得到了充分的表现。当然,布衣之侠也不见得都是好人,都该称颂,所以作者特意在序论后面补充说:"至如朋党宗强比周,设财役贫,豪暴侵凌孤弱,恣欲自快,游侠亦耻之。余悲世俗不察其意,而猥以朱家、郭解等令与豪暴之徒同类而共笑之也。"又在全文的最后补充说:"至若北道姚氏,西道诸杜,南道仇景,东道赵他、羽公子,南阳赵调之徒,此盗跖居民间者耳,曷足道哉!此乃乡者朱家之羞也。"这就把文章的主旨、作者的意图，表述得异常明确，除了那些顽固的封建卫道者而外，一般读者是不会再生歧义的了。

其二，是字里行间流露着作者的强烈爱憎，整个文章具有一种浓厚的抒情性。这篇作品的篇幅并不长，全文两千来字，而它的序论就占了三分之一。在这段序论中，他辞情抑扬，悠游唱叹，曲折而又淋漓尽致地表现出了自己的全部爱憎。他在这里有正说，有反说，有似正而实反，有似反而实正。例如他称道游侠"其行虽不轨于仁义，然其言必信，其行必果，已诺必诚，不爱其躯，赴士之厄困，既已存亡死生矣，而不矜其能，羞伐其德，盖亦有足多者焉"，以及他称道布衣之侠的"设取予然诺，千里诵义，为死不顾世，此亦有所长，非苟而已也。故士穷窘而得委命，此岂非人之所谓贤豪间者耶？"这是满腔热情地倾心赞美，是正说。而说那些"以术取宰相卿大夫，辅翼其世主，功名俱著于春秋，固无可言者"一段，明显地语含嘲讽，不屑一顾，这是反说。对于季次、原宪，说他们"读书怀独行君子之德，义不苟合于当世，当世亦笑之。故季次、原宪终身空室蓬户，褐衣蔬食不厌，死而已四百余年，而弟子志之不倦"，又说"诚使乡曲之侠，与季次、原宪比权量力，效功于当世,不同日而论矣",肯定了他们比那些无耻的谄媚求宠之儒要好,像是真心歌颂,其实不然,因为这些人对于社会实际上是丝毫无所补益的。宋代刘辰翁说:"叩其意,本不取季次、原宪等,盖言其有何功业,而志之不倦?却借他说游侠之所为有过之者而不见称,特其语厚而意深也。"(《班马异同评》)明代何良俊说:"缓急人所时有,世有如此者不有游侠士出而济之,使拘学抱咫尺之义者虽累数百,何益于事?"(《四友斋丛说》)这是似正而实反。对于郭解等人,说他们"虽时扞当世之文网,然其私义廉洁退让,有足称者,名不虚立,士不虚附"。中间加一转折,像是只肯定他们的"廉洁退让",而批评他们的"扞世之文网",其实不然。司马迁之所以歌颂游侠,正在于他们有这种别人所没有的反抗性,这是似反而实正。明代邓以瓒说:"激诡之论,而以抑抗出之,似与非与,似排非排,奇态溢出,文笔特矫健甚。"(《史记评林》引)说的正是这种文章特点。而且这篇文章使用了一连串的感叹词、疑问词、反问词,周回反复,余音不绝,因此日人有井范平说它:"反复悠扬,愈出愈奇,如八音之合奏,戛击搏拊,各有不尽之余韵。"(《补标史记评林》)这篇文章的序论与《伯夷列传》异曲同工，而其"太史公曰"的"吾视郭解，状貌不及中人，言语不足采者，然天下无贤与不肖，知与不知，皆慕其声，言侠者皆引以为名。谚曰：'人视荣名，岂有既乎！'于戏，惜哉"，又与《李将军列传》的格局语气相同，流露着作者对郭解等人的崇高敬意和对汉代统治者的愤怒之情。

汉代自文帝景帝以来，不断地打击杀害游侠，到武帝时，随着中央集权和专制主义的发展，更是对游侠采取坚决取缔、彻底消灭的方针。生活在这个时期的司马迁，居然敢逆潮流，敢冒大不韪的风险，来歌颂游侠，为朱家、郭解等立传，这种勇气在两千年的封建社会中很少有人能与之相比。

文浅情深　韵味悠长

《李将军列传》艺术论

俞樟华

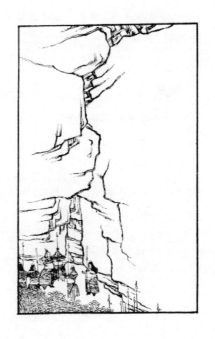

作者介绍

俞樟华,1956年生,浙江省临安市人。浙江师范大学人文学院教授,古代文学硕士研究生导师。

推荐词

清代牛运震《史记评注·李将军列传》说司马迁:"传目不曰李广,而曰李将军,以广为汉名将,匈奴号之曰飞将军,所谓不愧将军之名者也。只一标题,有无限景仰爱重。"足见司马迁对李广的尊崇与同情。《李将军列传》大约是司马迁最为倾情之作,以至于梁启超先生将它列为《史记》十大文学名篇之中。

《李将军列传》是《史记》中杰出的人物传记之一,梁启超曾把它列在"《史记》十大文学名篇"之中。李广历经汉文帝、汉景帝、汉武帝三朝,作为汉代抗击匈奴的一代名将,他在四十多年的戎马生涯中,与匈奴浴血奋战七十余次,建立了不少奇功,匈奴闻之丧胆,士卒拥护爱戴,人们交口称赞,可谓名震中外,功播遐迩,但是却终生没有得到封侯之赏,最后还被迫自杀,其下场极为悲惨。司马迁是满怀着对李广的无限赞赏和同情的心情来写这篇传记的。明代茅坤《史记钞》说:"李将军于汉为最名将,而卒无功,故太史公极意摹写淋漓,悲咽可涕。"清代牛运震《史记评注·李将军列传》也说:"传目不曰李广,而曰李将军,以广为汉名将,匈奴号之曰飞将军,所谓不愧将军之名者也。只一标题,有无限景仰爱重。"这些评论都是非常准确的。这里我们结合这篇列传的思想内容，重点谈谈其杰出的艺术成就。

其一，以"射"为骨，善写"独至"。清代文论家魏际瑞在《伯子论文》中曾说："人之为人，有一端独至者，即生平得力所在。虽曰一端，而其人之全体著矣。小疵小癖反见大意，所谓颊上三毫、眉间一点是也。今必合众美以誉人，而独至者反为浮美所掩。人之精神聚于一端，乃能独至；吾之精神亦必聚于此人之一端，乃能写其独至。太史公善识此意，故文极古今之妙。"魏际瑞认为，一个人的精神风貌和个性特点，有时常常会集中反映在某一点上，比如某一个动作，某一句话，某一种外貌特征，就像脸上的三根毛、眉间的一颗黑痣，这些看起来似乎不显眼的东西，有时却能够将"其人之全体"，即主要精神特质给反映出来。在人物传记描写中，如果能抓住其人的这个"一端"加以认真描写，必然能把这个人物塑造成功；反之，如果"合众美以誉人"，即把这个人的优点或嘉言懿行一一罗列出来，没有重点，不见轻重，那么这个人的"独至"不仅不能反映出来，而且还会使这个人的"独至""为浮美所掩"，也就看不出这个人的特点了。这个看法是非常精辟的。魏际瑞还指出，在古代传记文学写作实践中，最善于运用这种方法的是司马迁，所以他的传记作品"极古今之妙"。确实，在《史记》中，司马迁写出历史人物的"独至"的地方是很多的，本篇抓住李广善于骑射的特点进行描写，就是最好的证明。牛运震《史记评注·李将军列传》评论说："一篇精神在射法一事，以广所长在射也。开端广家世世受射，便是一传之纲领，以后叙射匈奴，射雕，射白马将，射追骑，射猎南山中，射石，射虎，射阔狭以饮，射猛兽，射裨将，皆叙广善射之事实。'广为人长，猿臂，其善射亦天性也'云云，又'其射，见敌急，非在数十步之内，度不中不发'云云，正写广善射之神骨。末附李陵善射、教射，正与篇首'世世善射'句收应，此以广射法为线索贯穿者也。"通过这样反反复复的强调和不厌其烦的描写，李广善射的特点就极其鲜明地给表现出来了。古代的名将很多，但不一定都善于骑射；古代会射箭的人可能不少，但是很少有人像李广那样喜欢射箭，不仅他的功业是靠射出来的，而且他平时的所有生活习惯和嗜好，都与射箭有关系，射箭似乎成了他生命的一个组成部分，这是李广与众不同的"独至"之所在，司马迁紧紧抓住这个特点作了精细描写，李广和古代以及后代名将的明显区别，就非常清楚了。

李广的另一个"独至"是数奇不遇，命运坎坷，但又不屈不挠，屡败屡战，绝不屈服。明人陈仁锡《陈评史记》卷一零九曾指出："子长作一传，必有一主宰，如《李广传》以'不遇时'三字为主，《卫青传》以'天幸'二字为主。"李广与匈奴作战七十余次，出生入死，杀敌无数，但是他在多次大战之后，不仅得不到应有的奖赏，反而还常常受到责罚，终其一生，都没有得到封侯之赏。司马迁根据李广始终不遇时的特点，组织了一系列的材料。传记一开头，就以汉文帝的话奠定了李广不遇时的基调，接着在平定吴楚七国之乱时，尽管斩将取旗，"显功名昌邑下"，可是因为接受了梁孝王的将军印，所以汉景帝心中不乐，也就不再给李广以赏赐。雁门之战，李广因寡不敌众而被俘，侥幸靠精湛的射技虎口余生，又被认为"所失亡多，为虏所生得"，以法"当斩"，结果只好花钱消灾，"赎为庶人"。右北平一战，李广以四千骑兵挡住了匈奴左贤王四万骑兵的猛烈围攻，尽管他父子进行了艰苦卓绝的奋战，可是仍然差点全军覆没，回来自然也是"无赏"。最后一次跟随大将军卫青出击匈奴，卫青为了让自己的恩人公孙敖立功，有意指使李广走路远的东道，结果耽误了与大部队会合的时间，使匈奴单于从容逃跑了，而卫青又把战争失利的责任推到了李广身上，李广因不堪忍受刀笔吏的侮辱而自杀。

李广的遭遇是如此的不幸，但是他并没有屈服于命运的压力，也没有消极气馁，他在一次次失败与挫折面前，又一次次顽强地站了起来，重新投入到了新的战斗之中。元狩四年（前119）他参加最后一次抗击匈奴的战争时，已是从军打仗四十七个年头的老将了，连汉武帝也觉得他"老"而可休息了，可是李广的斗志仍然老而弥坚，丝毫不减。在他的坚决要求下，终于作为前将军参加了这次大战，他也因此而丧失了性命。司马迁通过具体的描写，写出了李广的自强不息、刚毅有为的精神，同时也极大地增添了作品的悲剧色彩。清代牛运震说："一篇感慨悲愤，全在李广数奇不遇时一事。篇首'而文帝曰：惜乎子不遇时'云云，已伏'数奇'二字，便立一篇之根。后叙广击吴楚，还，赏不行，此一数奇也；马邑诱单于，汉军皆无功，此又一数奇也；为虏生得当斩，赎为庶人，又一数奇也；出定襄而广军无功，又一数奇也；出右北平而广军功自如，无赏，又一数奇也；出东道而失道，后大将军，遂引刀自刭，乃以数奇终焉。至'初，广之从弟李蔡'云云，以客形为主，及广与望气语，实叙不得封侯之故，皆着意抒发数奇本末。'以为李广老，数奇'云云，则明点数奇眼目。传末叙当户早死，李陵生降，曰'李氏陵迟衰微矣'，又曰'李氏名败'云云，总为数奇不遇余文。低徊凄感，此又一篇之主宰，而太史公操笔谋篇时，所为激昂不平者也。"牛运震的分析，不仅把这篇传记围绕数奇不遇时这个主题来描写的特点揭示得非常清楚明白，而且还把司马迁在这个描写中所寄寓的悲愤感情作了很好的说明，这是一段很精辟的论述。的确，像李广这样一个发奋图强、忠心为国的名将，命运却如此多舛坎坷，人们在感叹之余，不免会生出许多不平和同情。司马迁把李广的奋斗和不遇写足了，李广和古代其他名将的不同特点也就区别开来了。

其二，对比衬托，突出重点。用对比衬托的方法写人，是司马迁描写历史人物手法中最常见也是使用最频繁的一种方法。司马迁在这篇传记中，采用多角度、多层次的对比衬托方法，写出了飞将军李广的鲜明形象。一是与匈奴射雕者对比，突出李广的高超射技。俗话说有比较才能有鉴别，一个人的特点只有在同其他人的比较之中，才可能更加突出，才更能够给人留下深刻的印象。李广是射箭高手中的高手，如果让他与一般的射手去比较，并不能显示出他的惊人之技。匈奴是游牧民族，老老少少从小就骑马射箭，个个都有一身本领，其中的射雕高手，更是匈奴民族中的精英，其射箭技术之过硬，就连普通的匈奴骑兵也无法与之抗衡。如果将李广与匈奴中的射雕能手去比较，那么好戏就出来了。司马迁是非常懂得这个道理的，他在描写李广时，从李广丰富的抗击匈奴的战斗历程中，精心选择了一则李广与匈奴射雕者一比高下的故事。有一次，中贵人所带领的数十名骑兵碰到了三名徒步而行的匈奴射雕者，中贵人以为对方人少可欺，遂包围了上去，想不到三名匈奴射雕者根本不把中贵人一行放在眼里，稍一还手，就把中贵人所带去的骑兵几乎一举消灭，其射技之高低，一下子就显示出来了。李广就是在这种非常情况下出场的，他首先从射技上判断出对方一定是匈奴中的射雕者，事后证明他的判断是完全正确的；接着他亲自上阵，去"射彼三人者，杀其二人，生得一人"，从俘虏口中得知，对方"果匈奴射雕者也"。匈奴射雕者视中贵人等如草芥，交手时轻而易举，但是一碰到李广，就全没了先前那种神气威风，简直可以说不堪一击。李广不仅在举手之间就杀了其中的两个，还有意活捉一个，目的自然是想问一问到底是否匈奴的射雕者,以证实自己的判断是否有误。中贵人以数十人对付匈奴三人,中贵人还受了伤;李广面对三位匈奴射雕者,却显得轻松自如,不费吹灰之力就取得了胜利。中贵人与李广、李广与匈奴射雕者之间,层层对比,结果自然使李广作为神箭手的形象高高地耸立了起来。司马迁的这种艺术概括,不仅典型,而且可以以小见大,让人领略到了李广的射箭风采。李广一生都在抗击匈奴,箭不离手,弓不离身,射技自然越练越精,出神入化,百发百中,区区三个匈奴射雕者,自然不用费太大的劲。由一斑而窥全豹,司马迁在这里所用的正是这种手法。清代吴见思《史记论文·李将军列传》说:"百骑驰三人,不见广勇,唯不用百骑而自射之,正极写广勇也。"这又指出,不仅李广的射技和勇敢与匈奴的三位射雕者是一种对比,而且和他手下的百余名骑兵也是一种对比,这是很对的。

　　二是与名将程不识对比,突出李广治军的简易。李广和程不识都是当时的名将,先做边郡太守,后为宫廷卫尉,正直廉洁,人品也都很好。但是两人在治军方法上,却大相径庭,完全不同。李广率军出征时,"行无部伍行阵,就善水草屯,舍止人人自便,不击刁斗以自卫,莫府省约文书籍事，然亦远斥堠，未尝遇害"。与李广的简易随便相反，程不识对军队的要求十分严格，几乎到了苛求的地步："程不识正部曲行伍营陈，击刁斗，士吏治军簿至明，军不得休息，然亦未尝遇害。"尽管两人的结果都是一样的，都能打胜仗，都没有遇到危害，但是就匈奴来说，更"畏李广之略"；就士卒的反映来说，"亦多乐从李广而苦程不识"。从这种描写比较中可见，司马迁还是更欣赏李广的治军风格。清代王夫之《读通鉴论》卷一说："太史公言匈奴畏李广之略，士卒亦乐从广而苦程不识。司马温公则曰：'效不识，虽无功，犹不败；效李广，鲜不覆亡。'二者皆一偏之论也。以武定天下者，有将兵，有将将；为将者有攻有守，有将众，有将寡。不识之正行伍，击刁斗，治军簿，守兵之将也。广之简易，人人自便，攻兵之将也。束伍严整，斥堠详密，将众之道也；刁斗不警，文书省约，将寡之道也。严谨以攻，则敌窥见其进止而无功；简易以守，则敌乘其罅隙而相薄。将众而简易，则指臂不相使而易溃；将寡以严谨，则拘牵自困而取败。故广与不识，各得其一长，而存乎将将者尔。将兵者不一术，将将者兼用之，非可一律论也。太史公右广而左不识，为汉之出塞击匈奴言也；温公之论，其犹坐堂皇、持文墨，以遥制阃外之见与？"战争是复杂的，战场上的情况更是千变万化，死守兵法不知通变自然不行，一味散漫而不讲兵法恐怕也不足取，李广在随便中也不废章法，并没有大意到连最基本的警惕性都丧失了的程度，他在近处不击刁斗，在远处还是派了哨兵的。王夫之认为李广和程不识各有长短，不可轻易轩轾，说的是有道理的。从总体上说，司马迁对程不识也是持肯定态度的。他的这种比较，目的不在于要论两人的短长，而是要比出两人不同的治军特点。这样一宽一严，对比鲜明，各自的形象也突出起来了。

三是与李蔡的对比，突出李广的怀才不遇。李蔡是李广的堂兄弟，他们在汉文帝时同为郎官，李广才气无双，力战有功，曾"显功名昌邑下"，连匈奴也"畏李广之略"，不敢犯边，一时天下闻名，而李蔡的才气远逊李广，其"为人在下中，名声出广下甚远"。可是李广却迭遭不幸，一次又一次的"赏不行""当斩""赎为庶人"，把李广弄得狼狈不堪。而此时此刻，功名声望都不如李广的李蔡，却在仕途上步步高升，比较顺利，先在汉景帝时就官至二千石，到了汉武帝时，竟然"有功中率，封为乐安侯"，接着又"代公孙弘为丞相"，升到了一人之下、万人之上的显位。

两相对照，真是太鲜明太强烈了，李广所受到的待遇，实在是太不公平了。司马迁在这里虽然没有明言痛斥汉武帝的赏罚不公，是非欠明，但是在字里行间，已经透露了这样的信息，聪明的读者，于此都是心领神会的。文章的对比并没有到此完成，司马迁还写了他们兄弟的共同下场。李广自杀的第二年，"李蔡以丞相坐侵孝景园堧地，当下吏治，蔡亦自杀，不对狱"。李广的"不能复对刀笔之吏"与李蔡的"不对狱"，结局一样，结束生命的方式相同，这除了说明李家兄弟都有一股骨鲠气外，似乎还有一点另外的深意在其中。李广遭遇不幸，落得个自杀身亡的悲惨下场，好像还在情理之中，可李蔡是个受到朝廷重用的丞相，居然也落到了这步田地，这又是怎么回事呢？司马迁的这些描写，一方面大大加深了作品的悲剧气氛，另一方面也大大加深了作品的批判力量。司马迁似乎在告诉李广，安慰李广，你也不必为封不了侯而耿耿于怀，死不瞑目，李蔡不是被封了侯么？他不是同样没有逃脱悲惨的下场吗？在喜怒无常的汉武帝的统治之下，封侯也好，不封侯也好，其最后的结果都是一样的。司马迁的这些叙述，是充满了沉重感和沉痛感的。怀才不遇是封建社会里一个十分普遍的现象，而李广的遭遇则是其中很有典型意义的一个,难怪司马迁会对他倾注这么多的同情之泪了。

四是与卫青、霍去病的对比,突出李广的遭遇不幸和仁爱士卒。李广和卫青、霍去病两传之间隔了一篇《匈奴列传》,这是司马迁的有意安排,目的是描写征伐匈奴的专题人物,同时也有隔传对比之意。这一点,宋代黄震在《黄氏日钞》卷四七中早就已经有所意识,他说:"看卫霍传,须合李广看。卫、霍深入二千里,声振夷夏,今看其传,不值一钱。李广每战辄北,因踬终身,今看其传,英风如在。史公抑扬予夺之妙,岂常手可望哉!"黄震的分析是对的,司马迁在写这三位抗击匈奴的名将时,从出身、治军、出征、下场等各个方面都做了对比描写,我们今天要深刻理解《李将军列传》的内容和司马迁写传的用心,的确应该将这两篇传记结合起来观看。李广出身寒微,完全靠善射和英勇征战而升为将军;卫青、霍去病则都是外戚,靠裙带关系而青云直上,虽说他们也建立了不小的功劳,但是他们的升迁是那么频繁和快速,甚至卫青的孩子还在襁褓之中就被封了侯,这不能不说是因为是外戚的缘故。李广仁爱士卒,出征打仗时,碰到缺食少水,"士卒不尽饮,广不近水;士卒不尽食,广不尝食",对士卒可谓关怀备至,体贴入微。可是霍去病却不是这样,"其从军,天子为遣太官赍数十乘,既还,重车余弃粱肉,而士有饥者。其在塞外,卒乏粮,或不能自振,而骠骑尚穿蹋鞠"。一个体恤士卒,一个简直不把士卒当人看待,不用再多费口舌,其高下优劣已经非常清楚了。李广出征时,所率领的兵马往往很少,装备也非常差,出征的路线也不好,战斗常常打得十分艰苦,回来以后不是无功就是功罪相当,有些时候还罪大于功,只好以钱赎罪,或被免为庶人,最后不仅封不了侯,还落得个自刎身亡的悲惨下场。而卫青、霍去病则要比李广幸运得多,他们每次出征都人强马壮,武器精良,后勤供给充分,失败不会受到什么处分,胜利则可升官封侯。卫青二十七岁为车骑将军,三十岁封侯,三十三岁就升为大将军;霍去病二十三岁为骠姚校尉,二十三就封了侯,二十五岁升为骠骑将军。同为抗击匈奴的名将,李广的遭遇是如此凄惨,而卫青和霍去病却始终福星高照,一帆风顺,这就不能不使人生出种种感叹,对当权者的任人唯亲,对统治者的赏罚不公,激起无限的不满和愤恨,同时也对迭遭打击迫害的李广一掬同情之泪,为之大鸣不平。好在李广生前深受士卒爱戴,死后也得到了全天下人的致哀，桃李虽不言，芬芳香自远，而卫青则"天下之贤大夫毋称焉"，历史最后还是非常公正的。千百年来，后人一直深深地敬爱和怀念着李广这位才气无双的飞将军，这又是卫青和霍去病所无法望其项背的。

其三，选材典型，剪裁得当。李广一生久历戎行，与匈奴打了大小七十余战，作品只选择其中最有代表性的三次短兵相接的战斗，一次是猝逢千余敌骑的遭遇战，二是伤重被俘、孤身斗敌的脱险战，三是冲破匈奴四万余骑的突围战，在敌众我寡、紧张惊险的战斗场景的描写中，表现了李广惊人的机智和超人的胆略，塑造出了一个富有传奇色彩的英雄形象。由于司马迁描写李广时所选择的事例典型而且集中，所以李广的形象显得特别虎虎有生气。宋代黄震《黄氏日钞》卷四十七记载读这篇传记时感到李广"英风如在"，的确不是一句虚言。

其四，文浅情深，韵味悠长。司马迁是以无限同情和无限赞赏的笔墨来写李将军这篇传记的，但是在具体叙述时，他既没有像《伯夷列传》那样夹叙夹议，一吐为快，也没有像《魏公子列传》那样一口一个公子，将自己的欣赏之情毫无保留地倾泻出来，而是采用平实叙来、寓情于事的方法，将自己对李将军的爱和对统治者的恨隐含在字里行间，令人有娓娓不尽、情深意长之感。比如文章开头就说，李广初和匈奴交战，就露出非凡的锋芒，而司马迁偏偏在这匈奴扰汉、国家用人之秋，让汉文帝来可惜李广的"不遇时"，曰："惜乎，子不遇时。如令子当高帝时，万户侯岂足道哉！"司马迁记录这几句话，一方面是借汉文帝之口赞扬李广的人才难得，点明像李广这样的战将，是可能或者说应该封万户侯的；另一方面又借汉文帝的口为李广以后的不幸定下了基调，埋下了伏笔。

李广命运的悲剧，司马迁在传记一开始就暗示给读者了，但是这样说还没有把司马迁的深意都揭示出来。因为据《张释之冯唐列传》载，汉文帝还说过："嗟乎，吾独不得廉颇、李牧时为吾将，吾岂忧匈奴哉！"这不是明明在感叹英雄难觅，抗击匈奴缺乏像廉颇、李牧这样的名将吗？既然匈奴是国家大患，抗敌又急需人才，那么为什么又说眼前的李广"不遇时"呢？还是冯唐说得干脆："陛下虽得廉颇、李牧，弗能用也。"也有人认为，汉文帝时期实行的是休息无为的政策，对匈奴也以和亲为主，并不想大动干戈，所以李广生不逢时，失去了建功封侯的机会。就算此说成立，那么到了汉武帝时期,卫青、霍去病等将领都在抗击匈奴中立功封了侯,为什么数建奇功,"不教胡马度阴山"的李广仍然还是"不遇时"呢?更何况汉文帝时并没有天下太平,对匈奴也并非一仗未打。明代凌约言曾指出:"汉文帝惜广不逢时,自以其时海内稍安,不事兵革,广之才无所用耳。末年,匈奴入上郡、云中,帝遣将军令勉、张武、周亚夫等以备胡,中称其选用材勇而独不及广,知而不用,何取于知耶?"(《史记平林》引)更使司马迁伤心的是,汉文帝还是他心目中的"仁君",仁君尚且如此,若遇昏君,又当如何呢?汉武帝是盛世之君,司马迁并不否定这点,但是汉武帝的刚愎自用,任人唯亲,难道不是李广不遇时的重要原因吗?司马迁在文章开头的这段叙述,表面看平平淡淡,不动声色,实际上笔挟风雷,饱含深意,我们在阅读时,切不可轻易溜眼放过。

如果说司马迁对汉朝统治者用人制度的不公是通过委婉含蓄的手法表现出来的,那么,他对李广的倾心和赞美,也是以平实的方法显示出来的。比如李广"引刀自刭"以后,司马迁写下了这样几句文字:"广军士大夫一军皆哭。百姓闻之,知与不知,无老壮皆为垂涕。"这是在叙事,也似在议论,又好像在抒情,因为在这貌似平淡的叙事里,从士兵和百姓的哭声中,我们分明感到了李广在军中、在民间的巨大威望和影响,分明认识到了李广的无辜和冤枉,分明看到了司马迁对李广的称赞和同情。这是平常的叙事语,但它却表现出了不平常的感情,不平常的功过评价。李广在士卒的心中、在百姓的心中,同时也在司马迁的心中、在后代读者的心中的形象,反而因此显得更高大、更完美,也更动人了。司马迁用冷峻的态度、平实的语言,却创造出了丰富的形象和深厚的意蕴,实在让人叹为观止,激赏不已。

是大行不顾细谨，还是刊刻参差？

试为太史公一改《鸿门宴》

邵璧华

作者介绍

邵璧华,1938年生,浙江临安人。1961年毕业于北京大学中文系,1992年任山西师范大学副校长。

推荐词

《鸿门宴》摘自《项羽本纪》中的一段,曾选入高中课本。邵璧华先生教书多年,于此文独有体会。这篇短文对于《鸿门宴》的文字多有挑剔,为的是使读者阅读《鸿门宴》时更为通达。

乍看这个题目,难免给人以狂悖之嫌。太史公司马迁的《史记》,虽是史乘之作,但它不朽的文学价值,已有千古定评:是当之而无愧的"无韵之《离骚》"。太史公开创的传记文学的长河,灌溉滋润了我国文学领域中散文这块绿茂丰饶的平畴,使它盛开了多少玉树琼花!《史记》中的《项羽本纪》是脍炙人口的扛鼎之作,而其中的《鸿门宴》也始终作为中学语文课本的范文,供一代又一代青年学习鉴赏。笔者也是一个获益于《史记》的虔诚的崇拜者,可是我在执教中学语文时,每当教学《鸿门宴》,总不免心中疑惑,从记叙文记叙的顺序讲,我认为这篇范文是不无瑕疵的。使人奇怪的是,何以千百年来竟没有人指摘并加以讨论,而在语文课本中也始终未加以修正。笔者不揣浅陋,愿写出自己的谬见以就教于专家学人,如果管窥之见尚有可取,并能对《鸿门宴》加以修改,岂不使范文更范而对中学生的学习有所裨益?

　　窃以为《鸿门宴》中记叙的不当有四。

　　其一,将"沛公已出,项王使都尉陈平召沛公"紧接"坐须臾,沛公起如厕,因招樊哙出"是不当的。于情理言,沛公如厕,项王不会立即派人去召沛公。因为这时项王已没了杀沛公的意思,不会对沛公严加监视。假如项王真有杀刘邦的存心,刘邦根本不可能得以脱身。从实际情况分析,如果刘邦一出去,项王就派人召沛公,沛公也就根本难以走脱;刘邦一连串脱走的谋划都是在无人监视的情况下才得以实行。项王是在许久不见沛公归宴的情况下才让人去召沛公的。所以,只有把这一句移至"沛公已去,间至军中"之前才是合乎情理的。张良也只有见召于项王时才不得不进见项王并致歉,也只有估量沛公已至军中才可以"入谢项王"。所以将"沛公已出,项王使都尉陈平召沛公。沛公已去,间至军中。张良入谢……"连贯起来,才显得文无扞格,意脉相连。

　　其二,"沛公谓张良曰'从此道至吾军,不过二十里耳。度我至军中,公乃入'两句,应移至"当是时,项王军在鸿门下,沛公军在霸上,相去四十里"之后,才是恰切的。因为这是沛公脱身前对张良所做的安排、叮咛，如果他已"置车骑，脱身独骑，……从骊山下，道芷阳间行"，不可能走到半道，忽然想起，又返回鸿门再向张良叮咛。只有在脱走之前作好安排才显出刘邦的机智，也才能使叙事条畅，文脉贯通。

其三，"于是遂去"一句，置于樊哙的辨析之后，显然更是不当。因"去"了之后，就不能再有"令张良留谢"、献礼和对张良的安排叮咛等诸多作为。"于是遂去"，只能是商量安排停当之后的行动。所以，应把这一句移至"度吾至军中，公乃入"之后方为恰切。

其四，"沛公起如厕，因招樊哙出"这一句从下文看，是不周密的。因沛公所招的，不仅有樊哙，而且还有张良。樊哙作为刘邦的参乘，即贴身卫士，需要他保护自己得以脱身，以防万一，固然要招，而张良作为沛公的第一谋士，更需要同他商量脱身之策和脱身的善后事宜，相比之下，更为重要，更不能不招。所以应把"招樊哙出"改为"招张良、樊哙出"，才能使文意周密，才能使后文所写的"令张良留谢"、献礼等有了着落。

笔者也曾多次思索，像太史公这样的文章巨擘，何以会在他的力作中出现如上的瑕疵？似乎这是不可思议的。是失之于他那种"大行不顾细谨"的个性，抑或是后人在传抄、刊刻中出现的前后参差？这只能寄希望于专家们的考证来揭示这个谜底了。至于上述的看法是否"狂悖"，我想只要通过对照诵读，是不难自己判别于心间的。

↘ 附 文

附：《鸿门宴》修改部分

坐须臾，沛公起如厕，因招（张良、）樊哙出。沛公曰："今者出，未辞也，为之奈何？"樊哙曰："大行不顾细谨，大礼不辞小让，如今人方为刀俎，我为鱼肉，何辞为！"乃令张良留谢。良问曰："大王来何操？"曰："我操白璧一双，欲献项王；玉斗一双，欲与亚父。会其怒，不敢献。公为我献之。"张良曰："谨诺。"

当是时，项王军在鸿门上，沛公军在霸上，相去四十里。（沛公谓张良曰："从此道至吾军，不过二十里耳。度我至军中，公乃入。"于是遂去。）沛公则置车骑，脱身独骑，与樊哙、夏侯婴、靳疆、纪信等四人持剑盾步走，从骊山下,道芷阳间行。

（沛公已出,项王使都尉陈平召沛公。）沛公已去,间至军中。张良入谢,曰:"沛公不胜杯杓,不能辞。谨使臣良奉白璧一双,再拜献大王足下;玉斗一双,再拜奉大将军足下。"项王曰:"沛公安在?"良曰:"闻大王有意督过之,脱身独去,已至军矣。"项王则受璧,置之坐上。亚父受玉斗,置之地,拔剑撞而破之,曰:"唉!竖子不足与谋!夺项王天下者,必沛公也!吾属今为之虏矣!"

沛公至军,立诛杀曹无伤。

侧面用笔 匠心独运

司马迁传记文释例

季镇淮

作者介绍

季镇淮(1913—1997),江苏淮安人。古典文学研究家,著名文学评论家。1941年毕业于昆明西南联合大学中国语言文学系。历任清华大学中文系助教、副教授,北京大学中文系教授。著有《闻朱年谱》、《司马迁》、《来之文录》等。

推荐词

《史记》是许多人喜欢读的书,不仅是因为学习历史,也不仅是因为喜欢文学,还因《史记》的结构、写法、语言技巧等皆有高明之处。如《史记》中项羽不是帝王,但是以"本纪"作传;荆轲、郭解本是平民,却以"列传"排列在王公大臣之中。有的人单独列传,如《李将军列传》;有的人却集合列传,如《屈原贾生列传》、《刺客列传》等,这些无不体现着司马迁的深意。再有,《史记》中,对有的事,明褒暗贬,对有的人,明贬暗褒,有时,说张三意在说李四,有时,说此事意在言彼意。例如对项羽的评价不在《项羽本纪》中,却在《淮阴侯列传》中借韩信的口中说出。

所以,读《史记》需要一些读法才能读懂,不仅理解司马公的微言大义所在,也理解他对文章的巧妙构思。季先生的这篇文章从这些方面给读者以启示。

一、《魏公子列传》

这是一篇单传,为魏公子一个人作传。传中虽写了侯嬴等人,但作传本意在此不在彼。

魏公子,名无忌,魏昭王少子,安釐王异母弟。安釐王即位(前276年),封为信陵君。安釐王三十四年(前243年),信陵君卒。

《史记·陈涉世家》:"(周)市军散,还至魏地,欲立魏后故甯陵君咎为魏王。"甯陵即宁陵,汉陈留郡县名。清梁玉绳《史记志疑》卷五《齐有孟尝、赵有平原、楚有春申、魏有信陵》条:"……若魏公子无忌,则封于陈留郡之宁陵县,而号之为信陵君者也。宁陵为古葛地。《水经注》二十三卷:'汳水又东径葛城北,故葛伯之国。葛于六国属魏,魏以封公子无忌,号信陵。'此乃确证。"宁陵在今河南宁陵县南。

《史记·太史公自序》:"能以富贵下贫贱,贤能诎于不肖,唯信陵君为能行之。"这是司马迁对信陵君为人的赞许,也是他作这篇传的主旨。

《史记》传记文,往往并不叙述人物的全部活动事迹,而只着重刻画人物的某些特征,从一个侧面表现人物的精神面貌。这篇《魏公子列传》可以说是最突出的一个例子。

信陵君是魏国当权的贵族,是战国晚期关系魏国存亡的著名人物,他的事迹无疑是很多的。养士一事,是他政治活动的一个重要方面,与齐之孟尝君、赵之平原君、楚之春申君齐名。本篇着重写的就是这一个方面。

文章开头在简单地介绍了信陵君的出身和魏国当时形势之后,即指出:"公子为人,仁而下士,士无贤不肖,皆谦而礼交之,不敢以其富贵骄士。"这是人物的重要特征,也是文章的主题思想所在。接着叙述他的门下士之盛,并得士之用,以致引起魏安釐王的猜忌。这些叙述初步表现了主题思想。

接着叙述信陵君"仁而下士",并得士之用即救赵存魏的著名历史事件。实际这里已不是历史事件的一般叙述,而是非常有兴味地讲述历史故事,即把历史事件故事化,为历史提供生动具体的画面。"自迎夷门侯生"这个故事，写其"仁而下士"，着重写其"下"。那样诚恳恭敬地请侯生为上客，又数往请朱亥。窃符救赵的故事，写其能得士之用。首先，侯嬴献计窃符，夺晋鄙军，并以死自誓，以坚其决死救赵之心；其次，为如姬报仇，仍出信陵君门客之所为；第三，朱亥椎杀晋鄙，为信陵君效命。结果，夺晋鄙军解邯郸之围，得赵王及平原君的无比崇敬和感激。至此，文章已有力地表现了信陵君的"仁而下士"的高贵形象。这是文章的上半篇。

下半篇写信陵君留赵事，仍围绕主题思想取材，使主题思想表现更加充分。这里主要写了两件事。信陵君留赵，"意骄矜而有自功之色"，是一个曲折。而客一规谏，信陵君"立自责"并表现了对赵王的极端谦逊态度。此一事也。"从情徒卖浆者游"，与平原君的养士态度有鲜明的不同，终于又得他们的规谏去赵归魏。"语未及卒，公子立变色，告车趣驾归救魏。"此又一事也。

篇末写信陵君的事功及被秦人反间以至于被魏王废弃，自毁于酒而死，都和信陵君的能下士有直接关系，更完满地表现了主题思想。这也就是刻画了一个鲜明生动的"仁而下士"的贵族公子的形象。

由此可见，这篇传记始终围绕信陵君对待门下士的诚恳谦逊态度从而得士之用取材。因此，可以说，它的结构是完整的，故事是单一而集中的、突出的，因而塑造了一个鲜明生动的历史人物形象。

作者对人物是极其喜爱的、尊敬的，极力描写其谦逊、从善唯恐不及的特点。用力写侯嬴，实亦写信陵君。朱亥虽写得简单，但亦生动有力，目的也是为了突出信陵君。全篇连用一百四十七个"公子"，不厌其烦，爱其之至。

信陵君能下士而且得士之用，主要表现在两件大事：窃符救赵，率五国之兵抗秦。但文中只取概括叙述，不加渲染描写，这种写法对突出主题思想是有利的。

关于救赵一事，不提春申君同时救赵事，也不提秦军退却首先由于平原君接受邯郸传舍吏子李同的建议，散家财，得死士三千人冲溃秦军事。又，信陵君由于畏秦，犹豫不肯见魏相魏齐、赵相虞卿，虽得侯嬴的及时批评，已"驾如野迎之"，终于不免使魏齐"怒而自刎"一事，也没有在传内提出。这些事件的减省，即利用互见法，避免在传内堆砌事件，对突出主题思想也是有利的。

由此可见，作者是怎样抓紧主题思想来取舍材料，从而塑造这一贵族公子的形象的。

这一形象的思想意义在于：信陵君的谦虚下士，不是为了贵族公子的"豪举"，而是要得士之用，抗秦存魏。这是壮举和正义，符合魏国人民和关东各国人民的利益。窃符救赵，也表现着更高的侠义精神。还在于从一个侧面反映了一个斗争激烈的历史时代。战国时代，各国统治者都有养士的风气，齐之孟尝君、赵之平原君、楚之春申君都有食客数千人。秦国也争取、利用关东各国的人才。士是战国时代新兴的一个社会阶层，流品很复杂，来源也有多种。他们的一般特点是"游"，成为各国统治阶级争取利用的对象。信陵君的求士风度，反映着各国争取人才的激烈，实质是反映着各国斗争的激烈，兼并的激烈。因此，信陵君这一形象的刻画，有典型意义，反映着丰富的历史内容、突出的时代特征。

这篇传记的思想艺术达到了完满的统一。它的文学价值也是很高的。它的产生不是取材于现成的文献资料，而是得自传闻。信陵君的故事，自秦汉以来，民间就有许多传说。司马迁往来"大梁之墟"，也曾做过历史考察。信陵君和侯嬴的故事显然已传奇化，是从传说中得来的。《史记·魏世家》:"二十年,秦国邯郸,信陵君无忌矫夺将军晋鄙兵以救赵,赵得救。无忌固留赵。"这篇传记是对历史记载一个生动的补充。但就历史文献说,它的许多描写显然是不重要的,人物本身的历史事件是不完备的。《魏世家》在记上述事件之前,还记有二事,谏阻魏安釐王杀前相范痤及亲秦伐韩。对后者,信陵君有长篇说辞。此外在《战国策》也还有信陵君一事。正是因为作者没有把这些事一一写进这篇传记,它才成功地表现了一个谦虚下士的贵族公子的形象,成为传诵千古的作品,产生了深远的影响。这是司马迁的传记文中富有文学性的代表作品。

二、《酷吏列传·张汤传》

这是一篇类传,就是把一类人集合在一起写成一篇传。本篇所写侯封、郅都、宁成、周阳由、赵禹、张汤、义纵、王温舒、尹齐、杨朴、减宣、杜周等十二人,都是汉朝人,绝大多数又都是汉武帝时人。与这篇成对照的有一篇《循吏列传》,所写孙叔敖、子产、公仪休、石奢、李离等五人,都是春秋战国时人,没有一个汉代人。在这里作者说:"奉职循理,亦可以为治,何必威严哉!"可见对循吏是肯定的。在《酷吏列传》的叙论里，作者更深切表示反对酷吏统治。

汉武帝时代何以酷吏特别多？汉初七十年在秦末农民起义之后，土地比较平均，解放了生产力，农业和工商业都有所发展，统治者又提倡节俭，轻徭薄赋，这就是所谓文景之治。汉武帝承文景时代的经济基础，政治、文化都有很大的发展，但长期战争和奢侈迷信的消耗，也造成了财政经济上的困难，加深了阶级矛盾。汉武帝为了打击地主商人对广大劳动人民剥削的争夺，镇压农民的起义反抗，加强了酷吏统治。司马迁作《酷吏列传》是对汉武帝"外施仁义"而真正实行残酷的刑法统治的揭露和控诉。

我们这里选读一篇《张汤传》。

传文开始写张汤童年故事，把掘开鼠洞捕得的偷肉吃的鼠当刑事犯来审问，按诉讼程序，论盗鼠罪状，"其文辞如老狱吏"。有兴味地写小故事，明张汤酷吏之才，出于天性。以下写张汤一生经历，从小吏累升至御史大夫，着重写其"为人多诈，舞智以御人"的特征。在"汤为御史大夫七岁，败"这句以前，大半篇写张汤以诈取胜，以后小半篇写张汤亦以诈失败。全篇叙事，大抵只取概括，不作具体或故事化的描写，但也突出了一个"为人多诈"的酷吏的形象。

作者对张汤为人虽然是厌恶的，但并没有抹杀他在行为方面还有某些值得称道的品德。传中写其早年为小吏时与长安富贾田甲等以钱财相交，而汤"乾没"，即空手得利，但后来"汤至于大吏，内行备也，通宾客饮食，于故人子弟为吏及贫昆弟，调护之尤厚"。表明张汤待人接物并非一贯玩弄巧智，损人利己。传末写"汤死，家产直不过五百金，皆所得奉赐，无他业"，可见张汤之为酷吏是一个酷而不贪的人。

作者最厌恶张汤的地方是张汤善于揣摩并根据汉武帝的意旨办事，巧立法令名目，加罪官吏人民。正因为如此，张汤得到汉武帝的恩宠。传文说："汤每朝奏事，语国家用，日晏，天子忘食。丞相取充位，天下事皆决于汤。"这样张汤就成为公卿大臣以至百姓庶人最痛恨的一个人。下文写群臣议论匈奴来请和亲一事，博士狄山以为"和亲便"云云。"上问汤，汤曰：'此愚儒，无知。'狄山曰：'臣固愚忠，若御史大夫汤乃诈忠。'"读此一段，可见张汤是根据汉武帝意图说话，而博士狄山则表现了书呆子本色和见解。这里作者详写博士狄山的话指出张汤对汉武帝是"诈忠"。此外在《汲黯传》，写汲黯与张汤辩论，"汤辩常在文深小苛"，"汲黯忿发骂曰：'天下谓刀笔吏不可以为公卿，果然。必汤也。'令天下重足而立，侧目而视矣！"在《平准书》竟直书"张汤死而民不思"。由此可见作者对张汤的认识和态度是与汉武帝不同的。张汤死后，汉武帝为张汤申了冤，处罚了陷害他的人，赞扬张汤的母亲并起用张汤儿子张安世，俱见传末。

　　作者根据事实和自己的认识，写出了一个面目可鄙而有小善的张汤。对张汤为人的评价，牵涉到对汉武帝的评价。汉武帝对外抗击匈奴，对内削平贵族藩王叛乱，打击豪强，实行盐铁国有等财政经济政策，对巩固汉帝国的统一局面和封建统治，都是极其重要的。当时对汉武帝这些政治经济上的方针和措施是有争议的。张汤迎合汉武帝意旨，"更定律令"，严刑峻法，执行其事，扰民过甚，引起普遍怨恨，但未可厚非。作者把许多事归结到张汤"舞文巧诋以辅法"，反映了对汉武帝许多政治经济措施的不满。这和作者的思想有密切关系。作者受儒道思想的影响，只看到汉武帝扰民的一面，看不到利民的一面，时时流露对汉武帝讥刺之意，而对汉武帝的爪牙如张汤等酷吏，则深恶而痛绝之。这里作者在认识上是有局限的。张汤至死不服，武帝亦觉其死得可惜。张汤迎合武帝意旨，未可一概视为可鄙。本传作者只从其诈术着笔，忽略其实际的事功。作者于传赞亦说："张汤以知阴阳，人主与俱上下，时数辩当否，国家赖其便。"可见作者亦承认张汤实有功于汉帝国，未可以其"多诈"而不作适当的肯定。

《盐铁论·轻重第十四》："御史曰：水有猵獭而池鱼劳，国有强御而齐民消。故茂林之下无丰草，大槐之间无美苗。夫理国之道，除秽锄豪，然后百姓均平，各安其宇。张廷尉论定律令，明法以绳天下，诛奸猾，绝并兼之徒，而强不凌弱，众不暴富。"可见武帝以后，在昭帝之世举行的盐铁会议上，代表王朝政府派的御史还表扬了张汤的功劳。

《汉书》写张汤另立《张汤传》，不入酷吏传，并写其子孙荣显于世，大加赞扬。班传只言其"舞智以御人"，删去史传"为人多诈"一句。班传赞还补一事："冯商称张汤之先与留侯同祖，而司马迁不言，故阙焉。"均可见班固对张汤的认识和态度与司马迁不同。

雄浑慷慨　博大宏浑

《大风歌》赏析

屠岸

作者介绍

屠岸，1923年生，江苏省常州市人，文学翻译家、作家、编辑。原名蒋璧厚。1946年开始写作并翻译外国诗歌。1948年翻译出版了惠特曼诗选集《鼓声》。1949年翻译出版了《莎士比亚十四行诗集》。1973年以后，历任人民文学出版社现代文学编辑室副主任、主任，总编辑。

推荐词

屠岸先生说："刘邦是一个雄才大略的封建君主，并不以诗人知名，但这首《大风歌》却因其昂扬慷慨、博大宏浑而在中国诗歌史上占有一席之位。"《大风歌》为何有如此深厚的魅力？让我们随诗人屠岸一起去领略其中奥妙。

大风起兮云飞扬，威加海内兮归故乡，安得猛士兮守四方！

这是刘邦的杰作。秦末农民大起义，群雄并起，嬴秦覆亡，楚汉相争。公元前206年刘邦称汉王。公元前202年，项籍败亡垓下，刘邦称帝。汉高帝刘邦在位七年，为中国历史上第一个长期的、强大的封建王朝——西汉政权奠定了基础。刘邦在他称帝后的第七年（称汉王后的第十二年），也是他在位的最后一年即公元前195年，率部击破淮南王黥布的叛军，黥布逃走，刘邦"令别将追之"，自己回长安。在回归途中，他到了故乡沛（今江苏沛县）。司马迁在《史记·高祖本纪》中有一段描写："高祖还归，过沛，留。置酒沛宫，悉召故人父老子弟纵酒，发沛中儿得百二十人，教之歌。酒酣，高祖击筑，自为歌诗曰：'大风起兮云飞扬，威加海内兮归故乡,安得猛士兮守四方!'令儿皆和习之。高祖乃起舞,慷慨伤怀,泣数行下。谓沛父兄曰:'游子悲故乡。吾虽都关中,万岁后吾魂魄犹乐思沛。且朕自沛公以诛暴逆,遂有天下,其以沛为朕汤沐邑,复其民,世世无有所与(后两句意谓:世世代代豁免本地人民对王朝政府所承担的徭役赋税——引者)。'沛父兄诸母故人日乐饮极欢,道旧故为笑乐。"之后刘邦回到长安,数月后就因病亡故,"崩丧乐宫"。司马迁所记述的这一段,详细地说明了《大风歌》的由来。

刘邦是一个雄才大略的封建君主,并不以诗人知名,但这首《大风歌》却因其昂扬慷慨、博大宏浑而在中国诗歌史上占有一席之位。中国封建君主能作诗歌者,不止刘邦一人。西楚霸王项籍(恐怕只能算作反秦起义领袖,作为封建君主,还差一点)的《垓下歌》,为失败英雄缠绵壮烈的生动写照,也是千古传诵的名作。汉武帝刘彻晚年巡幸河东,制作《秋风辞》,鲁迅称之为"缠绵流丽,虽词人不能过也"。魏武、魏文、陈思王(曹植虽封陈王,事实上并非君主。但曹氏父子往往并提,这里姑且连而及之),是文学史上著名的曹氏三杰,他们在诗歌上的贡献,其地位当非刘项所能比并。梁武帝模仿当时民歌为诗,也有写得动人的。梁简文帝、梁元帝则以写轻靡的艳情诗知名。其后,唐太宗、唐玄宗都有诗作。南唐二主则是五代时的著名词家,而后主李煜艺术成就尤高,但其所作,则佳者大抵为亡国之君追怀伤感之作。其他封建君主之能诗者,还有宋太祖、明世宗等。而在表现帝业的恢宏和君王的忧乐方面,《大风歌》恐怕是无与伦比的。曹操的《短歌行》在探索人生方面,要深沉厚实得多,但就气度的宏远来说,《大风歌》仍然堪称独步。宋人陈岩肖《庚溪诗话》说:"汉高帝《大风歌》,不事华藻,而气概远大,真英主也。至武帝《秋风辞》,言固雄伟,而终有感慨之意,故其末年几至于变。魏武魏文父子横槊赋诗,虽遒壮抑扬,而乏帝王之度。"言之成理。

《大风歌》,至今还活在读者的心里。朱德同志于1941年写《赠友人》诗:"北华收复赖群雄,猛士如云唱大风。自信挥戈能退日,河山依旧战旗红。"这首七绝,热情歌颂八路军抗日将士,气概豪迈。诗中"大风"的典故,反其意而用之,自然贴切,读来令人精神振奋。这也说明《大风歌》的持久的生命力。

《大风歌》仅仅三句,二十三个字(比《垓下歌》还要少五个字),为什么历经两千多年,至今仍不失其艺术魅力?这绝非无因。可以说,这首诗概括了产生它的那个时代,凝聚了作者对帝业和故土的感情,总结了刘邦一生的实践和理想。

第一句"大风起兮云飞扬",从自然现象写起,仿佛以兴开篇,却又暗含比喻。写大风和飞云,这既是写自然现象,又是写社会现象。刘邦在十数年之内,入咸阳,降子婴,战垓下,败项籍;此后又俘臧荼,败陈豨,诛韩信,除彭越,灭黥布,击卢绾,消灭了异姓王的割据势力,统一了中国。他的军事行动和政治手腕有如风卷残云,他在全国范围内军事上和政治上的胜利,其势如白云飞扬,大气磅礴。

第二句"威加海内兮归故乡",承第一句而来。第一句隐含十几年的历史,第二句写的是十几年历史发展的结果,当前的现实。刘邦不仅在军事上取得了全国性的胜利,而且在政治上建立了制度,实施了招贤纳士、压抑商贾、迁徙豪强、轻徭薄税等一系列有利于人民休养生息的政策,初步稳定了西汉政权。刘邦所实施的一些政策,顺应了历史发展的趋势,客观上于人民有利,因而受到了人民的拥护。于是刘邦的威望空前提高。所以说,"威加海内"是写实。正在此时，他回到了自己的故乡。刘邦出身农民，懂得农民的疾苦，同故乡父老子弟有着深厚的感情。他同他们一起喝酒，并召集故乡少年一百二十人，亲自教他们唱歌。在酒酣耳热之际，他自己作了《大风歌》，配以乐，自己敲打一种叫作"筑"的击弦乐器作为伴奏，自己唱了起来，又向一百二十名少年教唱这首歌，叫他们反复练习，同自己一起合唱。唱之不足，他又起而舞蹈，以至感慨万分，流下泪来。刘邦于公元前209年起兵于沛，转战十四年，终于赢得天下，这时达到了他一生事业的顶峰。本该是他最高兴的时候，然而他却"慷慨伤怀，泣数行下"，这是为什么呢？十几年来，戎马倥偬，南征北战，统一中原，和亲北敌……他回顾过去，瞻望将来，面对着故乡的父老，怎能不感极而泣呢？俗话说，乐极生悲，喜极而悲。悲和喜是对立的，但又是互相渗透的，常常是悲中有喜，喜中有悲，在一定条件下悲喜是互相转化的。故乡沛是刘邦事业的起点，现在他达到了事业的顶点，又回到了沛，中国人对故土从来就有着极其深沉的眷恋之情，这就触发了刘邦的千种情怀，万端感慨，他发而为歌，气魄恢宏，却又隐隐然有一点悲凉的意味（字面上看不出悲，但整首诗有悲的内蕴），这就是极其自然而且可以理解的了。这里,"海内"和"故乡"是一对矛盾,它们是面和点的关系,是终点和起点的关系,是开展和回归的关系。刘邦此时已贵为天子,做了封建王朝的最高统治者,却对父兄们说"游子悲故乡",自称"游子",而所谓"悲故乡",就是乡愁,就是因思念故乡而感到悲戚。这说明他不是以皇帝的身份对臣民说话,而是以乡里的身份对父兄说话。他还要把沛作为自己的汤沐邑(皇帝的私邑)。可见他对故乡和故乡人民感情之深。这些情况,都是这一句诗之所以悲乐相生、感人至深的注脚。

第三句"安得猛士兮守四方!"是承前两句而来。第一句写过去(也是写现在),第二句写现在(从过去发展而来),第三句写将来(从现在向将来展望),也是写刘邦的愿望和理想。此时,虽然群雄已经扫灭,海内已经统一,但太子刘盈仁弱,北方匈奴强悍,分封的同姓王又将成为内部的隐患。刘邦感到创业的艰难,更感到守成之不易,因而希望有一批勇猛的将士来守住四方的国土,巩固汉朝的基业。清人沈德潜在他选编的《古诗源》中评《大风歌》说:"思猛士其有悔心乎。"指诛灭韩信、彭越等功臣一事。似乎韩信受戮,刘邦就失去了守土的猛士,因而后悔。但韩彭固然有功，却都有异心。刘邦杀他们确是心狠手辣，然而这样做有利于结束战乱，实现统一，客观上也符合人民需要和平的要求。从刘邦的主观上看，我认为他此时也无所谓"悔"。但他是否会想到韩彭这样的猛将呢？他可能想到。助刘邦起兵的功臣如萧何、曹参、周勃等，都是谋臣而不是猛将。而韩彭这样的猛将却又表现出大的野心，他们能为刘邦打天下，却不能为他"守四方"，正在或大有可能乱四方。因此他唱这首歌时所要求的倒确是如韩信这样具有高度军事才能的猛士，但更重要的是这样的猛士必须真正忠于刘汉，真正能为这个王朝"守四方"。他是在向前看，而不是在向后看。他在为他的王朝思谋，也在为他的王朝担忧。这三句正是作者当时真实心情的写照。

全诗三句，写了过去、现在、未来。过去萌孕着未来，未来发展着过去，而现在则是过去和未来的桥梁，未来和过去的焦点，这三句是不可分割的，它们调和鼎鼐，浑然一体，共同组成这首完整的诗。

这首诗用词质朴，不尚华藻。而诗中所出现的都是大的形象，如风、云、海内、故乡、猛士、四方等，形成全诗的宏大气势，而且风是大风，云是飞扬的云，士是猛士，给人以强烈的动感，给人以叱咤风云、气壮山河的感觉。整首诗的核心是一个"威"字。威是名词，却同样给人以动感。风大，云飞，烘托出刘邦的军威和声威；帝业大定而回归故乡，达到威望的高峰；愿得猛士守土，则是为了使刘汉的威权绵延百代。这个威在运动中形成，升高，到顶，又预示着在一定条件下的持续，在另一种条件下的下降。这就是动感。威是抽象的东西，却与海内、故乡、猛士、四方这些具体事物不可分离，血肉相连。可以说，整首诗都是围绕着"威"在咏唱。读着这首诗，读者会想到当时的情景，甚至产生身临其境的感觉。这是华丽的辞藻所不能达到的艺术效果。

全诗三句，每句都押脚韵。押韵的三个字"扬"、"乡"、"方"，其韵母都是ang（古音可能读ong，是否如此，待考，但写今音ang不会有大的差别）。这个韵母听来悠扬，昂扬，尤其是平声，更有高亢、宏远的效果。四声的提出，大约在南北朝齐梁时代，但这并不是说这之前的诗人作诗选韵不辨平仄（不分平仄而只凭韵母而押韵，是"五四"以来新诗的传统）。《大风歌》押韵的三个字都是平声字。选用这几个字来押韵，同整首诗的气概和情调相吻合。齐梁之前的诗人非不知平仄，但只限于用韵，尚未构成诗歌声律的格式。但《大风歌》各句平仄的分布也呈交错纷陈状。第一句"风"、"云"、"飞"等平声字造成高昂的气势；第二句"威"、"归"等平声字渲染盛大的氛围；而第三句仄声字较多，透露出某种隐忧，调子略显低沉。这种平仄的运用，也是同内容相联系的。

《大风歌》，司马迁称之为"歌诗"。它是歌，可以唱的，是为歌唱而作的，而且可用乐器伴奏。但它又是诗，具有诗的特质。作为歌，它节奏鲜明，音律铿锵。刘邦当时怎样唱的，它的曲谱如何，我们无从知晓了。但从诗（歌词）本身可以看出它的节奏来——三句，每句四拍：

大风 | 起兮 | 云飞 | 扬，
威加 | 海内兮 | 回故 | 乡，
安得 | 猛士兮 | 守四 | 方！

这里的"兮"字是语助词，据有的学者考证，此字古音读如"啊"。如果把"啊"代替"兮"，这首歌的节奏就是这样：

大风 | 起啊 | 云飞 | 扬，

威加 | 海内啊 | 归故 | 乡，

安得 | 猛士啊 | 守四 | 方！

这个语助词"啊"可能是长读（唱），也可能是短读（轻唱），因此也可当作垫字。如果把"啊"省去，这首歌的节奏就是这样（要在"起"字后面加一逗号）：

大风 | 起， | 云飞 | 扬，

威加 | 海内 | 归故 | 乡，

安得 | 猛士 | 守四 | 方！

这很像后来的北朝民歌《敕勒歌》的节奏：

天苍 | 苍， | 野茫 | 茫，

风吹 | 草低 | 见牛 | 羊！

这是一种略有参差而大体上整齐的、有力的节奏，又是一种虽有变化而基本上单纯的、质朴的旋律。这种节律同这首"歌诗"的内容是紧密结合的。

唐人林宽有《歌风台》七绝："蒿棘空存百尺基，酒酣曾唱大风词。莫言马上得天下，自古英雄尽解诗。"好一个"自古英雄尽解诗"！唐末农民起义领袖黄巢的两首《菊花》诗，太平天国天王洪秀全的《述志诗》（"手握乾坤杀伐权"），都是述怀言志之作，充满了高昂的反对反动腐朽封建王朝的战斗精神，其内容与《大风歌》是截然不同的，但又都是"英雄解诗"的明证。有人说刘邦作《大风歌》是"发乎其中而不自知也"，有一定的道理。像刘邦、项籍这样的英雄（不论是成功的英雄，还是失败的英雄），他们不是为作诗而作诗，而是"发乎其中"，即思想感情到时候自然流露喷涌，不得不发，才做出诗来。这些诗所咏唱的，尽是英雄本色。这正说明他们"解诗"。刘邦不是诗界的英雄，《大风歌》确是英雄的"歌诗"。明人胡应麟《诗薮》誉《大风歌》为"冠绝千古"之作，当不为过。

"横绝四海 又可奈何"

刘邦《楚歌》究竟是为谁而发

潘 慎

作者介绍

潘慎，1929年生，江苏省常熟市人，太原师范学院教授，著名书法家，以女书文字的创作，享誉于世。

推荐词

《楚歌》即《鸿鹄歌》，刘邦所作，因刘邦为楚人，又称《楚歌》。据《史记》和《汉书》所载，此歌因高祖刘邦当年欲废太子而立戚夫人所出赵王如意，吕后找张良寻求对策，张良以"四皓"面见刘邦而使刘邦以为太子羽翼已成，打消了废太子的主意。其后，刘邦作了此诗。对于此诗，前人皆解释为刘邦表现废太子不成之后无可奈何的心情，潘先生却解释为这是传给赵王如意的。

汉高祖刘邦，尽管不属于文学家、诗人之列，却有诗歌的天才，根据《汉书·艺文志》所载，他作过两首很富有意境的篇章，一首是《大风歌》，一首是《楚歌》，本文只谈《楚歌》。原诗如下：

> 鸿鹄高飞，一举千里。
> 羽翼以就，横绝四海。
> 横绝四海，又可奈何！
> 虽有矰缴，尚安所施。

此诗又名《鸿鹄歌》，乃取首句二字为名。宋代郭茂倩编的《乐府诗集》列入"杂歌谣辞"。此诗的创作背景，《史记》及《汉书》皆有史实记载。《汉书·张良传》："上欲废太子（指吕后所生之子惠帝刘盈），立戚夫人子赵王如意。大臣多争，未能决也。吕后恐，不知所为，或谓吕后曰：'留侯善画计……'吕泽强要（张良）曰：'为我画计！'……于是吕后令吕泽使人奉太子书，卑辞厚礼，迎此四人（指商山四皓：东园公、季绮里、夏黄公、角里先生——引者按）。……汉十二年，上破（黥）布归，疾益甚，愈欲易太子。……及宴，置酒，太子侍，四人者从太子，年皆八十有余，须眉皓白，衣冠甚伟。上怪，问曰：'何为者？'四人前对，各言其姓名。上乃惊曰：'吾求公，避逃我，今公何自从吾儿游乎？'四人曰：'陛下轻士善骂，臣等义不辱，故恐而亡匿。今闻太子仁孝，恭敬爱士，天下莫不延颈愿为太子死者，故臣等来。'上曰：'烦公幸卒调护太子。'四人为寿已毕，趋去，上目送之。召戚夫人指视曰：'我欲易之，彼四人为之辅，羽翼已成，难动矣！吕氏真乃主矣。'戚夫人泣涕，上曰：'为我楚舞，吾为若楚歌。'歌曰：'鸿鹄高飞，一举千里。羽翼以就，横绝四海。横绝四海，又可奈何！虽有矰缴，尚安所施。'歌数阕，戚夫人嘘唏流涕。上起去，罢酒，竟不易太子。"

  这份史料，就是这首诗歌的创作背景，也牵涉到一个封建宗法问题。封建王朝的最高统治者，往往对自己的继承人（太子）问题大伤脑筋。依照传统宗法规定。第一继承人应该是嫡子、长子，也就是正妻所生的儿子。但是嫡子不一定是长子。原来在春秋战国时期，诸侯、皇帝们往往先纳妾，即先有了小老婆，再明媒正娶。妾在妻之前，自然先生育子女，所以妾所生之子又往往成了长子，究竟立长还是立嫡，是当时宫廷中常发生的家庭矛盾。汉代以降，先纳妾的不怎么多。长与嫡之争较少（指没有引起明显冲突的）记载，但由于帝王们的私心偏爱，会觉得法定的嫡长子不贤（即不能继承他的统治），不如妾所生之子满意，刘邦就是如此，于是便产生了废弃吕后所生的太子刘盈，另立戚夫人之子赵王如意的念头，并且几乎付诸实现。由于吕后的死拼，大臣们的力争，张良的计谋，四皓的协助，才迫使刘邦"竟不易太子"。刘邦不更换太子，不是出于本心，而是无可奈何，这种无可奈何的心情，就在这首诗中充分地表现出来了。这首诗很短，虽然只有八句，却表达了非常复杂的心理活动。如果局限于史书上所记载的"彼四人为之辅，羽翼已成，难动矣"，其内容当然是像《乐府诗集》上所说的"其旨言太子得四皓为辅，羽翼成就，不可易也"的传统看法，那么，全诗的意思就是说：太子刘盈像天鹅一般高飞千里，而且羽毛长得丰满了（有高人辅佐），已经形成了坚固的基础，能胜任统治天下（横绝四海）。这种基础形成以后，谁也无可奈何，虽然有各种办法（矰缴：捕鸟工具。矰，短箭；缴，缚箭的绳子，便于收回箭和猎获物），也用不上啊。后两句也可以这么理解：我虽然想了好多要废掉太子的办法，结果还是用不上。这表达了刘邦不能废掉太子的无可奈何的心情。

然而，从其他方面来分析，此诗是为刘盈而发的成分微乎其微，可以说不是在说刘盈已经成功，而是在暗示戚夫人，告诉她今后对付吕后的办法。我们可以设身处地去想一想。其一，刘邦早就不喜欢刘盈的懦弱无能，处心积虑想要废掉他，难道一见有四皓为辅，心目中的窝囊废立刻就变成具有雄心壮志、雄才大略的象征物——鸿鹄了吗？其二，刘邦是在"为我楚舞，吾为若楚歌"的气氛下对着爱妃戚夫人唱的。那么"鸿鹄"比喻谁呢？是刘盈吗？不合于情，哪有在得宠的妃子又是心爱的儿子的母亲面前去赞美大老婆的又是不喜欢的儿子的？刘邦如有此好感，就不至于几次三番要废要易了。其三，如果要表示刘盈已羽翼丰满，对之无可奈何，那也只要"羽翼以就"、"又可奈何"两句足够了，根本用不上"鸿鹄"（刘盈不配为鸿鹄）、"矰缴"，更谈不上"高飞"远走（一举千里、横绝四海）。其四，诗中的"羽翼以就"和史料中的"羽翼已成"是两码事。请注意"以就"和"已成"的区别,"以"和"已"虽然可以通假,但此两处却不通不假,各负其责,"已成"是羽翼已经成功(丰满),"以就"是把羽翼"就"(弄丰满)了,前者是完成体,后者是未完成体,或是进行体。"羽翼以就"是从"羽翼已成"的事实中启发所得。刘盈能培植自己的"羽翼",赵王如意一样可以这么做。所以"羽翼以就"说的不是刘盈,传统的理解,是上了"已"、"以"通假的当。

因之,拙见以为此诗是刘邦对宠姬戚夫人的一个暗示,一种激励。诗的对象是赵王如意。那么,其主旨就和传统的理解完全相反了。姑且译出:我心爱的有志气的儿子(鸿鹄)啊,你高飞远走吧,走得越远越好(一举千里)。在外边要招贤纳士,组建辅佐阵营(羽翼以就),等到力量积蓄了,就可以纵横天下(横绝四海)了,到了能够控制国家局势的时候,谁也对你无可奈何(又可奈何)。即使有种种阴谋诡计企图陷害你,对手也是用不上的。

刘邦这么唱了,也这么安排了,他把如意安排在大国(一等封地)——赵,又派最能办事的大臣周昌降级外调为赵相。《汉书·周昌传》:"(赵)尧侍高祖,高祖独不乐，悲歌，群臣不知上所以然。尧进请曰：'陛下所以不乐，非以赵王年少，而戚夫人与吕后有隙，备万岁之后而赵王不能自全乎？'高祖曰："我私忧之，不知所出。'尧曰：'陛下独为赵王置贵疆相，及吕后、太子、群臣素所敬惮者乃可。'高祖曰：'然，吾念之欲如是，而群臣谁可者？'尧曰：'御史大夫周昌，其人坚忍伉直，自吕后、太子及大臣皆素严惮之。独昌可。'高祖曰：'善。'于是召昌，谓曰：'吾国欲烦公，公疆为我相赵……吾极知其左迁，然吾私忧赵，念非公无可者。公不得已强行。'于是徙御史大夫周昌为赵相。"

这份史料，更可充分证明此诗的主旨所在了。可惜周昌尽管帮赵王如意抵挡了吕后的三次召见，终于敌不过吕后的权力，没能保住赵王。而赵王尽管有贤人强相辅佐，却羽翼未就，辜负了乃父刘邦"鸿鹄"之誉。

此诗实为汉王朝宫廷悲剧的序曲。

淋漓尽致而又余味无穷

试谈《古诗十九首》的修辞技巧

何沛雄

作者介绍

何沛雄,牛津大学文科哲学博士,台北"中华学术院"高级院士,英国皇家艺术学院院士、英国语文学院院士。历任香港大学名誉教授、珠海书院中国文史研究所所长、香港作家联合会理事、国际儒家联合会理事等职。出版著作有《永州八记导读》、《赋话六种》、《读赋拾零》、《汉魏六朝赋家论略》、《四书嘉言》等。

推荐词

《古诗十九首》历来受到诗论家的极高评价,称为"风余诗母",在中国文学史上占有重要的地位。前人对它的研究大多围绕作者问题、写作时代、主题内容三方面去探索,很少谈论它的修辞技巧。本文试从现代汉语的修辞技巧来说明《古诗十九首》的写作艺术特色,使读者对其有语言技巧形式方面的领会。

《古诗十九首》历来受到诗论家的极高评价,称为"风余诗母",在中国文学史上占有重要的地位。因此,研究它的专著、论文很多,但是大都环绕着作者问题、写作时代、主题内容三方面去探索,很少谈论它的修辞技巧。本来前人评论《十九首》的"诗话"很多,可惜多流于抽象、空泛,例如说"文温以丽,意悲而远"(钟嵘《诗品》)、"婉转附物,怊怅切情"(刘勰《文心雕龙》)、"辞精义炳,婉而成章"(皎然《诗式》)、"辞不迫切,而意已独至"(张戒《岁寒堂诗话》)、"情真、景真、事真、意真,澄至清,发至情"(陈绎曾《诗谱》)、"格古调高,句平意远"(谢榛《四溟诗话》)等等。怎样才是"文温以丽"呢?哪几句是"格古调高"呢?论者没有说明,留待读者会意心解好了。本文试从现代汉语的修辞技巧来说明《古诗十九首》的写作艺术特色。

《古诗十九首》是一组抒情诗,不论是正面提出,或是托物寄意,都明显地绘写出当日社会的状况——生离死别、男女相思、友情浇薄、乘时窃位,刻画时人的心态——慨叹人生短促、放纵情欲行乐、祈望服食长生、追求传世荣名、逃避现实遁世。有平铺直叙而淋漓尽致,有委婉曲述而余味无穷,现分述于后。

一、以具体表达抽象

感情是抽象的,要刻画离愁、别恨、哀伤、怨思是不容易的,就算堆砌一连串的形容词,也不会引起读者的共鸣。《十九首》的写作技巧,却把抽象的感情,用具体的事物表达出来,例如(#后数目字,代表《十九首》中的次第):

相去日已远,衣带日已缓。(#1)

思君令人老,岁月忽已晚。(#1)

涉江采芙蓉,兰泽多芳草。
采之欲遗谁?所思在远道。(#6)

眄睐以适意,引领遥相晞。

徙倚怀感伤,垂涕沾双扉。(#16)

出户独彷徨,愁思当告谁?

引领还入房,泪下沾裳衣!(#19)

从身体(消瘦)、容颜(衰老)的变化和实际动作(采芙蓉、引领、徙倚、垂涕、出户、入房、泪下)来显示久别愁思的痛苦。又如:

四顾何茫茫,东风摇百草。

所遇无故物,焉得不速老?(#11)

驱车上东门,遥望郭北墓。

白杨何萧萧,松柏夹广路。(#13)

出郭门直视,但见丘与坟。

古墓犁为田,松柏摧为薪。(#14)

由看见的景物,烘托出内心的悲伤。

二、善于运用比兴

"比"和"兴"是写作诗文常用的修辞技巧。"比"可以加深文意,"兴"可以掀起联想,同样增广原文的含义。《十九首》里的"比"、"兴"(不少附会到封建时代的君臣美刺的关系),用得贴切自然,意境深远,例如:

胡马依北风,越鸟巢南枝。(#1)

李善《文选注》引《韩诗外传》文:"诗曰:'代马依北风,越鸟栖故巢。'皆不忘本之谓也。"胡马、越鸟不忘本,人更应不忘本了。同时"北"、"南"相对,加强下文"各在天一涯"的景况。又如:

南箕北有斗,牵牛不负轭。(#7)

南箕、北斗都是星名,《诗经》:"维南有箕,不可以簸扬,维北有斗,不可以挹酒浆。"又"睆彼牵牛,不以服箱"借此比喻有名无实,表明诗中"良无磐石固,虚名复何益?"的意义。又如:

冉冉孤生竹,结根泰山阿。(#8)

用柔弱、孤单、生长在泰山阿的竹,兴起下文顾影自怜、孤独自伤的新婚少妇——"伤彼蕙兰花,含英扬光辉。过时而不采,将随秋草萎。君亮执高节,贱妾亦何为?"又如:

青青河畔草,郁郁园中柳。
盈盈楼上女,皎皎当窗牖。(#2)

以草、柳的茂盛、物之及时,兴起一位青春貌美的"楼上女"。因为良人远离,触景生情,感到闺中寂寞,"空床难独守"。王昌龄《春闺》诗说:"闺中少妇不知愁,春日凝妆上翠楼。忽见陌头杨柳色,悔教夫婿觅封侯。"所写的情景和这首古诗相同。

三、描写简练生动

《十九首》无论抒情或写景,大都着墨不多(最长不多于12句——《东城高且长》、《驱车上东门》、《凛凛岁云暮》三首,最短只有8句——《涉江采芙蓉》、《庭中有奇树》两首),而含义丰富。钟嵘称它"一字千金",足见其简练处;孙鑛说它"宏壮、婉细、和平、险急,各极其致"(《文选论注》),可见其生动处。例如:

> 洛中何郁郁,冠带自相索。
>
> 长衢罗夹巷,王侯多第宅。
>
> 两宫遥相望,双阙百余尺。(#3)

浮雕出一幅当日京城(洛阳)生活的图画。又如:

> 驱车上东门,遥望郭北墓。
>
> 白杨何萧萧,松柏夹广路。
>
> 下有陈死人,杳杳即长暮。(#13)

> 去者日以疏,生者日以亲。
>
> 出郭门直视,但见丘与坟。
>
> 古墓犁为田,松柏摧为薪。
>
> 白杨多悲风,萧萧愁杀人。(#14)

展示出一个萧瑟、悲凉、凄苍的境地。又如:

> 明月何皎皎,照我罗床帏。
>
> 忧愁不能寐,揽衣起徘徊。
>
> 客行虽云乐,不如早旋归。
>
> 出户独彷徨,愁思当告谁?

> 引领还入房,泪下沾裳衣! (#19)

刻画远客思归(或家中少妇想念远行的良人)的愁情,淋漓尽致。又如:

> 独宿累长夜,梦想见容辉。
> 良人惟古欢,枉驾惠前绥。
> 愿得常巧笑,携手同车归。
> 既来不须臾,又不处重闱。(#16)

描写闺中怨妇,积思成梦,迷离恍惚的情景,入木三分。

细读其他各篇,同样写得细致、传神、逼真。

四、造句构辞精审

《十九首》写来自然朴雅,绝无半点斧凿雕饰痕迹,只用最经济的文字,道出含义渺邈的情感、景象。陆时雍《古诗镜》说:"《十九首》深衷浅貌,短语长情。""深衷"、"长情"是诗的内容丰富,"浅貌"、"短语"表示诗的文字精简。《十九首》的文字外貌,看来平淡无奇,但我们仔细咀嚼,就发觉这些诗篇好像陈年醇酒,其味无穷。

张戒《岁寒堂诗话》称《十九首》"词不迫切,而意已独至"。以"不迫之词"能表达"独至之意",可见用字遣词之妙。例如:

> 行行重行行,与君生别离。(#1)

简单的文字,平浅的句子,看来没有什么特殊的地方,但细心分析,就知道写作技巧的不平凡了。首句"行"字重复四次,是诗歌中罕见的,"行"表示走路、旅游;"行行"暗示路途遥远,"行行"、"行行"更表示路途漫长,似无尽头,这是从空间上说。加一"重"字,则又从时间上说了。一句只有一个动词("行")、一个副词("重"),就构成复杂的意思。次句"生别离"则利用典故的暗示,把丰富的内涵,纳入最简约的语言里。《楚辞·九歌》:"悲莫悲兮生别离。"生离死别,人之所悲,作者表示不愿与爱人分离,但环境所迫,不能不分离,只有"行行重行行",直至不得不分离的地步。此情此景,两句描写殆尽,真是神来之笔!又如:

> 与君为新婚,菟丝附女萝。(#8)

虽然"菟丝"和"女萝"颇有不同的解释，但归纳来说，"菟丝"是夏日开花，茎细长而柔弱的蔓生植物；"女萝"是无花、枝细的地衣类植物。二者都是依附他物而生长的。诗中以"菟丝"比喻女子，"女萝"比喻她的丈夫。"女萝"还要依附他物，暗喻女子所托非人；同时新婚即远别，"菟丝附女萝"明显地表示没有依靠！"菟丝"有花，用以比喻女子；花开有时，正要连接下文"菟丝生有时"。这个"时"字，又跟下文"过时而不采，将随秋草萎"联系起来。从新婚夫妇的关系，归结到闺中思妇的忧伤，比喻贴切、细腻，"妙在能使人思"（钟惺《古诗归》）。

《十九首》的修辞，最令人注意的，是叠字形容词的运用①，其中以第二首最为突出：

> 青青河畔草，郁郁园中柳。
> 盈盈楼上女，皎皎当窗牖。
> 娥娥红粉妆，纤纤出素手。

---

① 《十九首》共有叠字形容词十九个：行行、青青、郁郁、盈盈、皎皎、娥娥、纤纤、磊磊、戚戚、浩浩、历历、冉冉、悠悠、迢迢、脉脉、茫茫、萧萧、凛凛、区区。其中有些重复使用。

连用六个叠字形容词,是我国诗歌中所罕见的①。作者能够连用最精练的笔触来刻画环境和人物:从河畔的草,写到园中的柳;从园中的柳,写到楼上的女子;从楼上的女子,写到她的红粉妆;从她的红粉妆,写到她的纤纤素手。由远而近,由物及人,确是"兴象玲珑,意致深婉"(胡应麟《诗薮》)了。

五、文字音节自然

《十九首》是文人的作品,或是文人改定民间歌谣的作品,吸收了民间文学的语言特色,呈现出一种生动、流畅、自然的节奏。谢榛《四溟诗话》说:"《古诗十九首》格古调高,句平意远,不尚难字,而自然过人。"又说:"《古诗十九首》平平道出,且无用工字面,若秀才对朋友说家常话,略不作意。"胡应麟《诗薮》说:"《古诗十九首》及诸杂诗,随语成韵,随韵成趣;辞藻气骨,略无可寻。"王士祯《五言诗选例》云:"《十九首》之妙,如无缝天衣。"这几位诗论家,都指出"自然"是《十九首》的语言

---

① 《诗经·卫风·硕人》也连用叠字:"河水洋洋,北流活活,施罛濊濊,鳣鲔发发,葭菼揭揭。庶姜孽孽,庶士有朅。"但文辞不及《十九首》自然。

特色。"自然"就是"情真、景真、事真、意真"（陈绎曾《诗谱》），像春日开放的蓓蕾，不是人工制造的花朵，流露出可爱的、活泼的气息。

自然的语言，给予读者亲切、明朗、纯和的感觉，例如：

> 客从远方来，遗我一端绮。
> 相去万余里，故人心尚尔。
> 文采双鸳鸯，裁为合欢被。(#18)

> 置书怀袖中，三岁字不灭。
> 一心抱区区，惧君不识察。(#17)

这些句子，简直是口语化，好像诗人跟读者对面谈话一般。又如：

> 极宴娱心意，戚戚何所迫？(#3)

> 何不策高足，先据要路津。
> 无为守穷贱，轗轲长苦辛。(#4)

> 不如饮美酒，被服纨与素。(#13)

这一类的句子，把诗人的情感表露得那么明朗、坦率、真纯，完全没有装模作样、藏头露尾的形貌。

从诗的音节来说，四言诗是以两字为一音步，一句有两个音步；五言诗也有两个音步，上一音步是两个字，下一音步是三个字。由字数不同构成的五言诗，音节比四言诗优美。《十九首》的语言接近口语，文辞自然，所以读起来特别悦耳流畅。它虽然是两千年前的作品，但今天读起来，不论用普通话、粤语、沪语、闽语、湘语、潮语、客家语、台山语等等来朗诵，同样优美动人，直是亘古通今永垂不朽的杰作呢！

澄澈的人生观照 坦率的心灵控诉

《古诗十九首》二题

吴小如

作者介绍

吴小如,北京大学中文系、中国中古史研究中心教授,中央文史研究馆馆员。主编过《中国文化史纲要》,著有《读书丛札》、《中国文史工具资料书举要》等二十多种图书。

推荐词

吴先生的这篇文章,一如他的其他文章,不着不急,轻松自在,娓娓道来,遇山说山,遇水说水,小处着手,大处着眼。读吴先生的文章,总是能得到很多的启发与教益。

说《行行重行行》

行行重行行,与君生别离。相去万余里,各在天一涯。
道路阻且长,会面安可知?胡马依北风,越鸟巢南枝。
相去日已远,衣带日已缓。浮云蔽白日,游子不顾返。
思君令人老,岁月忽已晚。弃捐勿复道,努力加餐饭。

《行行重行行》是《古诗十九首》中的第一首。《十九首》最初见于梁萧统的《文选》,原是集起来的一批汉代五言诗,并非一人一时一地之作,可是后世却把它们看成带有整体性的组诗了。尽管我们今天已不再把《十九首》看成一个整体,但作为汉代五言诗的代表作,它们毕竟还是有共同性。我曾在一篇题为《说汉诗》的旧文字里,对《十九首》做了一点概括性的介绍,现在转录在下面:

像《古诗十九首》这类诗，恐怕比乐府诗要多一点人工的苦心了。诗中的想象不复是儿戏似的异趣横生，而是澄澈的人生观照。里面的描写不复是"渐近自然"的天真活泼，而是坦率的心灵控诉。换言之，它不再富有那么多的趣味性和幽默感，却把"载道"的成分加强了。……另外，深、厚、周密、完整，种种人为的工力在汉代五言诗中也比乐府诗加多了，虽然看上去有些作品比乐府诗还显得素朴。再看，它的应用范围也较乐府诗更为宽广，不仅是唱的岔曲，讲的评书，好玩动听的故事，也是读书人（从寒士清流到官僚贵族，总之是知识阶级）用来抒情、泄愤、发议论、讲道理的工具了，更加日用伦常化了。

……我只能如此笼统地说明汉诗的大概，不，毋宁说最早的五言诗的大概。它是诗之祖，诗之源，诗之原料。固然，在它上面还有《诗》与《骚》，但那好比是矿山，而五言诗则是已经开采出来的东西，虽然它还有待于雕琢。然而这毕竟是宇宙间一大秘密，到汉代才开始被人发现。"巧夺天工"固然很难，而"渐近自然"却尤为不易。我们之所以不能忘情于汉代五言诗，正是由于这个缘故。

这些话，或者有助于读者对汉代五言诗的理解。下面我们就对《行行重行行》作一些具体分析。

这是一首思妇之词，诗中抒情主人公所思念的是一个天涯游子。我觉得这诗有个特定条件，就是那个游子对思妇说来并非毫无消息。这从诗的开头结尾可以得到证明。开头说"行行重行行"，又说"相去万余里"，可见对游子的具体情况虽不详细了解，可是知道他越走越远，而且久无归期。这比干脆没有消息更令人伤心。诗的最后一句说："努力加餐饭。"这是慰勉对方的话。我们参考一下《古乐府·饮马长城窟行》的结尾："长跪读素书，书中竟何如：上言加餐食，下言长相忆。"以彼例比，可见主人公对于所思念者的动静或多或少还是知道一点的，而并非一无所知。全诗的感情、设想以及措辞的语气等，都与这一特定条件有关。而这首诗之所以不同于其他相思离别之作，其细微的差异也正在这里。

古诗在一首之中允许换韵，而换韵处往往也正是划分段落的地方。这首诗共十六句，八句一韵，正好划分成两大段。前一段细腻地刻画出两地离别之苦，后一段更在前一段的基调上执着地倾诉自己的思念之切。最后以撇开自己，慰勉离人作结,在温柔敦厚的语气中饱含着酸辛的悲怨之情。这不仅体现了汉代五言诗的特点,也可以看出我国古典诗歌的传统风貌。

"行行重行行",表示两层意思,一是空间距离越来越远,二是时间距离越来越长。"与君生别离"是追叙分手时情景,"生别离"等于说活生生地离开了。《楚辞·九歌》有"悲莫悲兮生别离"的话,所以朱自清先生认为这句是用典,而且还暗示给读者以"悲莫悲兮"的意思。接下去从"相去万余里"到"会面安可知",这四句全是从《诗经·蒹葭》一篇化出来的。"各在天一涯"就是《蒹葭》里的"所谓伊人,在水一方",而"道路阻且长"更是直接用了《蒹葭》中"溯洄从之,道阻且长"的句子。朱自清先生说,它"暗示'从之'不得的意思"。这就是中国传统诗歌用典的特定效果。朱先生说:"借着引用的成辞的上下文,补充未申明的含义。读者若能知道所引用的全句以至全篇,便可从联想领会得这种含义。这样,诗句就增厚了力量。这所谓词短意长,以技巧而论,是很经济的。典故的效用便在此。"这已说得再清楚不过了。

另外,这四句还显示了古典诗歌"回环复沓"的特点。

因为"相去万余里"从两人相隔的距离来说,是从中间说的,"各在天一涯"是分开从两头说,"道路阻且长"从中间加深一层说,意思是相隔遥远而且路上十分难走;"会面安可知"再从两头加深一层说,意思说双方见面的机会实在太渺茫了。其实这都是一个意思,只是说的角度不同,措辞不同而已。下文的"衣带日已缓"是说人渐渐瘦了,"思君令人老"是说人老得快,用意也是重复的。这种"回环复沓"的特点,从《诗经》、《楚辞》以来就有了。但《诗经》的"回环复沓",大都体现在句子形式上,比如《桃夭》一首,一连三章开头都用的是"桃之夭夭";《伐檀》一首,"坎坎伐檀"、"坎坎伐辐"、"坎坎伐轮",句型也都一样。《离骚》的三大段,尽管表现手法各不相同,中心思想却始终没有变化。从先秦发展到两汉,诗歌的艺术技巧更加成熟,这一首诗就是很好的例证。

接下去"胡马依北风"两句用的是比兴手法。禽兽尚且留恋乡土,何况有思想感情的人呢?言下之意是说,我所想念的人为什么总不回家呢?过去人们讲这两句,只强调北方的马和南方的鸟这一层意思。但我认为,这里还可以再挖掘一层更深的意思。那就是,由于胡马离开了北方,它才"依北风",由于越鸟离开了南方,它才"巢南枝"。可见这两个比兴句是暗示离乡背井的游子应该早点归来才是,而他竟然至今没有归来,恐怕就是由于"浮云蔽白日"的缘故了。诗人把这两句安放在两大段中间过渡的地方,我认为是匠心独运的。这就是朱自清先生说的:"这里似是断处,实是连处。"然而这层意思并没有立即点破,从第二段开头,诗人却把笔锋转到主人公对游子思念之殷切上面,这就是后来人讲唐宋词时所说的"婉约"。但"婉约"和"切直"是矛盾的两个对立面,没有"切直",也显不出"婉约"的好处。

第二段的八句,是把对方(即游子)和自己(即思妇)交叉着来写的。"相去日已远"指对方,"衣带日已缓"指自己,前一句切直,后一句婉约。我们可以把后一句同柳永词做一比较。柳词说:"为伊消得人憔悴。"虽说写得更为具体,却比这一句显得切直多了。"衣带日已缓"则写得十分含蓄委婉,这就是"婉约"。接下去"浮云蔽白日"两句,是就对方说,点出游子可能另有所欢,仿佛白日被浮云所掩蔽。"浮云"句,用陆贾《新语》的典故,所谓"邪臣之蔽贤,犹浮云之障日月"。但古人也常以"日"、"月"比喻男人或丈夫,所以这个比喻完全可以解释为游子另有所欢，因而受到迷惑，再不顾自己的家了。可是诗人用的是比兴手法，读起来还是比较婉约的，底下一句"游子不顾返"才写得比较切直。接着又从自己方面说。"思君令人老"，是从《诗经·小弁》"惟忧用老"一句化出来的，人本不老，由于相思情切才显得老，这里面隐含着一个"忧"字。下一句"岁月忽已晚"却语含双关。一年之尾是"岁晚"，一生之尾也是"岁晚"。以人生而论，一生又能有多少个年尾呢？所以这一句既指一年将过，也暗指自己的年华易逝。所以这两句诗是饱含着无限忧伤的。

最后两句，先说自己，再说游子。"弃捐"有两种解释，一是指自己被抛弃，二是说相思无益，自己把这些都撇开不管。我们从后来曹植的诗中找到"弃置莫复陈"，从刘琨的诗中找到"弃置勿重陈"一类的句子，都与"弃捐勿复道"的句意相同，所以还是后一种讲法更合情理。余冠英先生在《汉魏六朝诗选》中解释这两句说："最后表示什么都撇开不谈，只希望在外的人自家保重。"讲得明顺确切。而从全诗来看，诗人自始至终都写得比较含蓄深沉，并没有剑拔弩张的决绝之辞，所以最后两句也应如此解释，才显得同整首诗和谐一致。

说《西北有高楼》

西北有高楼，上与浮云齐。交疏结绮窗，阿阁三重阶。
上有弦歌声，音响一何悲，谁能为此曲，无乃杞梁妻。
清商随风发，中曲正徘徊。一弹再三叹，慷慨有余哀。
不惜歌者苦，但伤知音稀。愿为双鸿鹄，奋翅起高飞。

这首诗一韵到底，不换韵脚。但古诗押韵较宽，凡是相邻近的韵部，文字都可彼此通押。如此诗"齐"在齐韵，"阶"在皆韵，"悲"在支韵，"妻"在齐韵，"徊"、"哀"在灰、咍韵，"稀"、"飞"在微韵。它们本不同韵，却可以作为这一首诗的韵脚。尽管今天读起来已不大押韵顺口，但在古代却完全可以允许这样写。

这首诗很值得玩味。诗中只出现了一个人物，那就是自诩为"知音"的听歌人。而另一个在楼上弹琴唱歌的人虽被作者所着力描写，却始终未出场。而全诗的口吻很像是第三者（即诗歌的作者）在客观叙述，既非"歌者"，也不是"听者"。而最后"愿为双鸿鹄"两句，又仿佛是歌者和听者两人的共同心愿。这是一种很别致的艺术手法，在《十九首》中是比较特殊的。

全诗分四段，每段四句。第一段写高楼，着重写外观，点明这是"歌者"听居之地。从建筑的宏伟壮丽来看，它绝不是"寻常百姓家"，住在楼里面的人肯定是贵族阶层。第一句说楼的方位，第二句说楼的高大，第三句从楼的上端写，楼窗上有交错镂刻着的美丽花纹图案。毫无疑问，那"慷慨有余哀"的"弦歌声"正是从这窗口里传出来的。第四句写楼基，却没有提到出入的大门。这是由于"三重阶"，等于说"侯门深如海"，从没有看见那位歌唱者走出来过，因此干脆不写楼门了。这四句仿佛是序曲，却并非闲笔。楼中人已呼之欲出了。

第二段从"弦歌声"写到弹琴唱歌的人，用笔在虚实之间，十分微妙。"弦歌"见于《论语》，也见于《庄子》、《韩诗外传》和《史记》，都是指一面弹琴一面唱歌。"声"在这里是总括的说法，而"音"指歌声，"响"指琴声。"响"本指回声，这里指伴奏的琴的和声。"一何"这个词杜诗屡见，如"吏呼一何怒，妇啼一何苦"，这里的"一"应当是"唯独"的意思（见明人杨慎的《檀弓丛训》）。"一何悲"等于说"独何悲"，也就是特别地悲。然后作者发问："谁能为此曲？"这不是一句泛泛的问话，而是加重了语气在问:"像这样悲哀动听的曲调究竟是谁才能弹得出来?"回答却是:"或许是杞梁妻吧?"相传春秋时齐国大夫杞梁战死,其妻在城下枕尸痛哭,路人挥泪,十日而城崩。其人见于《孟子》,其事见于《列女传》,实际就是传说中的孟姜女的前身。古琴曲有《杞梁妻叹》,可见这个曲调是十分悲哀的。这就很有意思了。杞梁之妻本是个普通女子,尽管她丈夫是做官的,她也不可能住在这"上与浮云齐"的高楼里。何况诗人本来就用了个模棱游移的词,"无乃"等于说"莫非"、"或许",可见楼中人的身份绝对不同于杞梁妻。但她的悲哀愁苦却与杞梁妻有共同之处。那么,她的命运之悲惨,处境之艰难,也可想而知了。这就给读者留下了大幅度的想象余地。曹植写《七哀》,陆机写《拟西北有高楼》,都是根据他们每个人本身的想象力赋予并发展了这首诗的内在含义。

不过从后人的拟作中我们也不难看出,原诗的作者仍给我们规定了两点:一、歌者是女子;二、她有着十分惨痛的遭遇和不幸的身世。由于她深居简出,缺乏"奋翅高飞"的自由,只能用"一弹再三叹"的"弦歌"来抒发她那无可告语的忧伤和委屈了。

于是第三段乃全面描写"弦歌"之声。第一句的"清商",点明曲调的名称,这一句是描写乐曲的开头。人们一听便知她弹唱的是什么曲调。第二句的"徘徊"有两层意思。一是这支曲子弹唱到中段,旋律放慢了,如人在行走中间游移不定,徘徊不前,所谓"萦绕淹留",就是这个意思。二是指乐曲到了咏叹的部分,把一个乐调回环复沓,反复地唱。朱自清先生说:"歌曲的徘徊也正暗示歌者心头的徘徊,听者足下的徘徊。"可见诗人用这个词原是两者兼而有之。第三、第四句是活用《礼记·乐记》的说法,所谓"一唱而三叹,有遗音者矣"。不过《乐记》的"叹"指伴歌者的和声,而这里的"叹"却指歌声,因为上面的"一弹"已指琴声,而琴是无法"叹"的。"慷慨"指心中的不平的情绪,或抑郁不得志的情绪;"有余哀"即《乐记》的"有遗音",不过在余音中流露出不尽的哀伤之情。这两句是指一曲的终结。通过作者对这悲歌一曲的描写,唱歌人内心深处的痛苦,读者已不言而喻了。

然而第四段一开头作者却从反面说:"不惜歌者苦。"难道歌者还不够苦吗?还不值得人们同情吗?不,这样写,正是作者对她的无限同情。不过为了强调"知音稀",才故意这样反说罢了。从歌者说，如果她真有一位知音，那么她和他同化为一双鸿鹄，飞向自由天地，那该有多好！而从听歌人说，他既已从歌声中听出楼上人的说不尽的苦衷，该是她的知音了，可是怎样才使她跳出樊笼，他却依然无能为力。于是他幻想：如果真能与她一同化为鸿鹄，自由自在地翱翔，那么她不但得救，而且还有个知音做她的伴侣了。其实，这都是一厢情愿，都是失意者一点虚无缥缈的空想。然而，请读者不要忽略，这点不着边际的空想也好，理想也好，却正是封建社会中冲决罗网、突破礼教藩篱的起点，尽管是渺茫的、单薄的、脆弱的，却是非常值得珍惜的。这里面并不排斥有那么一点神秘的、异性相吸的男女之情，而更多的却是追求解脱、渴望自由的正面的思想感情。其微妙处也正在此。我认为，这就是我们古代诗人笔下的古典的"意识流"，但诗句却写得那么惜墨如金，洗伐得十分凝练。前人每因这最后两句在汉代五言诗中有着不少相类似的诗句，因而认为不免落入俗套，我看这未免太低估其思想艺术价值了。

炽烈而深沉的岁暮独白

兼谈《行行重行行》的结构

周绚隆

作者介绍

周绚隆,人民文学出版社编审,古典编辑部主任。

推荐词

《行行重行行》是《古诗十九首》中的第一首。前人说这首诗的地位相当于为《诗经》定调子的首篇的《关雎》,它也为整个《古诗十九首》定了调子,所谓"真得三百篇遗意"。这篇诗作被选入多种教材,也可见对它的认同。周先生对这篇诗作从结构上进行的条分缕析,对理解诗作的内涵极有帮助。

《行行重行行》是《古诗十九首》中的第一首。清人陈祚明《采菽堂古诗选》卷三曾评其为"用意曲尽,创语新警",朱筠《古诗十九首说》则称其"真得三百篇遗意"。统观两家之言,皆可谓知者。初读此诗,人们会很自然地想起《诗经·秦风》中的《蒹葭》来,特别是其第五句乃径从《蒹葭》"溯洄从之,道阻且长"两句中化出,更易使人产生这种联想。不过相比较而言,《蒹葭》在写法上是创造了一个空灵的意境,所以主题比较朦胧含蓄。《行行重行行》则舍去了对时空背景的渲染(虚拟的背景不计)①,只用思妇当下的内心独白来直接揭示她的心理,显得主题显明。所以独白的运用是这首诗在艺术上的一个突出特点。

---

① 此诗的一个明显特点是淡化了背景,诗中只有"岁月忽已晚"一句隐约地点出了时间,但其一半的目的还在于营造气氛和烘托主题。对背景的淡化自然可以突出独白的作用,便于它在诗中取得支配性的地位。

诗的开头二句横空而来，用一种不耐烦的口吻直接入题。首句四个"行"字叠用，以一"重"字相连，既道出了游子在外的行程之远，也点出了其离家之久。次句紧承其意，用"生别离"三字进一步说明这是一次令人刻骨铭心的永别。"生别离"一语乃化用《楚辞·九歌·少司命》"悲莫悲兮生别离"的成典，前人早有指出，此不赘言。这两句看似平淡，却深含着闺中之人对那背井离乡、杳无音讯的游子的无尽牵念，所以音调低沉而凝重有力。下面的四句继续申足首二句的意思。所谓"万余里"和"天一涯"均是思妇的推测之词，并非实写。但它们却很好地传达了一个信息，即：游子虽已离家日久，音讯全无，但闺中的思妇却仍在时时地计数着他离家的日子，并不断地在推算他的大致行程。"道路阻且长"两句语气渐缓，声音渐低，道出了女主人公对于与天涯游子相会的渴望，和对眼前的关山阻隔的无奈。特别是后一句用一支韵打住，更有一种低回凄咽的感觉，显得语有未竟，凄凄切切。全诗行文至此，抒情达到了高潮。接下来七、八两句借用古代歌谣中的两个比喻宕开一笔，笔触随之从思妇当下的心理转到了漂泊天涯的游子身上。于是紧接着的四句就出现了两个虚拟的场面：一个是在外的游子仍在四处漂泊，且离家越来越远，形容也日益消瘦；一个是游子已为"浮云"所蔽（指另有新欢），已无心反顾。这当然只是诗中的女主人公所能想见的两种可能，也是她在悲伤之余思绪的一个转移。经过这一过渡，她的心情已渐趋平静，所以结尾四句便淡淡道来，仿佛是在自言自语一样。"思君令人老"一句中的"老"字既有年龄衰老的意思，也有心力交瘁不胜思念的内蕴，可谓一语双关。而"岁月忽已晚"一句则既表明她自春至冬，使一年的大好时光又在相思的痛苦中忽然流逝，同时也暗示着她对重逢的失望。这也是对上一句进一步的解释。于是在末两句她便只好弃置不提，唯有遥相祝福，以无奈的口吻结束而已。

英国学者提尔亚德（E.M. W. Tillyard）在其《直陈的与曲现的诗歌》（*Poetry, Direct and Oblique*）中曾将诗分为"直陈的诗歌"与"曲现的诗歌"两类。前一类诗是率直地陈述作者所欲传达的思想，后一类则不直接说明作者的意旨，而是借助韵律、意象、隐喻和其他一些艺术因素来将其显示出来。如果按照他的这种方法来分，《行行重行行》显然应是属于第一类的。因为它的前六句和末四句其实都是思妇的内心独白，只有中间六句过渡性的文字可以算作是背景声音。从诗性效果来讲，这种独白是可以将抒情主人公的内心世界直接诉诸读者心理的。也就是说，在这首诗中，抒情主人公的心灵世界是完全向读者敞开的，我们用不着再从文字的背后去体会诗人所欲表达的内容。和"曲现的诗歌"不同，"直陈的诗歌"吸引读者不是靠丰富的意象、生动的隐喻，也不完全是靠优美的韵律，有时候，它在这些形式的运用上甚至可能很粗糙。比如汉乐府民歌中的《上邪》："上邪，我欲与君相知，长命无绝衰。山无陵，江水为竭，冬雷阵阵，夏雨雪，天地合，乃敢与君绝。"虽然这首诗在诗歌的形式技巧上实在乏善可陈，但这并不妨碍它作为诗的表达效果。当然《行行重行行》在诗的形式上要比《上邪》完整得多，但它和《上邪》一样，还是要借助人物的独白来抒发感情。在它们面前，读者可以说不是被吸引了，而是被彻底感动了。它们打动读者完全是靠这独白中所传达出来的感情的炽烈和深沉。同样的情景在《诗经·郑风·褰裳》中也可以看到："子惠思我，褰裳涉溱。子不我思，岂无他人？狂童之狂也且！"此诗虽然用了一种戏谑的口吻，但那虚拟的情人并未在诗中出现，所以它仍然是诗歌运用独白的一种形式。在诗歌中，独白的成功运用起码可以收到两重效果：

一是能起到直入人心的效果，因为这类诗往往不需借助于读者的理解和想象来实现其目的，它试图与读者的心灵直接对话，以产生感情的共鸣；二是能使诗歌显得言简意赅，省去各种枝蔓，以便更好地突出主题。如果就这两个方面来论，《行行重行行》对独白的运用无疑是非常高明的。

苏姗·朗格曾认为，一切诗歌都是努力要创造一种生活的幻象。如果我们不否认中国古代的大多数思妇诗都是男性诗人从男性的角度揣摩女性心理而写成的，那么我们就不能否认她的这一论断的正确性——起码在这类诗中是如此。她还认为这种"生活的幻象是建立在开篇第一行诗上，那行诗必须将读者或听众的注意力从交谈的兴趣转移到文学的兴趣上来，即由现实转到虚幻上来"。这话说白了就是诗的第一行应能够抓住读者的注意力，把他从现实的世界拉到诗歌所营造的虚幻的世界中来，以便充分地感受和欣赏它。《行行重行行》首六句的独白就成功地做到了这一点。此诗首句的叠字既突然又新奇，而且音节响亮，节奏急促，使人乍一读来便欲罢不能。随后的五句顺水直下，一气写来，显得环环相扣，速度极快，容不得人有迟疑的余地，直到你一口气将其读完。至此，读者已完全进入了诗歌所指定的世界中，而且也基本上接受了它的主题。紧接着中间六句的背景声音又巧妙地调开了读者的注意力，使其稍得调整思绪。然后再由末四句的独白将其从对远方游子的种种遐想中再次唤回到对思妇当下心理的关怀中来，并在人们还在期待下文时就已为全诗画上了句号，使其戛然而止，只剩篇末的祝福尚久久地回响在人们耳畔。应该说，在这首诗中，这两段独白所起的作用并不一致：从叙述的速度来讲，第一段独白比较快，第二段则比较平缓；从表达的感情色彩来看，第一段比较强烈，第二段则比较平静；从在诗中所起的功用来讲，第一段在于点题，第二段则是在深化主题。这样，此诗在结构上的独特之处也就显示出来了。

关于《行行重行行》的结构，前人的意见并不一致。金圣叹《唱经堂古诗解》云其"通首板作四解，而起结两句，另作一顿"。马茂元《古诗十九首探索》则说："全诗可分两个部分：前面六句写离别，是追溯过去的状况；后面十句写相思，是申诉现在的心情。"其实这两种说法都很值得商榷。问题的关键即在于大家都没有注意到该诗在艺术上的这种独特性，即对独白的反复运用。如果考虑到这一点，我们就不难发现它实际上是由三部分构成的——这在前面的论述中已经被提到了。也就是说,开头六句的第一段独白应为一个部分,中间六句的背景声音应为一个部分,最后四句的第二段独白也应为一个部分。这样从各部分的功能来看,第一部分的独白是为全诗设定了一个虚拟的情绪化了的情景,其目的在于破题;第二部分的背景声音主要是起了过渡的作用,其目的在于调节诗歌的节奏和读者情绪,为下文的生发作铺垫;第三部分的独白则表现了女主人公眼下的心情,其目的在于深化主题。这个结构可以列表如下:

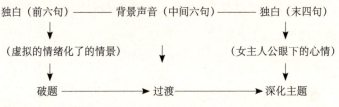

对于《行行重行行》的这种结构,前人虽未曾给以充分的注意,但对其行文上的某些特点的认识,却并不乏慧眼。如吴淇在《古诗十九首定论》中就曾说:"行行,六句,一直赋去,如骏马下坂。忽用七句八句,作二比顿住,以下却缓缓赋来,格调最好。"从全诗的运笔速度和节奏来讲,这番评论应该是十分准确的。尤其值得一提的是方东树在论此诗时所说的一段话:"古人作书有往必收,无垂不缩,翩若惊鸿，矫若游龙，以此求其文法，即以此通其词意，然后知所谓'如无缝天衣'者如是，以其针线密，不见段落裁缝之迹也。"方东树虽然并没有认识到《行行重行行》是如何运用抒情主人公的两段独白来结构全诗的，他所谓的"有往必收"、"无垂不缩"当然也不是就这个问题而言的，但他却在无意中启发了我们对这首诗的结构的新认识。即这两段独白在首尾互相照应，既在回环往复中层层推进，一步步地深化了诗的主题，也使全诗的结构处在一种有效的张力之下，所以不论轻重缓急都非常有序，显得变化灵活自然，腾挪有法，如"无缝天衣"。

鱼:自由的象征

汉代乐府诗《江南》赏析

王富仁

作者介绍

王富仁(1941—2017),山东高唐县人。北京师范大学中文系教授、博士生导师。出版有著作《鲁迅前期小说与俄罗斯文学》、《文化与文艺》、《历史的沉思》、《中国文化的守夜人:鲁迅》等。

推荐词

这篇欣赏文章是王富仁先生一组古代诗词欣赏文章中涉及汉代乐府诗中的一篇。《乐府诗集·江南》过去大多被理解为对江南水乡的赞美,或者对采莲人的描写,或者对莲的咏叹。王富仁先生则指出:全诗只有两句写莲,却有五句重点写鱼。那么,写鱼有什么意义呢?

江南可采莲,莲叶何田田。鱼戏莲叶间,鱼戏莲叶东,鱼戏莲叶西,鱼戏莲叶南,鱼戏莲叶北。

——《乐府诗集·江南》

过去对这首诗的解读,大多集中于对江南水乡美景的赞美,其重点又放在莲荷及采莲上,有的还附会出许多人的采莲场面来,而对于下面五句关于鱼的铺排敷衍,大抵都作为江南采莲图的辅助因素或组成部分,虽也赞其美,但却并不视之为全诗的重心。这从全诗的布局上来看,显然是不合理的,全诗只有两句写莲,而却有五句重点写鱼。诗是唤起人们的想象的,但即使读者的想象,也应是诗本身直接唤起的,不能是作者根据自己的知识有意补充进去的。因此,解读此诗应以"鱼"为主,而非以"莲"为主。

"江南可采莲"在全诗中的作用有类于古代诗论中的"兴","兴者,先言他物以引起所咏之词也"(朱熹《诗集传》)。这里则是以人们的一种普遍的认识乃至当时人们的一句熟语引出"莲"这种铺陈的具体对象,而"江南可采莲"的整体内容却并非本诗具体表现的内容。我认为,过去的诗评家之所以常常把分析的重点凝滞在第一句上,实在是因为把这种起情的"兴"语当作了具体表现的"赋"语。正因为第一句只是"兴",所以第二句承接的只是"莲"而不是"采莲"。"莲叶何田田"写莲叶的茂美。清人张玉谷说:"不说花,偏说叶,叶尚可爱,花不待言矣。"(《古诗赏析》)我不同意他的说法。关键在于该首诗的重心不在表现莲之美,若要描摹莲之美,花当然是不可或缺的描写对象了。实际上,写叶并不妨碍写花,写叶之美之后再写花之美,该诗便把读者的视线有效地集中在了"莲"上,然而该诗并没有这样写,而是立即由"莲"过渡到了"鱼"。"莲叶何田田"的作用从下面五个"莲"字上看得很清楚,它构成了鱼戏的美的背景和构成了鱼戏的明确方位感。这样,我们便不能把最后五句或四句仅仅等同于其他诗歌中常见的复沓和重复,那些句子是为了强化诗歌主体的表现力、加强人们对其中重点内容的感受,起到的是加深印象和引发感情的作用,而这首诗的最后五句是自为主体的,假若说加深印象，加深的也是"鱼戏莲叶间"的印象，鱼仍是被强化表现的对象。"鱼戏莲叶间，鱼戏莲叶东，鱼戏莲叶西，鱼戏莲叶南，鱼戏莲叶北。"从客观上说，这里描绘了一幅荷塘处处有鱼游的鱼戏图；从主观感受上说，它又是鱼儿处处可戏游的惬意感觉。自由是人类永恒的追求和向往，这幅鱼戏图的美就在于它潜在地满足了人对自由的向往。鱼儿是自由的，它们在荷塘莲荷间自由地游弋，无拘无束，悠游自在，人们在鱼儿的戏游的形象中感到了自由的舒适与恬美。因而，在这里，鱼是自由的象征。

该诗最显著的特点是几个方位词的排比使用，"间"、"东"、"西"、"南"、"北"代表的是各种不同的方位，而自由的感觉恰恰是与方位的感觉紧密相连的。人的不自由的感觉是怎样产生的？它是由于种种条件的限制，或客观的压力，或主观的束缚，或客观与主观结合在一起的障碍，使人在生活中总难完全依照自己的自然需求完全适意地选择或改变言行的趋向。单向的选择总是不自由的，而自由便意味着每一个个体同时有几种可供选择的方向，这样它才能够完全依其自然的需求在完全适其心意的条件下进行选择，并在选择后可以随时改变这种选择。该诗中的几个方位词的排比运用，在无形中加强了读者对鱼的自由性的感觉。它一会儿游向东，一会儿游向西，一会儿游向南，一会儿游向北，在荷塘里，在莲叶间，无拘无束，优哉游哉地穿行着、戏游着，没有任何固定方向的限制，没有客观的强制性力量迫使它们，也没有主观的目的性制约着它们，这是何等惬意的生活呵！

该诗另一个最显著的特征便是对鱼戏的敷衍铺排的表现方式，"鱼戏莲叶间，鱼戏莲叶东，鱼戏莲叶西，鱼戏莲叶南，鱼戏莲叶北"造成的是鱼戏图的动态感。这里的句式的微小变化与连续性造成了动感，视点的变化也造成了动感，而这种动态感又是与鱼的自由、活泼的形态感统一在一起的。

总之，这首诗的上述两个特点都加强了读者对鱼的自由性的感觉。在该诗中，鱼便是自由的象征。

实际上，在中国的古代诗歌中，鱼在绝大多数的场合都是自由的象征，并因此而与"性"发生着多种联系。不过，只有在此诗中，它的象征意义得到了最突出、最明确的表现。

因形换步　随类赋彩

《陌上桑》谈艺

张永鑫

作者介绍

张永鑫,1937年生,江苏省无锡市人。1961年毕业于北京大学中文系。先后在郑州大学、苏州大学、无锡教育学院从事高等师范教育与科研三十余年,无锡教育学院中文系副教授。出版有《汉魏六朝小赋选》、《汉乐府研究》、《古典诗文论丛》、《水浒传校注》、《历代赋选注》等专著。

推荐词

这篇文章集中于《陌上桑》两点艺术美——"三解一变",分析了全诗一个又一个的艺术境界,运用光感十分精妙、十分成功。

《陌上桑》的艺术美,有两点可以提及。一是此诗有"三解"。"解"本是音乐专名,即是"章","章"是"音·十"即乐曲终止的意思。据郭茂倩《乐府诗集》、陈旸《乐书》等探知,"解"是乐府诗中的一种音乐情调性处理,它的特点就是"变"——强弱、浓淡、缓促、虚实、时空等的转换。《陌上桑》正是借助"三解一变"的作用,使全诗不断变换出一个又一个新的艺术境界。二是两汉诗已具光感,而《陌上桑》是运用光感十分精妙、十分成功的一首诗。

《陌上桑》一诗旨在歌颂罗敷的勤劳、坚贞与敏慧,鞭挞使君的邪恶、卑劣与愚蠢。而"解"与"光感"的巧妙运用,使得罗敷之美更美,使君之丑更丑。

一章先写罗敷之美。它调动诸如铺陈、烘染、夸张等多种艺术手段,来着意描写罗敷之美。服饰之丽,器用之精，观者之羡，写罗敷的外形美；"喜蚕桑"写其勤劳美。本章十八句中，五言句式几乎都由"二二一"或"二一二"顿式构成，且又都以双句分别摹写行人、少年、耕者、锄者等人物的动态，因而在形式与节律上给人以一种均齐平板的感觉，所以本章末用"解"一次。由于这一音乐情调性的处理，遂由平淡而浓烈，打破了那种雍容大度、凝重典雅的格局，顿使本章充满明快热烈的氛围，使罗敷的形象得到多层次、多角度的雕塑。

同时，本章开首的"日出东南隅，照我秦氏楼"二句，值得注意，因为它运用了很好的光感效应。所谓光感效应，即从"明"与"暗"的对比中产生的艺术效应。本章首句所谓的"东南"实为"东"意（"东南"，偏义复词，只取"东"意），因此"日出东南隅，照我秦氏楼"实即运用"明"效应，让罗敷正面承受"东"方升起的一轮朝日所放出的万道芙蓉霞光的衍射，使得已经够美的罗敷形象更加晔晔生辉，光彩照人。

二章接写使君丑行。前章虽已凸现了罗敷之美，但其形象似乎"照人"有余，而未臻于"感人"之境。因此，接一章末之"解"，二章便改用完全不同于一章的艺术手法，专用简短的对话方式，在罗敷与使君面对面的斗争中来展示罗敷的感人性格——坚贞美。罗敷与使君，问答之间，淡淡似水。既无耸动视听之语，也无振聋发聩之辞。礼仪有加，魅力不足。而本章末的再次用"解"，便由弱而强，由缓而促，随着罗敷"使君一何愚！使君自有妇，罗敷自有夫！"的答辞，使字字句句如挟风霜，如掷金石，它们合成一股冲击力，投向使君一伙，这一冲击之力，使人有痛快淋漓之感；罗敷斥责之厉，令人对她起肃然敬仰之情。

而且，由于一章末"解"的作用，本章光感的运用也同上章截然相反。"使君从南（即一章的'东南'之省，'南'即'东'意）来，五马立踟蹰。"这就点明使君系背光出现，逆光行进。因此，使君的形象便蒙在一片阴影中。这森然魔影，是对使君本质的暗示，也是对使君丑行做象征性的批判。人们不难由此想见此丑类的心肝似漆，面目可憎，察见其灵魂的卑污与心理的阴暗，这不是同罗敷的美艳与坚贞形成了强烈的反差？

《陌上桑》的第三章写罗敷"夸婿"。"夸婿"是全诗一个不可或缺的关键部分，因为它是罗敷严拒使君后情节发展的需要。可以设想，以使君的淫威，要取一民女不易如反掌？如果光有罗敷的答辞，恐怕还不足以阻止使君可能采取的进一步抢掠等暴行。因此，便让罗敷虚拟出一个文武全才、据威恃重、不可侵犯的夫婿，来压倒、慑服使君，这完全是客观形势和情节发展的需要。因之，"夸婿"是粉碎使君妄想、使之遭到可耻失败的一种有效斗争手段。另一方面，"夸婿"又是人物性格发展的必然，罗敷不仅表现出抗拒使君的大勇，又有玩敌于股掌间这种机慧的"夸婿"大智。智勇兼备，使得罗敷的形象更完美、更合理。正由于"夸婿"在全诗所处的重要性，也由于二章末"解"这一特性的影响，因此，三章便由实而虚，"夸婿"，便全都以罗敷的长篇自述这一独特的艺术方式得到展示。它同一章的铺陈烘托、二章的简短对话鼎足而三，成为全诗三个引人入胜的艺术发光点。

同时，三章也因二章末"解"的作用而用了完全不同于二章的光感手法。罗敷虚拟的那位才华横溢气概万千的夫婿，同罗敷一样，也是在"东方千余骑，夫婿居上头"的"东方"红日的强光设色下，使夫婿形象更加轩昂磊落，大气凛凛，一时间仿佛他是真理、光明、正义的化身，廓清了邪恶、黑暗、不义，更增强了"夫婿"存在的真实性与可信性。

正像昆仑的腾挪盘曲、层峰深壑，长城的逶迤萦绕、朝晖夕阴，也像黄河的百折迂回、流金泛彩，长江的蜿蜒流转、天光云影，这大概就是种种天造地设的因形换步，随类赋彩吧。读罢汉乐府《陌上桑》诗，应该也会生出这种感觉来。

↘ 原　文

陌上桑

日出东南隅，照我秦氏楼。秦氏有好女，自名为罗敷。
罗敷善蚕桑，采桑城南隅。青丝为笼系，桂枝为笼钩。
头上倭堕髻，耳中明月珠。缃绮为下裙，紫绮为上襦。
行者见罗敷，下担捋髭须。少年见罗敷，脱帽著帩头。
耕者忘其犁，锄者忘其锄。来归相怨怒，但坐观罗敷。
使君从南来，五马立踟蹰。使君遣吏往，问是谁家姝。
秦氏有好女，自名为罗敷。罗敷年几何？
二十尚不足，十五颇有余。使君谢罗敷，宁可共载不？
罗敷前致词，使君一何愚！使君自有妇，罗敷自有夫。
东方千余骑，夫婿居上头。何用识夫婿？

白马从骊驹,青丝系马尾。黄金络马头。

腰中鹿卢剑,可值千万余。十五府小吏,二十朝大夫。

三十侍中郎,四十专城居。为人洁白皙,鬑鬑颇有须。

盈盈公府步,冉冉府中趋。座中数千人,皆言夫婿殊。

秦罗敷:汉代那最美的女子

我读《陌上桑》

杨志学

作者介绍

杨志学，1962年生，河南沁阳人。1983年获郑州大学文学学士学位，1994年获北京师范大学中文系文学硕士学位，2005年获首都师范大学文学博士学位。2005年到中国作协《诗刊》杂志社工作，任编辑部副主任。2008年加入中国作家协会。

推荐词

这篇欣赏文章说，《陌上桑》的"重要贡献就在于它把当时最美的女子给我们留传下来了"。这首诗是如何为我们再现汉代这位最美的女性形象的呢？它通过三个层次，为秦罗敷铺设了一个美的历程，即美—更美—完美（最美）。

《陌上桑》是一首汉代乐府民歌，它写了一个美女的故事。我觉得《陌上桑》这首诗的一个重要贡献就在于它把当时最美的女子给我们留传下来了，这女子就是采桑女秦罗敷。汉代还有一个美女叫赵飞燕。赵飞燕和后来的杨贵妃一起成了美女的代称。但比起秦罗敷的美，赵飞燕要逊色多了。因为人不同于花鸟虫鱼，人有灵魂，高贵的灵魂，可以使一个容貌本来就美的女子放射出更加动人的光彩。秦罗敷的美，就正是容貌美和灵魂美的统一，外在美与内在美的结合。

这首诗题为《陌上桑》，意思是路旁的桑田。诗题即告诉我们，诗中所写的美女生活在民间。她的美是一种"清水出芙蓉，天然去雕饰"的自然美，具有一种清新诱人的魅力。

那么，此诗是如何为我们再现汉代这位最美的女性形象的呢？这首诗通过三个层次，为秦罗敷铺设了一个美的历程,即美——更美——完美(最美)。

第一层从"日出东南隅"到"但坐观罗敷",写罗敷的美丽容貌。历来写美女的手法多种多样,各见千秋。《陌上桑》的手法更是别开生面。它采取的是一种效果性描写手法,即通过他人的反应来写罗敷的美。诗中写了四种人见到罗敷后的反应:"行者见罗敷,下担捋髭须。少年见罗敷,脱帽著帩头。耕者忘其犁,锄者忘其锄。"这就是美的效应:过路的人看到罗敷,禁不住放下担子捋着胡须观看(他们身不由己了);青年人看到罗敷,脱下帽子露出帩头显示其英俊(他们想入非非了);耕地者忘记了身边的犁(他们看呆了);锄地者忘记了手里的锄(他们陶醉了)。虽是通过众人反应间接再现罗敷的美,却比正面描写容貌收到了更好的效果。它为读者留下了广泛的想象空间,一千个读者有一千个罗敷。后来曹植的《美女篇》中的"行徒用息驾,休者以忘餐"就直接吸取了这种写法。在写了四种人对罗敷的反应之后,第一层最后两句"来归相怨怒,但坐观罗敷"亦不可轻易读过。因为这两句不仅从普遍意义上将罗敷视作美的存在,以总结性的语言续写美的效果,而且它通过众人"来归"时"怨怒"的情态,使作品平添不少诙谐的喜剧色彩。以上即是罗敷美的历程的第一阶段——"美"的阶段。

第二层从"使君从南来"至"罗敷自有夫",写使君与罗敷通过对话展开冲突。使君看到罗敷的美貌,垂涎三尺,提出了要与罗敷"共载"的要求。可见,面对罗敷这样一个正值豆蔻年华的美丽少女,使君的行为和一般良民百姓的行为截然不同:平民百姓是把罗敷这个美女作为美的财富、社会共有的审美对象来看待,尽管罗敷的美貌使他们大饱眼福、大开眼界,但他们只停留在观看欣赏的阶段,而使君却想把这种美据为己有。罗敷没有答应他的要求,而是斩钉截铁地给予了回绝。写到这里,我发现《陌上桑》写罗敷的美貌实际上还暗含着一种手法。这是以往不曾被人指出的,就是作品既写了平民百姓对罗敷美貌的反应,也写了使君对罗敷美貌的反应(由"五马立踟蹰"进而很快发展到提出"共载"之要求),这两种反应客观上便形成对比。这一对比手法的暗用,更显出罗敷的惊人之美。使君的出现,既是诗的过渡与发展,亦是将罗敷的美引向深入。通过与使君的冲突,秦罗敷在容貌美的基础上,其人格美的力量放射出更加动人的光彩。罗敷美的历程发展到第二阶段——"更美"的阶段。

罗敷干脆利落地拒绝了使君的要求，矛盾看来好像解决了，其实不然。使君岂肯轻易罢休？他岂肯在遭受罗敷迎头斥责几句后灰溜溜地离去？根据东汉的史实，当时豪门权贵依仗权势抢掠民女的事屡见不鲜。《陌上桑》的作者注意到了这一点，没有把矛盾简单化，于是有了下面的第三层。

第三层，从"东方千余骑"至结束，全是罗敷夸夫的语言。它包括三个方面：前八句夸夫婿的大将之风，雄姿英发，一身豪气；接下来四句概括夫婿的做官履历，誉夫婿官运亨通，官居高位；最后六句赞夫婿仪表堂堂，风度优雅，人才出众。这一切足以使这位五马太守望尘莫及、自惭形秽。听完罗敷的介绍，纵然他本意并不想自讨没趣，但也只能是灰溜溜地离去了。如果说诗的第二层表现了罗敷敢于斗争的非凡勇气，那么这一层就表现了罗敷善于斗争的机敏过人。至此，罗敷的美臻于完善，达到了完美、最美的境地。

需说明一点的是，我称罗敷为汉代最美之女性，乃极言其美的一种说法，并非是对汉代所有女性一一筛选后而得出的结论。再者，罗敷乃诗中之女性，我也不至昏聩到将文艺与现实混为一谈的地步。

再饶舌几句。虽说罗敷以夸夫的方式击败了使君，但我们说罗敷这个采桑女实际上是不可能有像她所说的那样一个完美过人的做大官的丈夫的。这既是罗敷不得已而为之,也是诗作者采取的一种理想化表现,其中寄托着劳动人民的美好愿望。文艺作品应该表现人民群众的理想和愿望,这是毫无疑问的。我们再从罗敷那优雅的服饰、美妙的言辞、机敏的性格诸方面来看,她也绝非一个平凡的女子,以致使我们产生了这样的感觉:她好像是一个采桑女,又好像不是。然而她确确实实是一个采桑女。她是人民的女儿,是自然的女儿,是绽放在陌上桑田的一朵妍丽无比的花。

饱含浓厚感伤情绪的愤激之词

说古诗《冉冉孤生竹》和《回车驾言迈》

吴小如

推荐词

《冉冉孤生竹》一诗,朱自清先生据清人吴淇《选诗定论》的说法,认为这是女子怨婚迟之作。而余冠英先生用明人闵齐华的说法,认为此诗"写女子新婚久别的怨情"。吴先生说自己从前也认为它是写婚姻的,但是后来"反倒倾向于反映贤士不遇这一带有政治色彩的主题了"。用写女子对丈夫的依附,表现大臣对皇帝的依附,这在古代的诗作中,似乎形成了一种模式。而《回车驾言迈》一诗,则"能反映当时中下层社会的失意文人的消极的人生观了"。

一首是怨情,一首是消极,"这种消极情绪正是东汉王朝统治阶级日趋没落的具体反映,而我们却可以从这些诗中多少能看到一些东汉末年大乱前夕的社会侧影"。"通过像《十九首》这类诗篇,来感受一下东汉末年时代的脉搏,正是我们受到启迪的一个饶有兴味和颇具历史意义的关键环节。"

先看《冉冉孤生竹》：

> 冉冉孤生竹，结根泰山阿。与君为新婚，菟丝附女萝。菟丝生有时，夫妇会有宜。千里远结婚，悠悠隔山陂。思君令人老，轩车来何迟！伤彼蕙兰花，含英扬光辉。过时而不采，将随秋草萎。君亮执高节，贱妾亦何为？

这首诗迭用比兴，以孤竹结根于泰山、菟丝附于女萝和蕙兰花的过时萎谢三个比喻贯穿全篇，显然是一首摹拟乐府体的文人作品。至于诗的主题，看似明白，但细经推敲，却又不易准确地把握。朱自清先生据清人吴淇《选诗定论》的说法，认为这是女子怨婚迟之作。而余冠英先生用明人闵齐华的说法，认为此诗"写女子新婚久别的怨情"。主张婚迟说的，是就"轩车来何迟"、"过时而不采"这样的诗句来立论，主张新婚久别说的，则认为诗中已有"与君为新婚"、"千里远结婚"这类的描写，不像是只订了婚而尚未出嫁的女子的语气。这两说虽有分歧，却有一个共同点，即都认为诗中的抒情主人公是女性，所写的内容主要是反映女子因婚姻关系而产生的怨情。当代学者大都持这种看法，我过去也一直是这样讲的。

最近重读这首诗，并仔细翻阅了隋树森先生的《古诗十九首集释》，看到他所采辑的清代学者的八种专著，以及书中引述的其他学者的评语，竟发现主张上述讲法的是少数，而一半以上的观点，都认为这首诗写的是贤士有才能而不得志于世，不见用于君，所以借夫妇为比喻，来抒发封建文人怀才不遇的思想感情。也许有人认为这种观点已经过时，今天已不适用。可是我却认为，汉代的诗人完全可以采用这种比兴手法来写诗，也完全可以持这种观点来看待社会上存在的这类问题。屈原写《离骚》用的就是这种手法，当然不必说了。从《诗经》到汉代乐府及五言诗，也是有轨迹可寻的。我们今天总认为夫妇或两性间的关系要比其他社会关系亲密得多，古人却不这么看。在《诗经》里就有"燕尔新婚，如兄如弟"的句子，说明只有新婚夫妇才比得上手足之情。曹植是建安时代的诗人，距《古诗十九首》的写作年代并不太远。他在送朋友如王粲、应玚等人的诗中，都把彼此间的友情比作夫妇间的爱情。而在《七哀诗》、《浮萍篇》、《种葛篇》中，更以弃妇自比，把自己跟曹丕、曹叡的君臣关系比作夫妇。由此看来，《冉冉孤生竹》虽说写的是女子的哀怨之情，但把它解释为贤者怀才不遇之作，绝对不算牵强附会。何况这样讲，我在前面所援引的两种说法，即怨婚迟或怨新婚久别这两者之间的矛盾，也可以顺理成章地得到解决。所以现在我讲这首诗，反倒倾向于反映贤士不遇这一带有政治色彩的主题了。

从全诗的结构看，前四句连用两个比喻，自成一段。从"菟丝生有时"到篇末，一气呵成，哀怨之情，洋溢在字里行间。而最后"君亮执高节，贱妾亦何为"两句，明明是反话，说明男女双方社会地位不同，作为女性，又有什么力量来主宰自己的命运呢？这同曹植《七哀诗》里说的"君若清路尘，妾若浊水泥，浮沉各异势，会合何时谐"，无论在表现方法上或在思想含义上，几乎没有什么两样。看似弃妇口吻，实是抱怨自己怀才不遇，沉沦于社会底层。这种不得志的牢骚上自贵族，下至民间文人，不都是封建知识分子所共有的么?

开头四句的两个比喻,表面虽不相似而实质却基本相同。作者正是有意识要这样写的。"孤生竹"比喻弱女子,"泰山"即"太山",古代"太"、"大"是一个字,所以也就是"大山"。孤生竹把根扎在大山脚下,比喻女子以强大的男性势力作为靠山,这种关系不是平等或对应的,而是依附和从属的。但既是夫妇,照理应该像菟丝和女萝一样,互相纠结缠绕在一处,不分彼此。李白《古意》:"君为女萝草,妾作菟丝花。"说明女萝比男子,菟丝比女性。而菟丝之所以比女性,因为它是开花的。可是诗人在这里却用了个"附"字,意思说菟丝对于女萝依然是依附、从属关系,这就意味着女子一方始终处于被动地位。而在封建社会中,君与臣,官与民,用人者与被用者,也同样是这种依附、从属关系,一个有才能的贤士并不因其有才能就一定受人赏识,被人重用,正如一个青春少女并不见得一定能及时而嫁或得到异性的钟爱,即使是新婚夫妇,双方也并不居于平等地位。所以这个"附"字好像是用错了,其实正体现了作者的用心。

"菟丝生有时,夫妇会有宜"两句,紧承上文而话却从正面冠冕堂皇地说起。"生有时",指开花有定时,比喻女子青春容颜美好。朱自清说:"花及时而开,夫妇该及时而会。"把这层意思引申开去,也就是贤才当及时而用。下面的"千里远结婚,悠悠隔山陂"两句,过去的讲法往往不易说得通。既说结为婚姻,却又说相去千里,远隔山陂(陂是湖或塘),到底是已经结合了还是一直没有见面?如果从贤才求为当世所用的角度来领会,则困难可以迎刃而解,意思说只要双方有诚意结为婚姻,即使隔着千山万水也可以聚首相会。这从道理上讲原是不成问题的。但残酷的现实却并不如此,而是"思君令人老,轩车来何迟!"虽有婚约,而"轩车"竟迟迟不来迎娶,正如封建统治者虽有求贤之名,而贤人却一直空空地在等待,并没有人前来聘请他。这两句写得太实了,作者于是又把笔势荡开,再次用比喻说话:"伤彼蕙兰花,含英扬光辉。过时而不采,将随秋草萎。"妙在"蕙兰花"的前面安上一个指代词"彼"字,仿佛诗人说的是同主题全不相干的另一件事。其实笔荡得越远越虚,题扣得越紧越实。"过时而不采"的"时"字,不仅同上文"生有时"的"时"相呼应,而且跟"老"、"迟"、"萎"这些反面词语也息息相关,有着内在联系。这一朵朵"含英扬光辉"的香花,如果真的随秋草而萎谢,这可不能推脱说是新陈代谢的自然现象,而是人为地在糟蹋美好事物,谁叫你"过时而不采"呢?所以这两句写得是相当沉痛的。写到这里,感情迸发,几乎无法再加以控制,于是笔锋一转,说了两句看上去是"代揣彼心,自安己分"(清代张玉榖《古诗赏析》语)的话:"君亮执高节,贱妾亦何为!"其实却是怨情压抑得已达极点,故意把话反着说出来罢了。意思是:"你想必是固持着高尚节操的,我这做女人的又何必考虑得太多呢!"其实她所担心的正是唯恐对方不"执高节"而把她抛弃。如果引申到贤人有才而不为当世所用上面来,那么这"执高节"就成为无情的讽刺。在高位的封建统治者,一言一行看似节操高尚,原则性很强,其实他并不识人才,并没有把真正有才能的贤者看在眼里,正如负心男子把痴心少女视同"贱妾"一样,轻而易举地就把她抛弃了。作者这里有意用"高节"和"贱妾"两个带倾向性的词相对照,不难看出诗人的爱憎情感是十分鲜明的。

下面我们再看另一首古诗《回车驾言迈》:

> 回车驾言迈,悠悠涉长道。四顾何茫茫,东风摇百

草。所遇无故物，焉得不速老？盛衰各有时，立身苦不早。人生非金石，岂能长寿考？奄忽随物化，荣名以为宝。

我在旧作《古诗述略》中曾说过，《古诗十九首》所反映的内容很复杂，但其共同特点则是表现了浓厚的感伤情绪。"总的说来，这种消极情绪正是东汉王朝统治阶级日趋没落的具体反映，而我们却可以从这些诗中多少能看到一些东汉末年大乱前夕的社会侧影。"这首《回车驾言迈》，我以为最能反映当时中下层社会的失意文人的消极的人生观了。

这是一首说理诗，但通首却通过形象思维来阐述道理，所以还是饶有诗味的。诗人在悠远渺茫的人生旅途上，看到事物盛衰有时，从而感叹人寿的短促和自己的一无所成，流露出一种无可奈何的消极情绪。当然，这首诗还有它积极的合理因素，如张玉榖说它是"自警"之作，清人张庚的《古诗十九首解》也说"此因士不得志而思留名于后也"，诗中的抒情主人公毕竟还以"立身苦不早"为遗憾，想在生前死后留下宝贵的"荣名"，这比起玩世不恭或及时行乐的颓废思想来，总还积极多了。所以我认为，诗中流露出来的感伤情绪乃是东汉末年那动乱年月的时代感,虽应批判,却有一定的认识价值。所以清人陈祚明在他的《采菽堂古诗选》中说:"慨得志之无时,河清难俟,不得已而托之身后之名……悲夫!"朱筠在《古诗十九首说》中也评论道:"'立身苦不早',从无可奈何处泛泛说来,'人生'二句又进一层,言即能立身,身非金石,何由长寿?亦不过'奄忽随物化'而已,直是烟消灯灭,无可收拾。乃从世情中转一语曰:'求点子荣名也罢了。'"这些话都可供我们参考,对了解诗意是很有帮助的。

前人谈《古诗十九首》,从来没有把这一首同上面《冉冉孤生竹》一首联系起来讲的,只有清人李因笃在《汉书音注》里说,这一首"与《冉冉孤生竹》篇意略同。但彼结出正意,此则转为愤词耳"。这话值得我们深思。我们不仅从李因笃的话里体会到上面一首的主题思想并非专写男女婚姻问题,而且还懂得了这两首诗的共同之点。那就是诗人都在为怀才不遇的贤士抱不平。拿这首诗来说,要得到"荣名",也要凭借客观因素,绝不是自己主观上想成名就办得到的。可是上一篇的结尾把这层意思委婉地说出来了:"君亮执高节,贱妾亦何为!"这就是李因笃所说的"结出正意"。至于这一首所谓的"愤词",则从"焉得不速老"和"岂能长寿考"两个反问句体现出来。这既是自我慨叹,也是对社会的抗议。读者多读几遍,自然就体会得出,这里我就不多讲了。

这首诗一韵到底,但每两句构成一个层次,并且自然形成转折,后一个层次又紧紧同前一层相呼应,所以读起来给人一种既有起伏顿挫又能一气呵成的感觉。这正是诗人运用辩证而统一的艺术技巧所产生的最佳成效。开头两句就语含双关。"回车",本指车子掉转方向,这里却有茫然不知所往,驾着车兜圈子的意思。"言"是连接词,与"而"同义,"驾言迈",等于说驾车而远行。第二句字面上是指驾着车长途跋涉,但"长道"实际是人生道路的象征,意思说在漫长的人生旅途上,驾着车转来转去,竟不知往何处去才好。"四顾"两句,写时光流逝,手法也很新。一般人慨叹人生短促,都爱从秋天景象着笔,以万物之凋伤憔悴来形容人生的迟暮之感。而这首诗偏着眼于春光的描绘,"东风摇百草"正是春回大地,万物复苏,一片更新气象。眼前全是新生事物,所以说"所遇无故物"。可是人却不能使年光倒流,只能自己不无遗憾地感叹"焉得不速老"了。这也正是李因笃所说的愤激之词。清代诗人黄景仁描写重阳佳节的景象曾写道:"有酒有花翻寂寞,不风不雨倍凄凉。"正是从"东风摇百草"这几句出,用日新月异的客观世界来反衬自己主观世界的忧伤沉痛。这比直接用肃杀的秋景或凛冽的寒冬来刻画人生的阴郁冷漠更显得新鲜而深刻。

然而每个人的遭遇不同,"盛衰各有时",机缘好的可以飞黄腾达,功成业就,享不尽的荣华富贵,而机缘不好的,就不免有生不逢时、坎坷终身之叹。于是诗人发出了"立身苦不早"的不平之鸣,对自己的命运表示了极大的遗憾。退一步说,即使在较迟的时候有了立身的机会,但人的生命终归是有限的,不能与金石同寿。何况越是处于逆境,就越容易抑郁忧闷地死去,说不定有那么一天就远离人间,只有得到"荣名"的人,才有希望流芳百世。实际上这正是作为一个生平不得志的封建文人,在自知一事无成、求"荣名"而不得的时候所发出的百无聊赖的感慨。但这是那个动乱的年代,那个暴风雨即将到来的前夕,由客观形势造成的,能怪诗人自己吗?所以我说,诗中所流露的思想感情虽嫌消极,却反映出东汉末年封建王朝即将垮台,农民大起义的风暴即将吹起,诸侯军阀割据的分崩离析的局面即将来到,诗人才用微弱的心声唱出了属于个人小天地的不平。通过像《十九首》这类诗篇,来感受一下东汉末年时代的脉搏,正是我们受到启迪的一个饶有兴味和颇具历史意义的关键环节。

荒诞形式与悲剧内涵的有机融合

汉乐府《十五从军征》结构分析

皇甫修文

作者介绍

皇甫修文,1932年生,河南商丘人,北华大学文学院教授,吉林省作家协会会员。

推荐词

"这首诗把这位老兵一生的坎坷经历浓缩在一段短暂时间里,通过其心灵情境的矛盾冲突表现人生的悲苦,是极其真实、非常成功的。但这真实,又是以荒诞的形式表现的。"

"这种荒诞式的夸张,却以诗的方式,逼真而又高度简洁地再现了大半世纪的历史变迁和这位老兵家人死绝的悲剧效果。读者被其巨大的悲剧内涵所吸引,甚至不觉它的荒诞。荒诞与悲剧真实有机统一,是这诗的言语表现形式。"

十五从军征，八十始得归。道逢乡里人："家中有阿谁？""遥望是君家，松柏冢累累。"兔从狗窦入，雉从梁上飞。中庭生旅谷，井上生旅葵。舂谷持作饭，采葵持作羹。羹饭一时熟，不知贻阿谁！出门东向望，泪落沾我衣。

这首民谣式的歌具有巨大的思想和艺术容量。

诗中主人公，一个老态龙钟、衣衫褴褛的老兵，度过了整整六十五年兵役的漫长岁月，今天才得以回家。六十五年的种种困难，以及像他这样成千上万的人所经历的艰辛，全都推到屏幕背后。也就是说，诗对大半个世纪频繁的战事、复杂多变的社会生活，没做具体的描述，全留在言外，让人去想象。诗一起始，就给读者留下了一个硕大的空白。

空白是诗的结构基础，意义空白是诗的一种"本质结构"。诗的本质结构,中国古代诗论家有的认为是"味"（司空图）,有的认为是"妙悟"或"兴趣"（严羽）,有的认为是"神韵"（王士禛）,西方诗评家称为"有机结构"或"内在结构"。诗的结构是由韵律、意象、语意象征系统的有机组合而形成的"能够产生艺术力量的全部内容和形式",是由诗的各部分、各组成因素而构成的整体关系、微妙秩序。意蕴、兴趣、神韵等等,作为诗的本质结构,它流动在诗的整体关系中,表现于诗的象征情境中,它是内在、抽象的,又是可以捕捉的。黑格尔就曾说过:"艺术的最重要的一方面从来就是寻找引人入胜的情境,就是寻找可以显现心灵方面的深刻而重要的旨趣和真正意蕴的那种情境。"意义空白是蕴蓄意义的内在形式、空间结构,是一种深层、内在的"象外之意"、"言外之旨"。但这种内在、深层的象外意、言外旨,又是表现于由诗的整体关系——微妙秩序所构成的言语情境中。《十五从军征》这首叙事诗就是将主人公在六十五年中所经历的种种苦难、一切艰辛以及大半个世纪的战乱带给人们的万般磨难浓缩在回到"家"中的短暂时间所见所感而形成的象征情境中,让读者透过诗中言内意象去想象、去补充、去领悟它的言外意蕴。

诗的结构可分为语言表现结构和深层情意结构两大层次。深层情意须以语言表现结构为媒介化为诗的情境，才能为读者所感知、领悟。诗的艺术情境介于诗的表层结构和深层结构之间，是二者的中介物。所以，有经验的诗人结构诗篇时，无不在经营艺术情境上下功夫。意境深远，才能余味包曲，意蕴无穷。美国批评家布鲁克斯认为"矛盾情境"是最好的诗的结构，另一位美国诗人兼诗评家阿伦泰特认为好的诗结构是有"张力"。所谓"矛盾情境"是指诗里的一个意象、一句话或一种情境，但它却具有特定的真实性；所谓"张力"是指诗的各种元素形成一种完美秩序、有机整体时，会因语境相互渗透、折射而放射一种冲击力，使诗具有无穷的言外意，无尽的韵味。《十五从军征》就具有这种好的诗结构的特征。

这首古代叙事诗的"矛盾情境"首先表现于人物心理情境的冲突中。此诗的表层表现结构的语意系统由五个突出点组成。据此可以划为五个段落。头两句为一段。它除了概括主人公生平、截取其最富启示性的一段经历，并将社会巨变推向空白处外，还有这样的一个结构功能，即在叙述中暗含主人公少小应征、老夫还乡的兴奋之情。这从"始得归"三字可以窥见。三至六句为第二段。这段与前段相互映衬，构成一种矛盾情境：正当他步履轻快、遥望家门、沉浸在与亲人团聚的幻境中时，岂料朝思暮想的亲人已全部死去，老屋如今已变成乱坟堆堆，热切的希望顿时化成泡影，喜悦转为辛酸。

第三段用类似现代电影蒙太奇手法，追随人物行动足迹，由远镜头"遥望"拉向近镜头叠印成特写："兔从狗窦入，雉从梁上飞。中庭生旅谷，井上生旅葵。"四句虽短，但满目荒凉的景象一览无余。某种自然景象和某种心灵状态具有同构关系。这满目荒凉实则暗示着这位老兵的内心世界已由惊异、辛酸转为悲戚。此情此景与归家途中因团聚的渴望而升起的幸福憧憬形成了更大的反差。第四段写老汉定神之后着手用杂谷野菜做饭蔬，但"羹饭一时熟，不知贻阿谁！"六十五年压在心底的悲愁哀怨，一齐涌上心头，他孤苦至深，悲哀至极，感情发展到了顶点。"东向望"，是望归程，无归宿，人生绝望的心理表现。这个下意识动作凝聚着无数的心理图景、情感内容。就近因说，归家后所见、所感形成的心理冲突，从远因看，用一生的甘苦精心编织的梦及其破灭，全都凝注在这个表情动作上了。这个"望"字饱含丰富的象征意蕴。这里的"沾"是无言的饮泣所致。老泪横流，无心揩拭，任其淋湿衣裳，足见其内心的极度悲伤。须知，这样一个见过无数流血和死亡的经历丰富的老兵，是不轻易掉泪的。

这首诗把这位老兵一生的坎坷经历浓缩在一段短暂时间里，通过其心灵情境的矛盾冲突表现人生的悲苦，是极其真实、非常成功的。但这真实，又是以荒诞的形式表现的。荒诞者，光怪离奇、违反常态也。诗的开头，"十五从军征，八十始得归"，就是荒诞的。"兔从狗窦入，雉从梁上飞"，说明旧屋仍在、院落尚存，然这又与"松柏冢累累"叠印在一起，岂不荒诞？在我国，特别是中原一带的民风民俗，居址是从不与坟冢相连的。"遥望是君家，松柏冢累累"，是一种艺术的夸张，而且这夸张到了荒诞的程度。但这种荒诞式的夸张，却以诗的方式，逼真而又高度简洁地再现了大半世纪的历史变迁和这位老兵家人死绝的悲剧效果。读者被其巨大的悲剧内涵所吸引，甚至不觉它的荒诞。荒诞与悲剧真实有机统一，是这诗"矛盾情境"的言语表现形式。

言语情境与心灵情境的融合，酿就诗中的象征世界。这首诗的象征已经超越了原始的比附式象征（这种象征，客体与象征意义的联系是勉强粘贴、简单附加的，客体是未经主体观照和变形的简单自然物，在审美上没有独立自在的价值），也超越了古典的寓言式象征（这种象征以客体直指主体意识、象征缺少宽泛性为其特征），它已具有本体象征的基本特征。本体象征以诗中的艺术世界的一切从整体上隐喻整个客观世界，象征具有多重指向性。读者从"十五从军征，八十始得归"这一老兵形象自然地联想起千千万万同类老兵的遭遇，从老兵的无家可归联想到千家万户的悲欢离合。就其以诗中的象征情境与客体世界整体对应这点来说，已接近现代象征了。但它和西方现代象征派诗歌中的象征还是不同的。法国象征主义诗人波特莱尔曾说过："你先把你的情绪、欲念和情思交给树，然后树的呻吟和摇曳也变成你的。"西方象征派诗人主张"索物以托情"，他们的象征是主观结构的象征，中国古典诗歌讲究"触物以起情"，是一种客观结构的象征。但就意义大于形象，为读者提供一个驰骋想象的审美境界，使诗具有深刻的概括性和由此及彼的暗示性这点看，二者还是有其共通处的。

一首诗，意味着"诗人能够将诗中互相冲突的各种技巧、思想及各种元素形成一种完美的秩序"。在《十五从军征》中，将各个意象组成一象征世界，把自然景象和心灵世界、荒诞形式和悲剧内涵组成一微妙秩序、有机整体的，是诗中主人公的"视点"。诗依人物回家的过程，从"得归"到遥望家园，到走近家门，到走入家屋，而后又步出家门，由远而近，依序描写，层次分明地展现"我"返回家园所听到、看到、感到的家破人亡的情景。人物感情的波动，也随着描写的顺序，逐步引向高峰。他的注意所在，反映出、影响着他此刻的心情态度。荒诞的景象，是"我"的目睹；种种心灵感受，由"我"亲自道出。诗的主人公是事变的见证人，他的希望、辛酸、悲苦和绝望，不期然而然地传染给读者，这就增强了本诗的真实度和说服力。特写性的再现和象征性的表现高度统一，使这首诗具有丰盈的内涵。接受美学家认为，最好的作品，就是能提供最广泛的联想、最能激发读者想象的"框架"。波兰美学家罗曼·英伽顿称这种提供读者广泛性联想的空间框架为"召唤结构"，它召唤读者参与再创造，使作品的潜在意蕴得以实现。

这首诗的第一人称"视点"带领读者逐次进入作品所描绘的象征情境中，读者跟随主人公的"视点"，透过作品所描绘的艺术景象进入人物的心灵世界，透过心灵情境窥视当时社会的历史现实。从诗表层结构的视角位移，深入到人物的心理空间，再扩展到广阔的社会现实、历史深处，这就是本诗结构"张力"的奥妙所在，也是本诗荒诞形式与悲剧内涵有机融合所取得的艺术效应、所达到的美学功能。

这首叙事诗上承《诗经·东山》，下启杜甫《无家别》。如果放在中国诗歌发展史的系列中进一步考察它的创作成就，其艺术和美学意义，会更加彰明。限于篇幅，本文就不再作探讨了。

爱的呐喊　情的咆哮

汉诗《上邪》《青青河畔草》赏美

张永鑫

推荐词

《上邪》和《青青河畔草》,一为民歌,一为文人之作,堪称汉代诗坛上的奇葩、双璧。

上邪！我欲与君相知，长命无绝衰。山无陵，江水为竭，冬雷震震，夏雨雪，天地合，乃敢与君绝。（上邪）

青青河畔草，郁郁园中柳。<u>盈盈楼上女</u>，皎皎当窗牖。娥娥红粉妆，纤纤出素手。昔为倡家女，今为荡子妇。荡子行不归，空床难独守。（古诗十九首·其二）

在中国古典诗歌中，情诗与怨诗浩如烟海，但能如汉代诗歌的《上邪》和《古诗十九首·青青河畔草》那样具有深刻的思想性和卓越的艺术性而千古传诵的现象，却并不多见。这究竟是什么原因呢？

一

汉乐府《上邪》是一首惊心动魄的爱的呐喊的情诗。面对封建势力的强大压力,诗中的女主人公指天为誓,列举出五件绝不可能发生的事情作为断绝恋情的条件,以表示她对爱情的至死不渝。全诗的结构,一开始便是一声石破天惊、震撼人心的"天哪!"(上邪),真如《史记·屈原列传》所说的:"天者,人之始也……人穷则返本,故劳苦倦极,未尝不呼天也。"劈空而来,突兀而起,激情扑面,一如爆竹,骤响易彻。接着女主人公提出愿望,然后立誓;先从正面说,再从反面说,揭示了"无绝衰"与"乃敢绝"的对立斗争,由"毋相绝"到"绝对不能相绝",致使诗情一再撞击,一再顿折,犹如大河东注,盈科后进,涟漪成激流,激流汇波澜,波澜掀猛浪,猛浪卷大潮,奔腾澎湃,志乎四海,怎不具有极大的感染力?

配合着结构,全诗立誓的形象也领异标新:高山巍巍,江水浩浩,冬雷隆隆,夏雪飘飘,高天荡荡,大地茫茫,这些"山"、"江"、"雷"、"雪"、"天"、"地"等形象,从自然个物扩展到天象宇宙,一个比一个高大,一个比一个恢阔,一个比一个威烈,诗情便几经腾跃,几经盘旋,几经跻攀，几经提升，统一地组接在诗中，从而强烈地表现出女主人公不相绝的决心。

适应着结构、形象的特点，全诗采杂言形式。全诗九句三十五字中，二言一句，三言三句，四言二句，五言二句，六言一句。"山无陵，江水为竭"与"冬雷震震，夏雨雪"，为避重复，虽同为三四言句，又作前之三、四言，后之四、三言处理；顿式亦相应间错（一、一一，一一、一一；一一、一一，一、一一），使得全首诗每一句都随着诗的主旨和诗情变化脱口而出，越说越激昂，越说越真率，参差历落，自由奔放，一任感情的自然流转而随赋其形，不作机械人为的排列。变动的句式，飞动的节奏，缓促相济，长短相谐，使全诗一如滔滔洪水出闸，滚滚地火喷突，猎猎暴风疾扫，形成了一种少有的排山倒海、不可阻挡的气势。

有首题为《莫分离》的民歌，辞云："要分离，除非天合地；要分离，如同日出西；要分离，大海变作平洋地；要分离，铁树开花落满地。分离二字切莫提起，要分离，除非你死我断气。"这首《莫分离》，思想内容与《上邪》同出一辙，但由于它的构思却刚好与《上邪》相反，是先立誓，后提愿望，且每句都只是说绝不愿分离这一层意思，因而语意重复，句式平整，形式板滞，缺少诗情的变化和气势的推进，便使全诗的感染力大大削弱。同时，《莫分离》一诗用于发誓的形象，先用"天地"、"白日"，后用"大海"、"铁树"，这刚好和《上邪》一诗的形象相反，一步一步地缩小，一层一层一地减少，一次一次地下降，几经递减，因此给人的感受是诗情的不断减少，不断降低，不断淡薄，不断下退，乃至不断消沉。特别是"除非你死我断气"一句，既缺乏含蕴，又破坏了质直的情怀，不能催人奋进，鼓人斗志，反使人越读越失望，越读越泄气，越读越沮丧，乃至感到一丝绝望。相较之下，难道还不足以显示出《上邪》一诗的价值来吗？

二

《古诗十九首·青青河畔草》是一首写倡女精神苦闷的怨诗。它有两个独特之点。一是它的主题只是到了全诗终结时才得到揭示，二是它又把本应该作为一首叙事诗来写的，却偏要写成一首抒情诗。诗的开头六句，呈现了一个在浓春烟景背景下活动着的倚楼眺望的靓妆少妇形象。"青青河畔草，郁郁园中柳"二句，可谓神在箇中，音余弦外：那萋萋春草和茸茸绿柳的蓬勃茂盛拟示着少妇的盛年，却反衬出她深处空闺的寂寞心情，从杳远空阔的河畔落到近旁窄囿的庭院，由芊绵的春草联想到游子的远在天涯海角，从"折柳"送别的习俗触动了她别后的满怀离愁，从年年岁岁骀荡的碧草和摇漾的翠柳感叹着岁岁年年韶华的悄逝和青春的暗掷。诗情至此已由远及近，由彼及此，由景及人。接着，诗人才让人看到了楼头少妇的面影：由轮廓式的丰满的容颜、端庄的气度，明丽的风采、亭亭的凝视，到细节式的艳艳红妆的脸、纤纤柔白的手。整个六句，由青青的颜色而郁郁的氛围，由盈盈的仪态而皎皎的容貌，由娥娥的妆饰而纤纤的情状，心与物，光与色，构成了一个立体的画面，使人物性格与环境渲染达到高度统一，不可不谓颊上添毫，栩栩欲活者。然后，诗人陡转笔锋，深入少妇的内心世界，把少妇的经历（原本应该做叙事诗处理的内容）浓缩在二十字四句中概括托出：曾为倡女，一层不幸；现为荡子之妇（游子之妇），又一层不幸；荡子一去不归，更是二层不幸之后的又一层不幸！生活的苦闷，环境的冷清，落寞的境遇，痛苦的遭际，使她再也抑制不住自己的感情，毫无顾忌地喊出了"空房难独守"的心声，终于如此强烈如此明朗地突出了主题。这一声振聋发聩、惊世骇俗的情的咆哮，突破了封建伦理的樊篱，把一般女性敢想而不敢说的郁结心头的要求大胆地吐露出来。须知，在男性为中心的封建社会中，没有女性独立的社会地位，这种直诉、直抒希冀有正常夫妇生活并争取过幸福的夫妇生活的言论举动，是女性争取平等地位的表现，是冲决封建礼教大防的叛逆行为，这要有多大的勇气和胆识啊！

况且，《青青河畔草》一诗运用了在汉代完全崭新的五言诗体，克服了"四言（《诗经》）密而不促，六字（骚体）格而非缓"（《文心雕龙·章句》）或"四言文约意广，六言文繁而意少"（《诗品·序》）的弊端，发挥了五言比四言或骚体多一个音节（呈"一一、一一、一"或"一一、一、一一"节奏）而出现的形式自由活泼、音律灵活多变、有回旋余地、具周转方便的长处，提高了语言、文字的表达功能，因而使诗的表现力大大增强，所谓"五言居文词之要……云'会于流俗，……指事造形，穷情写物，最为详切'（《诗品·序》），成为最具生命力和发展潜能的新诗体。《青青河畔草》适应着诗旨和诗情发展的需要，在开头六句运用了对称节律，取前三句"一一、一一、一"、后三句"一一、一、一一"顿式,用音乐节奏着重塑造空间视觉形象,渲染出一种幽深悠远、隐婉凝重的情调,予人以驰骋想象的天地。"昔为倡家女,今为荡子妇"二句,又取辞赋排比句,以一律齐整短促的"一一、一一、一"顿式,形成一种强调、加重的韵律,以传达出少妇的深重苦难和不幸深入内心的情状。最末二句,"荡子行不归,空房难独守",又改用"一一、一、一一"顿式以与上两句"一一、一一、一"顿式相错,并造成一种积聚、跳跃、喷发的旋律,使主题突现,体现出一种百川归海、掷地有声的情韵。闪光的思想,精美的艺术,这就是《古诗十九首·青青河畔草》之所以能使后代大诗人陆机所做的《拟青青河畔草》诗黯然失色的原因所在。

《上邪》和《青青河畔草》,一为民歌,一为文人之作,堪称汉代诗坛上的奇葩、双璧。爱的呐喊,情的咆哮,长馨其清芬,永照兮光华。百世不匮,万人争唱,良有以也!

比喻生动　过渡自然

《明月皎夜光》中的情感转换

周绚隆

推荐词

在这首诗中,自然景物和人物心理的高度契合使情感的转换表现得极为自然,于不经意中就进入了抒情的高潮。

明月皎夜光,促织鸣东壁。玉衡指孟冬,众星何历历!白露沾野草,时节忽复易。秋蝉鸣树间,玄鸟逝安适?昔我同门友,高举振六翮。不念携手好,弃我如遗迹。南箕北有斗,牵牛不负轭。良无磐石固,虚名复何益!

《明月皎夜光》可说是《古诗十九首》中取象最为丰富的一首诗。该诗的突出特点是即眼前景写眼前情。诗由秋夜的星空开篇,也以秋夜的星空终篇,基本上没有超出诗人当下所处的特定的时空环境,但是却在貌似平静的描写中表现了诗人心理上的复杂变化。在这首诗中,自然景物和人物心理的高度契合使情感的转换表现得极为自然,于不经意中就进入了抒情的高潮。

诗的前八句写自然物景。在皎洁的月光下,促织(蟋蟋)的鸣声衬托着夜晚的宁静。作为一种逻辑上的反证，这说明有一个不眠之人在耳闻目睹着眼前的一切。"玉衡指孟冬"一句，乃借星空的流转来说明秋夜已深。以下五句便由对秋夜景象的概写转入特写；诗人昂首长空，但见斗柄西移，星汉历历；俯视脚下，路边的野草已沾满了露水；远处的树间，有秋蝉在哀鸣，近处则忽见一只玄鸟倏然飞去。这一切都进一步指实了深秋夜半的时令特点。在一年四季中，秋是一个生命由盛而衰的过渡季节，它结束了夏季之繁荣，并将迎来冬季之肃杀。同时秋季的来临也预示着一年中的美好季节行将结束，大自然将开始新的生命周期。所以在人的心理体验中，这是一个极易引起对于生命凋落的悯伤之情和时不我与的恐慌感的季节。宋玉在《九辩》中曾对这种经验进行过集中的概括：

> 悲哉！秋之为气也。萧瑟兮草木摇落而变衰。憭慄兮若在远行。登山临水兮送将归。泬寥兮天高而气清，寂寥兮收潦而水清。憯凄增欷兮薄寒之中人。怆怳扩恨兮去故而就新，坎廪兮贫士失职而志不平。廓落兮羁旅而无友生，惆怅兮而私自怜。燕翩翩其辞归

兮，蝉寂寞而无声。雁廱廱而南游兮，鹍鸡啁哳而悲鸣。独申旦而不寐兮，哀蟋蟀之宵征。时亹亹而过中兮，蹇淹留而无成。

这段文字以精练的笔墨将秋季带给人的种种心理感受描画了出来，是见诸文字记载的最早的悲秋之作，也为后世的悲秋之作开了源头。《明月皎夜光》首八句的写景正是在这样一种心理基础与思维惯性的驱使下进行的。所以自然景物从一开始就是含带感情色彩的，并非消极地出现在作品中。诗人在不动声色的描绘中，寓有一种因"时亹亹而过中兮，蹇淹留而无成"而引发的惆怅感。正如写意画家作画时的运笔一样，看似无心，实则有意。所以在这八句写景之笔的后半部分，就开始有一种情绪有意无意地往外流露了。最为突出的是"时节忽复易"一句，它借一个"复"字，使这种情绪有所加重，也将诗人以秋景写哀情的意图泄露了出来，只不过在一连串的写景文字中，这种意图尚不能成为主导因素，所以不加留心就不易觉察。但是在第八句中，诗人借助"玄鸟"这个意象使情感发生了一次转换。"玄鸟"在这里是一个具有双重影像效果的转折因子，它既是自然之物，又折射着薄情的"同门友"的影子。

《礼记·月令》云:"孟秋之月……凉风至,白露降,寒蝉鸣。""仲秋之月……盲风至,鸿雁来,玄鸟归。"可见,诗中将"白露"、"秋蝉"、"玄鸟"依次来写,乃是循着季节更替的顺序进行的。但是远逝的玄鸟又把人的视线从眼前的具体物象带入了无限的时空,使现实的环境淡出了画面,从而终止了对自然景物的描写,后面却马上接上了"同门友"的形象,并通过"高举振六翮"一句使其与"玄鸟"形成了隐喻关系。所以诗歌在八、九两句之间就出现了一个转折,但由于使用类似电影蒙太奇的手法进行了过渡,故衔接比较巧妙,丝毫未见痕迹。接下来,诗就将玄鸟远逝时"高举振六翮"的动态意象完全落实到了"同门友""不念携手好,弃我如遗迹"的人生遭际上,引出了诗的主题。全诗的抒写,至此又暂告一段落。在最后四句中,诗人把注意的视线再次从远逝的玄鸟身上挪回到秋夜的星空,并展开丰富的联想,借用三个比喻意象对"同门友"的不义行为和交道不终抒发了无限怨望,把秋夜的自然景物给予人的那种心理影响具体化地集中到了一点,使情感得到了进一步的强化。其中"南箕北有斗,牵牛不负轭"二句,乃化用《诗经·小雅·大东》中"维南有箕,不可以播扬;维北有斗,不可以挹酒浆",及"睆彼牵牛,不以服箱"的典故,以说明所谓"同门友",只不过是徒有虚名而已,从而表达了诗人内心的失意与愤懑。

该诗紧扣秋夜的所见所闻。先由自然物景始,中间借助"玄鸟"意象实现过渡,引出主题,最后又用三个比喻意象来收束,其间始终未逾出秋夜的时空背景。全诗在写法上比喻生动,过渡自然,首尾照应巧妙,结构紧凑完整,是一首借景抒情的佳作。在《古诗十九首》中,这是一首依靠成功地捕捉自然物象的瞬时变化和心理感受的波动情况写成的作品。方东树《昭昧詹言》评其云:"后半奇丽,从《大东》来。初以起处不过即时即目以起兴耳,至'南箕北斗'句,方知'众星'句之妙。古人文法意脉如此之密。"由于丰富的意象和生动的比喻,作者的情绪在诗中完全居于支配地位,该诗几乎没有借助叙事性的因素。所以对诗性语言效果的充分发挥是其成功的一大要诀。

妙在飘忽有无间

谈《西北有高楼》中的以实写虚

周绚隆

推荐词

如何才能把一种听觉意向用文字符号传达出来,在中国诗歌史上,《西北有高楼》可以说是最早成功地解决了这一问题的作品之一。

西北有高楼，上与浮云齐。交疏结绮窗，阿阁三重阶。上有弦歌声，音响一何悲！谁能为此曲？无乃杞梁妻。清商随风发，中曲正徘徊。一弹再三叹，慷慨有余哀。不惜歌者苦，但伤知音稀！愿为双鸿鹄，奋翅起高飞。

在《古诗十九首》中，《青青河畔草》可以说完全是借助于视觉的描写写成的，而《西北有高楼》则完全是借助于听觉的描写写成的。视觉的意象是具体的，所以诗中画面的构成比较实，为了不受画面内容的局限，使主题能得到进一步的升华，诗人往往要用一些无实指的文字，把画面中所形成的具体经验引到画面之外来，力图赋予它普遍性的意义。但是，与之相反的是，听觉的意象却完全是虚的，即音乐的符号是存在于时间中的，而不是存在于空间中的。"它创造了一个似乎通过物质运动形式来计量的时间意象，而这个物质又完全由声音组成，所以它本身就是转瞬即逝的。音乐使时间可听，使时间形成和连续可感。"这些虽连续可感但却转瞬即逝的符号对于人的听觉来说，本来就有飘忽不定、难以捉摸的特点，在多数情况下，它们是可感的，但却是不可知的。它们不像视觉符号那样具体和稳定，容得人反复地去欣赏和体会，它不是停留在眼前，而是直入心灵的。但是，诗是凭借文字符号来进行表达的。而文字符号又是存在于空间中的，这样静态的视觉意象就比较容易用它来表现，而流动性的听觉意象则不易用其来表现。因为相对于人的感觉来说，文字符号本身就是一种抽象的东西，要隔着它去感受一种比它更为抽象的符号（音乐），几乎是不可能的。这就涉及了诗歌表现中的一个重要问题，即如何才能把一种听觉意象用文字符号传达出来。在中国诗歌史上，《西北有高楼》可以说是最早成功地解决了这一问题的作品之一。

诗的首两句由"高楼"起笔，给人一种高不可及的突兀感，同时不论在空间上还是感觉上都造成了一种隔绝状态。所以三、四两句对"绮窗"、"阿阁"和"重阶"的描写就很具有一种表面之感。这四句描写都是不带感情色彩的。至此，诗中的视觉描写便结束了。但是，视觉上停止的地方，正是听觉上开始的地方。前四句突兀的视觉意象已把人的注意力吸引到了高处的"绮窗"之上，就在其驻足仰头谛视的当儿，恰好意外地听到了从窗内传出的一缕缕似有若无的"弦歌声"。这种过渡安排得非常巧妙自然，丝毫不着痕迹。接下来从第五句到第十二句，诗歌中的笔墨就全部集中到了对高楼上飘来的阵阵弦歌声的描绘上。这种描绘是采取了一种顺承的方法。第五句刚一点出"上有弦歌声"，第六句便马上指出其音响是"悲"的。这都是顺着人们听觉的接受顺序来的。围绕着这高楼上的悲音，诗人禁不住发出了好奇的疑问，在这样的情景下，有谁能奏出如此悲凉的曲调呢？接着他又用了一个典故，以推测的方式试着对其进行了回答。

关于杞梁妻的传说，早在孟子的时代就已有了。刘向《列女传》中载，齐国人杞梁战死后，没有儿子和亲近的家属，其妻孤苦无依，乃枕其尸哭于城下，其声哀痛感人，闻者莫不为之挥泪，十日之后，城为之崩。所以古乐府《琴曲》中有《杞梁妻叹》的曲子。《琴操》中说："《杞梁妻叹》者，齐邑杞梁殖之妻所作也。殖死，妻叹曰：'上无父,中则无夫,下则无子,将何以立吾节?亦死而已!'援琴而鼓之,曲终,遂自投淄水而死。"这个故事的来源甚早,但各家的记载多不一致。诗中这样设为问答的目的,显然是紧扣着"悲"字而来的。典故的运用,可以使人通过对该故事的联想,给这个抽象的概念提供一种可供参照的生动情景,即把这个"悲"字落到了实处。但是,诗中所写的实际情况却是,高楼上的"弦歌声"并不是一个"悲"字所能概括得了的,所以下面四句又再次回到了对音乐本身的关注,并通过乐音、旋律、节奏等方面描写,刻画了一种空灵缥缈、疾徐有致、低回变化、清婉悠扬的音乐效果。"商"本是古代的五音之一。按照古代的乐理,"商"是金行之声(即在五行中对应着金),对应着四季中的秋季。《管子·地员篇》中就说:"凡听商,如离群羊。"足见清商音乃是一种悲凉哀怨的调子。这琴声缓缓地回荡在寂寞的空气中,仿佛有诉不尽的心事。低抑的琴声伴着阵阵叹息,更加深了这种悲剧的情调。全诗写到这里,对音乐的正面描写也就画上了句号,接着便笔锋一转,由音乐转向了对听曲人当下感受的描写。其中"不惜歌者苦,但伤知音稀"两句,既是全诗的一个转折,也是整首诗的点题之笔。这两句沉重有力,掷地有声。末两句紧承其意,对楼中人寄无限同情意,感慨颇深,令人回味无穷。

苏珊·朗格在论述音乐的基本特征时曾指出:"音乐的绵延,是一种被称为'活的'、'经验的'时间意象,也就是我们感觉为由期待变为'眼前',又从'眼前'转变成不可变更的事实的生命片断。"《西北有高楼》的结构基本上可说正是由这么三个变化过程构成的。该诗前四句自为一节,由"高楼"带出了音乐,令人产生期待之情。中间八句用充分的笔墨将高楼上飘来的"弦歌声"展现出来,使其呈现于人们的眼前。末尾四句又为一节,将听曲人的感慨提升为一种不可变更的生命经验传达了出来。但是,尽管如此,我们还是不能忽视实际的音乐与用文字描写出来的音乐之间的差别。对于实际的音乐,我们是通过听觉、情感上的紧张及一系列不可名状的心理波动来接受的。而对诗中所描写的音乐,则只能通过视觉、想象及与记忆中类似的场面的联系来体会。那么,诗就要给想象提供可能,并要设法激起人们对现实经验的联想。也就是说,诗要想法把抽象的音符中所传达的感情的流程用具体的意象符号转述出来,即要化虚为实,以实写虚。《西北有高楼》正是这么做的。

该诗首句先设置了一个虚拟的背景。所谓"西北",所谓"高楼",都含有某种孤独的意味,给人一种离群索居的感觉。接下来一个"悲"字就使楼上的弦歌声和这种环境合上了拍。然后在描写琴声的时候,又试图通过问答、用典、对曲调特征的提示等形式,一步步地将其指实,以求达到动人的目的。但是无论如何,我们在读完全诗后,所能感受到的只是从音乐中传达出来的那种情绪,而不是音乐本身。音乐的影子在我们的脑海里永远是飘飘忽忽,似有若无的。同样,随着"弦歌声"而出现在诗里的弦歌人也只是她的精神面貌,是悲哀的化身。在这里人与音响就融成了一体,使我们感到虽然"此中有人,呼之欲出",但却直到曲终而未见其人,有一种"其室则迩,其人甚远"(《诗经·郑风·东门之墠》)的感觉。这样,我们对整个弦歌声的领会都是外在的,楼中人和外面的听曲者根本没有任何交流,所以到了诗的结尾,我们甚至会对她的存在都产生怀疑,这就把前面所有被指实的东西又推翻了。特别是末尾的两句空中送情的诗,更是起到了推波助澜的作用。它多少带有一种与"墙里秋千墙外道。墙外行人,墙里佳人笑。笑渐不闻声渐悄,多情却被无情恼"(苏轼《蝶恋花》)中所写的情景相似的人生感慨。只不过苏词是采用了一种全知视角，对墙里墙外都做了交代，所以显得较实。而《西北有高楼》则采用了限制视角来写，使人只知楼外，莫知楼内，因而更有一种虚空感。全诗以虚起，又以虚结，唯使点题之句显得特别实，从而达到了极佳的抒情效果。而古来评论此诗的，只有方东树探得了这一妙处。他说："此言知音难遇，而造境创言，虚者实之，意象笔势文法极奇，可谓精深华妙。一起无端，妙极。五、六句叙歌声，七、八句硬指实之，以为色泽波澜，是为不测之妙。'清商'四句顿挫，于实中又实之，更奇。'不惜'二句，乃是本意交代，而反似从上文生出溢意，其妙如此。收句深致慨叹，即韩公《双鸟诗》、《调张籍》'乞与飞霞佩'二句意也。"诚可谓句句皆中肯綮，固是知者之言。

无可奈何的绝望呼号
典型情绪的双向张力

谈《公无渡河》的审美价值

王敦洲

作者介绍

王敦洲(1954—1997),笔名沙之、应侠,江苏射阳人。曾先后在江苏省射阳县教师进修学校和盐城市人民政府办公室就职。生前主要从事文艺美学研究和散文随笔创作。出版有著作《谛听冬雷的沉响》。

推荐词

钟敬文说,《公无渡河》"歌咏的本事十分简单,可是,它那无可奈何的绝望呼号,深刻地反映了古代底层人民的命运,因此广泛而长久地流传于民间"。

"这首乐府短歌对后代的影响,不仅印证了诗篇自身的审美价值,而且印证了一个值得重视的美学现象:典型情绪是一个开放发展、不断增值的体系,它的共性纵向折射光芒是没有尽头的。"

公无渡河,公竟渡河。堕河而死,当奈公何!

我们面对着的就是这样一首诗:奇短,反反复复也仅有十六个字,也极简单,仿佛只是现场实录般的一串呼号。然而,本篇却有一个相当完整的本事(见《乐府诗集》"箜篌引"题解),而《乐府诗集》又置本篇于本事中而未单独列出。这诸多因素的叠加,便多少掩盖了诗篇自身独立的审美价值,致使人们产生一个错觉:这首诗乃是倚事而立,因事而传。事实上,这首诗曾打动历代诗人的心灵,引出一大批拟作,形成了一个相当可观的"公无渡河"系列,一首缺乏独立审美价值的诗作,是断断不可能有如此巨大的吸引力的。

诗,作为一种独立的文学形式,其使命不在于完整地再现生活的原貌,而在于致力表现由生活触发的诗人内心特有的情绪和感觉。文艺理论家韦勒克说：诗人"以自身的情绪和感觉为起点，通过情绪的逼力，使节奏与意象统合，从而外射其感情"。诗的审美价值就取决于这种情绪的典型程度：是否本质地反映了它所赖以产生的客观世界，凝聚了这一事件的全部神韵，是否"溶含"着深刻的群体意识，深入读者心灵，激起强烈共振。从此出发，我们就会发现，这首汉乐府民歌中最短的歌，本身就构成了一个内涵丰富的立体世界，具有独立于本事之外的审美价值。

乍看上去，这首诗确乎是太简单了。"公无渡河，公竟渡河。堕河而死，当奈公何！"在这一串呼号之外，似乎什么也没有写：既未交代投河的原因，又未刻画自戕的心理。作为诗的内容，它是极单一的；作为诗的形式，似乎是不完整的。但，这不是一般的呼号，而是一个绝望的灵魂在潜意识中不觉迸发的最后一声呻吟，传出了一种力透纸背、袭击人心的悲剧情绪。这一声是必然的，老夫投河，人生幻灭，万矢贯心，大痛如磐，纵有万语千言也无法倾吐，只能是这一声而不会是其他。这一声更是本质的，乃是由整个悲剧在老妇心理深层上浓聚而成，不是经历了生活上大波大折、心理上大悲大痛以致最后绝望的人不能道。典型情绪必然有着极强的艺术张力（即韦勒克所说的"情绪逼力"）。只要一接触到诗篇中这极为浓烈的悲剧情绪，就知道其中有大波折、大悲痛在。悲剧情绪的张力成功地把我们导向一个悲剧的世界。这一世界"至虚而实，至缈而近"（叶燮语），既是欣赏者再造想象的产物，也是情绪张力定向导引的结果，本质上乃是情绪赖以产生的客体。

而且，这是一个多层次的客体。在这个世界中，我们首先看到的是一个老夫乱流而渡，老妇急止不及，终于堕河而死的悲惨事件。首句妻呼，次句夫渡，三句惨局，末句悲悼，句句相连，一句一个场面，转换疾速，扣人心弦。这是诗篇的表层，却已显示出它不同凡响的震撼力量。我们再向这个世界的里面看，看到的是一出夫妇双重幻灭的人生悲剧。"公无渡河"，然"公竟渡河"！虽然老妻大声疾呼，但他闻当未闻，仍然扑向乱流之中。"公"显然是一个对人世绝望了的形象。生命，对他说来，已不是值得顾惜的东西了，危险这个概念在他此刻的脑海中已不复存在。请注意，老妇呼语中始终说的是"渡河"，可见虽然是赤身下水，形同自杀，但与明明白白地投河自杀还有一定的区别。他很可能是迭遭打击、极度痛苦而至于迷狂。他在迷狂中也许依稀看到了水中是一个光明洁净的所在，没有人世的黑暗和龌龊。为追求那一线虚妄和最后解脱，他顾不得大浪滔滔了，而大浪也终于吞噬了他。已有人指出本篇的情绪"可以成为《离骚》的同调"（这远较传统的"殉情说"深刻），而从"公"的形象上看，则和传说中的李白捉月而死十分相类，这是一出真正的人生幻灭的悲剧。而老妇，作为相依为命的患难伴侣，"公"是她的第二生命，是她的依靠和希望。而此刻，她已把对"公"希望的焦距缩短，一下子推到"公无渡河"这个近焦上。当"公"来到河边，她的希望也到了毁灭的边缘，当"公"堕河而死，她的希望也就最终毁灭了。这又是一出希望幻灭的悲剧。正是这双重幻灭的人生悲剧，凝成了诗篇这一串撕人心肝的绝望呼号，幻成了笼罩全篇的浓重的悲剧情绪。我们看到这一层，该是可以收回想象的视线了吧？不，情绪张力似乎还有一股执著的力量把我们推向更深更广的领域：这双重幻灭的悲剧带来的命运感在我们的心头升腾了。这急切的呼号，这绝望的情绪，这年老的夫妇，这悲惨的结局，这是一种什么样的人生命运啊！诗篇情绪的横向张力导引的真正天地乃是古代底层人民无法生存的不幸命运和造成这一命运的冷酷现实。我国当代民间文学专家钟敬文说：《公无渡河》"歌咏的本事十分简单，可是，它那无可奈何的绝望呼号，深刻地反映了古代底层人民的命运，因此广泛而长久地流传于民间"。一语破的，极中肯地道出了这首民歌的不朽价值所在，揭示了它流传千古成为绝唱的根本原因。

诗篇典型情绪的张力，不仅在于横向方面可以导引出一个多层次的立体世界，而且在于纵向方面可以深入历代读者的心理深层，激起欣赏者的心灵共振，开拓新的审美疆域。这是因为，但凡典型情绪，在其个性鲜明的表现中，必然蕴涵着共性的群体意识，昭示着与无数后来者息息相通的人生真谛。"公无渡河，公竟渡河。堕河而死，当奈公何！"诗篇在极简洁的诗行中，通过情绪的张力，揭示了当时社会生活中一个最具本质特征的现象——希望和现实的尖锐对立，同时，也揭示了人生大书中一个最富普遍意义的内容——人必须在希望中活着，希望的幻灭是人生最大的悲哀。每个时代都会有它不同领域的希望和现实的对立，每个人都会有他不同层次上的希望追求和失望痛苦。当诗篇的这种共性意识之光射入人们的心田，人们就会调动自己时代的生活感受来应和它，丰富它，升华它，在自己的心理深层上拓展出一片希望和失望交织的崭新天地。如果是有着失望的痛苦和幻灭的悲哀的诗人，那就会写出他自己的《公无渡河》来。历代的一大批拟作，不就是这样产生的吗？慷慨从军、志在报国却成了最高统治者们倾轧的牺牲品的李白，在"虎可搏，河难冯"的深沉慨叹中表现了自己从政的巨大失望和无穷悲愤。而年轻的李贺，在其拟作中三复呼号，一再劝止，"屈原沉湘不足慕，徐衍入海诚为愚"，似乎在失望中还残存着企求和期待。两者都是政治领域的《公无渡河》。至于晚唐诗人王睿唱出了"当时君死妾何适，遂就波涛合魂魄"的凄苦之音，则纯粹是从爱情领域着墨了。无论是政治上的、爱情上的，抑或是其他方面的，只要事涉希望和幻灭，就会与此获得心灵的共振。韦勒克说过，一件艺术品的全部意义，是一个累积过程的结果。这首乐府短歌对后代的影响，不仅印证了诗篇自身的审美价值，而且印证了一个值得重视的美学现象：典型情绪是一个开放发展、不断增值的体系，它的共性纵向折射光芒是没有尽头的。典型情绪在这个纵向开放过程中，已经完成了特殊到一般、写实到写意的审美飞跃，实际上已成了一种象征，一种具象的抽象。

在分析了诗篇典型情绪的双向张力之后，有一个问题更清楚了：诗篇始终没有交代悲剧发生的原因，这不但是当时情境不容交代，而且从审美效果看也无须交代。老夫绝望而至投河，自有其不得不如此的社会原因，这是不言自明的。知道必有原因存在，也就够了，若慢慢铺叙，一路道来，不但乖于当时情理，而且还会降低诗篇的审美效果。因为人们得到了悲剧产生的一种致因，却妨碍了对诸种致因的自由联想，首尾俱全的完整框架，也有可能束缚情绪的艺术张力的发挥。这正像"巫山一段云"（词牌名，此借用），在你那个独特的角度，只能看到这一段云，而不会看到整个巫山，整个的云，更不会看到云的整个形成过程。但有此一段云也就够了，整个巫山，整个云，已俱存于观者的意念之中，其风姿，其神采，已俱于此云中透出，而此云自身也更见其诱人的魅力，给人以无限的遐想，若统统涂抹而去，却只能使人们得到一个自给自足的有限空间。可见真正的典型情绪，必然是单纯与丰富的高度统一。

一篇戏剧色彩浓厚的叙事长诗

《焦仲卿妻》赏析

王运熙

作者介绍

王运熙,江苏金山(今属上海市)人。1947年毕业于复旦大学中文系。1952年后,历任复旦大学教授、中国语言文学研究所所长。专于中国古典文学和文学理论批评,尤长于六朝、唐代文学和《文心雕龙》的研究。著有《六朝乐府与民歌》、《汉魏六朝唐代文学论丛》、《文心雕龙探索》,主编有《中国文学批评史》(三卷本)等书。

推荐词

《焦仲卿妻》在艺术上有着巨大成就,它塑造了若干鲜明的人物形象,给读者留下了深刻的印象。在描绘人物方面,手法生动,避免了平板枯燥的叙述,或者发表一通不必要的议论和感想,而经常让人物通过自身的话语和动作来发展故事情节,这样就更具有戏剧性,形象也更生动,更富有感染力。这种客观性戏剧化的手法正是汉乐府民歌叙事诗所常用的,后来唐代诗人的一些新乐府,如杜甫的《石壕吏》、白居易的《卖炭翁》,也继承了这一优点。

《焦仲卿妻》是汉乐府诗中的鸿篇巨制，凡一千七百多字，原载于《玉台新咏》，题为《古诗为焦仲卿妻作》，后人常取其首句称之为《孔雀东南飞》。诗前小序为我们勾勒了焦仲卿和刘兰芝爱情悲剧的轮廓。故事发生在东汉末叶的建安年间，庐江府小吏焦仲卿之妻刘兰芝因不能忍受焦母的虐待，被遣回娘家。她与仲卿的爱情异常深笃，互誓不再嫁娶，等待日后重圆。谁知兰芝的兄长利欲熏心，逼迫她再嫁给一位太守的郎君，以攀高枝。兰芝不愿顺从，"举身赴清池"，投水自尽，焦仲卿闻讯也"自挂东南枝"，自缢身亡，演出了一出殉情的悲剧。《焦仲卿妻》是一篇戏剧色彩颇为浓厚的叙事长诗，它塑造了以焦母、刘兄为代表的封建家长蛮横专断的形象，更以同情、赞美的笔触讴歌了仲卿、兰芝两人忠于爱情，追求幸福美好生活，反抗压迫，反抗封建礼教的崇高、勇敢的精神。封建纲常赋予了焦母、刘兄在家庭内的绝对统治权，也决定了兰芝、仲卿成为屠刀下牺牲者的悲剧命运。

长诗以朴素生动流畅和谐的语言刻画了兰芝、仲卿、焦母和刘兄等几个人物的形象。

刘兰芝无疑是诗篇最着力赞美的正面人物。她是一个勤劳的女子，"鸡鸣入机织，夜夜不得息"；她是一个聪明的姑娘，"十三能织素，十四学裁衣，十五弹箜篌，十六诵诗书"；她是一个美丽的少妇，"足下蹑丝履，头上玳瑁光，腰若流纨素，耳著明月珰。指如削葱根，口如含朱丹。纤纤作细步，精妙世无双"；她是一个善良的女子，敬重婆婆，抚爱小姑，与丈夫相亲相爱。但是，更重要的是她具有坚强的性格，在凶暴的家长焦母和刘兄面前，一点也不唯唯诺诺，俯首帖耳，一点也不流露出可怜的奴才相，表现出人格的尊严和不可侮。所以焦母对仲卿这样评价兰芝："此妇无礼节，举动自专由，吾意久怀忿，汝岂得自由！"一方面是焦母的颐指气使，一方面是兰芝的刚强独立，两者相值必然导致她们之间的龃龉矛盾。封建礼教规定了压迫妇女的"七出"条文："妇有七去（即七出）：不顺父母去，无子去，淫去，妒去，有恶疾去，多言去，窃盗去。"(《大戴礼记·本命篇》)《礼记·内则》又说："子甚宜其妻，父母不悦，出。"因此，虽然仲卿与兰芝情深谊笃，并且仲卿认为兰芝"女行无偏斜"，但是兰芝触犯了"不顺父母"这一条罪名，仲卿不得不让兰芝离去。兰芝回娘家后，不幸又碰到了势利吝啬的阿兄，"我有亲父兄，性行暴如雷，恐不任我意，逆以煎我怀"。本来仲卿兰芝相誓："君当作磐石，妾当作蒲苇。蒲苇韧如丝，磐石无转移。""不久当还归，誓天不相负。"他们等待着破镜重圆，但是家长制又一次剥夺了兰芝、仲卿选择自己命运的权利。刘兄为了攀缘高门，同时也为了减轻自身的经济负担，逼迫兰芝改嫁，而焦母也是忙于选媳，"东家有贤女，窈窕艳城郭。阿母为汝求，便复在旦夕"。在这种情况下，横在仲卿夫妇面前的道路只有两条：死亡或投降。他俩的自杀不是怯弱的行为，而是在当时的具体环境中所能有的非常勇敢的举动，是对封建制度反抗到底的表现。

诗篇以饱含同情的笔触描绘了另一个正面形象焦仲卿。仲卿的性格不如兰芝坚强，在孝道观念的钳制下，他不敢彻底反抗自己的母亲，只得忍辱负重。但他跟兰芝一样，是始终忠于爱情的,对封建压迫也是反抗到底的。一开始当焦母要遣回兰芝时,他就明确表示:"今若遣此妇,终老不复娶!"之后与兰芝暂别,又郑重声明"誓不相隔卿"、"誓天不相负"。最后终于不顾焦母的劝告,违背了"不孝有三、无后为大"的封建礼教,自缢于庭树。显而易见,这位始终忠于爱情、最终"为妇死"而"令母在后单"的人物,跟兰芝一样是充满着叛逆精神的。

焦母是一个极端蛮横暴戾的封建家长,对于兰芝的美德、仲卿夫妇的爱情,毫无认识和同情,一意专断孤行。为了达到自己的意愿,对亲生儿子仲卿竟玩弄了卑劣的手段,一方面是威胁——"槌床便大怒:小子无所畏,何敢助妇语";一方面是利诱——"东家有贤女……阿母为汝求……"这里充分暴露了在可怕的封建专制主义面前,连最平常的母子天伦之爱都没有存在的余地了。对于另一反面形象刘兄,诗篇虽然着墨不多,但也写得异常深刻。通过他强迫兰芝改嫁的一段谈话,我们可以清楚地看到压迫者利己主义的趋炎附势的丑恶灵魂。

长诗在艺术上有着巨大成就。如上所述,它塑造了若干鲜明的人物形象,给读者留下深刻的印象。在描绘人物方面,手法生动,避免了用作者的口吻做平板枯燥的叙述,或者发表一通不必要的议论和感想,而经常让人物通过自身的话语和动作来发展故事情节,这样就更具有戏剧性,形象也更生动,更富有感染力。这种客观性戏剧化的手法正是汉乐府民歌叙事诗所常用的,后来唐代诗人的一些新乐府,如杜甫的《石壕吏》、白居易的《卖炭翁》,也继承了这一优点。在语言方面,通俗、朴素和生动是其突出之处。诗中运用了许多口头语言,人物对话切合各自的身份和性格。长诗语言的一个特点是精练,善于以少许笔墨生动有力地刻画人物的性格特征和生活形象。试看太守所遣媒人说婚的一段描写:"媒人下床去,诺诺复尔尔。还部白府君,下官奉使命:言谈大有缘。"仅仅二十多字,把旧社会中媒人小心谨慎、善于逢迎的性格以及他当时由于说婚成功而踌躇满志的神情都活生生地表现出来了。

长诗描写繁简相间,各得其宜。有些场面铺陈描绘,不厌其繁,对表现人物起了很大作用。如兰芝离家时的装束和太守迎婚时的排场,都极尽描绘之能事。前者突出了兰芝的美丽,后者则有力地反衬出兰芝的"富贵不能淫"的美德。诗篇末尾以美丽的浪漫主义手法,通过连理枝、比翼鸟的幻化形象表现了广大人民对于争取婚姻自由的一种积极理想：尽管压迫重重，也不能阻止忠贞不渝的爱情的胜利，同时也给"敢于哀乐，缘事而发"的现实主义诗歌增添了一丝瑰丽的神话色彩。

主题的重建　语言的精妙

读《孔雀东南飞》

王富仁

推 荐 词

"我们现在使用的'爱情'这个概念,是从西方输入的。就其两性关系的'爱情'这个概念而言,它指的基本是这样一种感情:它是在两性关系中发生的,是一种灵肉交织中产生的对异性的自然感情,由于这种感情的存在,一个人只有与特定的异性对象实现灵肉双重的结合才能得到灵魂的安宁,并因此希望异性对象也对自己产生这类的感情需要。"

"大概不会有人怀疑《孔雀东南飞》是一首描写焦仲卿夫妻的忠贞爱情故事的叙事长诗了,但我认为,这个问题仍然是值得细致分析的。"

对文学作品的解读，向来有两个相互联系的层面：一个具有恒定性的层面，一个是不断变动着的层面。它的恒定性的层面是由文学作品的文本的客观性质决定的，它永远限制着解读者对它的解读的范围。在这个层面上，对的就是对的，错的就是错的，其真理性是绝对的，在历史的发展过程中永远不会发生任何变化，其衡量是非的标准是客观的。例如，《孔雀东南飞》不是一首政治讽喻诗，《红楼梦》不是一部武侠小说，《阿Q正传》不是一篇意识流小说，这都具有历史的恒定性。而它的不断变动着的层面是由解读者主体的文化价值观念及其标准的变动性决定的，同样一个文学作品的文本，当纳入到文化价值观念不同的主体意识中去的时候，它所能够呈现出的面貌是不尽相同的，因而对它的解读也就有了不同。正是由于这个层面的存在，对一部文学作品的解读并不是一次完成的，而是常读常新的。

越是伟大的文学作品,越会带来不断发展变化的解读形式,对它的解读和研究越是长久的、难以终止的。在这里,我们还可以指出这样一种现象,即相同的语言概念在不同的解读者,特别是不同时代的解读者那里常常是不同的,随着这种语言概念的外延与内涵的发展变化,在一些解读者那里基本正确的解读方式,在另一时代的另一些人那里就成了并不完全正确甚至谬误的方式了,这部分人就要否定或部分地否定这种解读,而对它做出新的解读,以自己的理性价值标准重建作品的主题意义。

中国的文学接受者对表现两性关系的文学作品的解读,曾出现过三种总体的倾向。在先秦,以孔子为代表,在删订保存表现两性关系诗歌的同时对它们用自己的道德标准做了基本的区分:情与淫。合乎其道德标准的被作为乐而不淫的情诗得到了保存和肯定,不合乎道德标准的被作为淫诗受到了否定。孔子所代表的这种倾向性基本上在中国古代社会得到了贯彻,成了中国文人对待这类诗歌的基本态度。但是,随着儒家道德的僵硬化和严格化,随着孔子被作为至圣先师之后形象的圣贤化和偶像化,随着"诗三百"被抬到儒家经典的高度,中国古代把《诗经》中表现两性关系的诗曲解为政治隐喻诗和道德教化诗的倾向得到了发展,其最集中、最极端的表现是《诗序》的作者。这种倾向还体现在道学家对描写两性关系诗的歧视和贬低上。这可以称为第二种总体的倾向。"五四"之后,在西方文化的影响下,新文学作家和文学研究者开始重视爱情的价值,从而对于中国古代这类诗歌都在爱情诗的命题下给予了崇高的评价,并把它们与载道宗经的诗歌对立起来,赋予了它们更多的反封建的思想意义。这个倾向大概直至现在还是一种主要的倾向。但在这里,我们也遇到了一个无形的尖锐的矛盾,即在不重视爱情、压抑爱情的儒家文化统治下的中国古代社会里,爱情诗在整个诗歌中的比重基本不亚于重视爱情、提倡爱情的文艺复兴后的西方。不论怎么说,这都不能不是一个奇怪的现象。

在这时,我们便不能不重新思考一下"爱情"这个概念的内涵和外延的问题了。

我们现在使用的"爱情"这个概念,是从西方输入的。就其两性关系的"爱情"这个概念而言,它指的基本是这样一种感情:它是在两性关系中发生的,是一种灵肉交织中产生的对异性的自然感情,由于这种感情的存在,一个人只有与特定的异性对象实现灵肉双重的结合才能得到灵魂的安宁，并因此希望异性对象也对自己产生这类的感情需要。这种感情不同于一般的感情，例如朋友、父女、姐弟、母子等等之间的感情，因为它除了灵的因素外还伴随着肉的因素；它也不同于纯肉欲的满足，因为它只有升华到一种精神的、感情的高度之后才具有自身的完满性。特别应当指出的是，在西方，爱情和婚姻是两个相交叉但不重合的不同概念。婚姻可以建立在爱情的基础上，但也可建立在没有爱情的基础上，建立和保持婚姻关系的努力可以出于爱情的目的，但也可以出于非爱情的目的。在中国古代，情与淫的界限与西方有着根本的不同，它不是根据情感自身的性质，而根据与婚姻的关系。凡不以婚姻为目的，甚至不以实现了的婚姻为前提的两性情爱关系一律被视为"淫"，而在婚姻前提之下任何友谊和一般的情感表现都被视为"情"。这样，在带入西方的爱情观念的时候，便发生了多重复杂的情况。在中国古代的情诗中，有可能有等同于西方爱情诗的诗歌，也可能包括不同于西方爱情诗的诗歌。而在中国古代被称为"淫诗"的范围内，当然也有可能不是爱情描写，但也有可能包含着真正的爱情诗。在更多的情况下，彼此浑然难分则是其基本特点。这样，便给中国古代这类诗歌的赏析带来了困难。但也正是这种困难，有可能将这类诗的赏析推向深入化、复杂化，因为我们不能再用歌颂美好的爱情、表现了爱情的忠贞等笼统的断语极其概括地阐释它们的思想意义，而必须更细致地体验它们所表现出来的细微情感及其总体归属。

现在，大概不会有人怀疑《孔雀东南飞》是一首描写焦仲卿夫妻的忠贞爱情故事的叙事长诗了，但我认为，这个问题仍然是值得细致分析的。不论我们是否可以用这个词概括它的意义，这种更细致的分析都是有必要的，因为它可以揭示出更复杂得多的内涵来。

长诗一开始，便是焦仲卿妻对丈夫的一段苦诉文字，我们现在需要注意的不是她实际说了什么，而是她说这些话时的感情和情绪。

> 十三能织素，十四学裁衣。十五弹箜篌，十六诵诗书。
> 十七为君妇，心中常苦悲。君既为府吏，守节情不移。
> 贱妾留空房，相见常日稀。鸡鸣入机织，夜夜不得息。
> 三日断五匹，大人故嫌迟。非为织作迟，君家妇难为。
> 妾不堪驱使，徒留无所施。便可白公姥，及时相遣归。

我们从焦仲卿妻的这段话中听到的是什么呢？听到的

是爱情吗？不是！我们听到的是一种无可奈何的怨诉，在这怨诉里压抑着的是内心深处的愤懑。这种怨诉、这种愤懑，是一个对自我的价值有明确意识的女子在受到不公正的待遇时必然的心理反应。我们还能够感到，这种怨诉、这种愤懑，绝不仅仅是对其婆母的，同时也是对其丈夫的，至少，她感到丈夫并没有对她有应有的感情，并没有因这感情而维护她应得的公正的待遇。只有在这种心情下，只有在这种委屈的感受中，她才不得不向她的丈夫表白自己的价值。与此同时，在她不得不表白自己的价值时，她表白的不是自己对丈夫的爱，因为在社会上和在她自己的观念中，爱情并不是婚姻的必要基础，她不能仅仅以爱情为自己的不公正待遇申辩。在这里，她为自己申辩的理由有下列三点，这三点都是在中国封建社会作为一个好妻子所应具备的条件：一、"十三能织素，十四学裁衣。十五弹箜篌，十六诵诗书"说的是自己的妇才；二、"十七为君妇，心中常苦悲。君既为府吏，守节情不移。贱妾留空房，相见常日稀"说的是自己甘守空房的妇德；三、"鸡鸣入机织，夜夜不得息。三日断五匹，大人故嫌迟。非为织作迟，君家妇难为"说的是自己的勤劳辛苦和婆母对自己的苛刻要求。也就在这种申诉中，我们分明感到在焦仲卿妻与其丈夫之间没有强烈的爱情关系，而是君子之交淡如水般的夫妻生活。在中国古代社会里，夫妻是由父母之命、媒妁之言的传统程序结合而成的，婚前没有建立爱情的过程，焦仲卿夫妻分明也是这样一对夫妻。婚后的生活怎样呢？是"贱妾留空房，相见常日稀。"① 只是从传统道德的角度，焦仲卿妻才感到"君既为府吏，守节情不移"②，对丈夫毫无二心。她明明说"十七为君妇，心中常苦悲"，在这样一个婚姻中感受到的主要是痛苦和悲哀。一个现代的读者很容易便会想到，在这样一种条件下，怎能会建立起我们现在所理解的爱情呢？婚前既无爱情关系，婚后又不可能建立爱情的关系，说焦仲卿夫妻之间有我们所理解的爱情，不是太牵强了吗？读者只要再读一读焦仲卿妻的这一段苦诉的文字，便会感到，她不但没有从丈夫身上感到对自己的爱，她自己的这段话也是冷冷的，没有流露出对丈夫的爱的感

---

① 有的版本没有这两句，但我认为不论是该诗原有的还是后人补充的，都与女主人公的整段话有密不可分的联系。这两句诗实际是前两句"君既为府吏，守节情不移"的引申说明。没有这两句，前两句的含义便显得笼统和含混了。
② "守节情不移"可以解为焦仲卿"守节不移"，但也可解为焦仲卿妻"守节情不移"。这一段话是焦仲卿妻所言，是对自我苦况的诉述，似理解为焦仲卿妻"守节情不移"更好。意思是说你既然在官府任职，我当然应该遵礼守节、忠诚于你、永不改变。至于下句的"贱妾留空房"又重新加了主语，是为诗律齐整常会出现的情况，未必表明"守节情不移"，便一定承接上面一句的主语。

情。这绝不说明她的无情无义,而是因为一个在夫家遭受虐待和歧视而又具有自尊心的女子,是不可能产生对丈夫的真正感情上的爱的,她充其量只能遵守传统妇德,尽到一个妻子对丈夫应尽的义务,她对自己的表白也正是从这个角度进行的。

"妾不堪驱使,徒留无所施。便可白公姥,及时相遣归。"我们不必相信这是焦仲卿妻的真正愿望,但至少我们可以从这些话里感到这个具有强烈自尊心的女子的愤怒已经到了忍无可忍的程度。这里包含了对婆母虐待的抗议,但同时也包含了对丈夫的严重失望:因为只有在完全绝望于自己的丈夫的时候,她才会自求遣归。

在妻子怨诉之后,焦仲卿上启阿母。他说的是下列一段话:

儿已薄禄相,幸复得此妇。结发同枕席,黄泉共为友。共事二三年,始尔未为久。女行无偏斜,何意致不厚?

我们也不必将焦仲卿对其母的话完全看作他自己的真实思想,但至少我们可以从中看到他们的思想的某个侧面。在这里,它透露出的信息是:焦仲卿之所以不愿遗弃妻子,主要是维持婚姻的需要,而不完全是从强烈的爱情出发的。"儿已薄禄相,幸复得此妇",是说他已满足与妻子的婚姻,就其自己的仕宦前途而言,有现在这样一个婚姻已经是很好的了。"女行无偏斜,何意致不厚?"是说妻子的行为没有过错,遣归是不合理的。在这里,我们可以感到焦仲卿对妻子的基本态度,即从婚姻的角度,他对妻子是满足的,他不想在母亲的逼迫下遗弃她,对妻子的处境,他是同情的,他感到遗弃妻子从妻子的角度而言是不公正的。由这二者相结合,构成了焦仲卿此后心理发展的基本根据,但这基本上还不是爱的感情,而是一种维持现有较满意的婚姻形式的努力。"结发同枕席,黄泉共为友",表达的是这样一种愿望。这是在传统封建婚姻制度下大多数婚姻的实际感情基础。在婚姻不得自由的情况下,青年男女的婚姻都是在极端盲目的情况下由父母包办。这样,在一般的情况下,一个青年男子不得不满足于已成的婚姻,更何况在没有可能在广泛的社会交际中找到自己真正爱上的异性对象的情况下,与这样一个妻子结合后,到底已有了一定的情感联系,因而在形式上也觉得更满意现在的妻子了。与此同时,一个被遗弃的女子在当时的社会上是一种严重的不幸,如果妻子的行为符合贤妻良母的社会标准,一个男子出于同情之心也不忍心离弃自己的妻子。不难看到,之所以婚姻不自由的古代社会较之婚姻自由的现代社会有更多白头偕老的稳定婚姻,正是由于这种心理原因。但是,在这大量的稳定的婚姻之中,又有较现代社会少得多的以爱情为基础的婚姻,这也不能不说是一种必然的状况。而这种缺乏爱情基础的婚姻,又总是以一方忍耐自己的悲苦、充满怨悒情绪,而另一方则难以感受到对方的情感温暖、经常处于无可奈何的凄凉心境的长期精神磨难为代价的,正如全诗一开头焦仲卿夫妻间出现的那种压抑的感情氛围一样。

> 阿母谓府吏:"何乃太区区!此妇无礼节,举动自专由。
> 吾意久怀忿,汝岂得自由!东家有贤女,自名秦罗敷。
> 可怜体无比,阿母为汝求。便可速遣之,遣去慎莫留!"
> 府吏长跪告:"伏惟启阿母,今若遣此妇,终老不复娶!"
> 阿母得闻之,槌床便大怒:"小子无所畏,何敢助妇语!
> 吾已失恩义,会不相从许!"府吏默无声,再拜还入户。

关于焦仲卿母的专横态度,诗中的表现是非常清楚的,不必再详加阐述。对于我们更为重要的,是焦仲卿的态度和表现。显而易见，他是不愿离弃妻子的，为维持与她的婚姻他也做出了一定的努力。他企图用终身不娶劝阻母亲，但他的努力也仅止于此，而当母亲槌床大怒，指责其公然在母、妻之间偏袒妻子的时候，他便无计可施了。在这里，关键的问题不在于他到底站在哪一边，而在于他自己到底认为谁是谁非。当在明知其妻无辜而其母无理的情况下，他却没有表现出坚定的态度来维护妻子的利益。我们可以认为这是封建礼法的束缚，但即使这种束缚也说明焦仲卿对其妻的爱情不很强烈。爱情与一般的同情的根本区别就在于它是一种激情，这种激情使人可以失去理智而狂热地为实现自己的追求而努力，在封建礼教统治下的中国古代社会，恰恰正是这种激情可以冲破封建礼教的束缚，特别是在爱情的愿望实现受阻的情况下。与此同时，每一个现代的女性都会告诉你，她绝对不会爱上像焦仲卿这样一个男子，因为他缺少为一个女子所爱的最起码的条件，正像丁玲的《莎菲女士的日记》中的莎菲可以同情苇弟而不会爱上他一样。对焦仲卿，他的妻子也是不会产生我们现在所说的爱情的，这不仅仅因为他对母亲的态度，而在于他对任何强者的那种唯唯诺诺的奴隶性，甚至也包括他在妻子面前表现出的那种无可奈何的窝囊态度。"妾不堪驱使,徒留无所施。便可白公姥,及时相遣归。"在这样的话里,包含着她对丈夫何等的蔑视啊!她根本没有提到丈夫在其中可以怎样发挥自己的作用,因为她根本不相信他会发挥什么实际的作用。

> 举言谓新妇,哽咽不能语:"我自不驱卿,逼迫有阿母,卿但暂还家,吾今且报府。不久当归还,还必相迎娶。以此下心意,慎勿违吾语。"

在自己的被遣归的妻子面前说出这等话,是何等的一副窝囊相啊!这里的"哽咽不能语"绝对不是出于对妻子的爱情,而是出于自己左右为难、无可奈何的一种委屈感。人们略一思考便会知道,在这时应当哭的不是他,而是他的妻子。实际受害的妻子还未落泪,他倒抢先哭了起来。这两种不同表现的心理根据何在呢?焦仲卿妻虽然实际上处在被伤害的地位,但她始终坚信自我的存在价值,始终认为在自己的苦难中自己不应承担责任,婆母的不讲道理和丈夫的无能是自己苦难的真正根源。她蔑视婆母和丈夫,蔑视他们的愚顽和无能,因此她能够在苦难面前保持着一种惊人的镇定和高度的自信。她没有泪,有泪也不愿在自己的婆母和丈夫面前流。她不愿哀求别人的怜悯，也不需要别人的怜悯。焦仲卿则不同，尽管他自己不是苦难的主要承受者，但在这一过程中却证明了自己的无能，证明了自己存在的卑屈。在母亲的眼里，他没有自己任何的独立地位，他的意志不起任何作用；在妻子的眼中，他是一个无能之辈。他的哭，他的泪，是一个意识到了自己的存在的卑屈的软弱男子的悲哀和痛苦，是一个再也找不到自己的存在价值的孤独和凄凉。"我自不驱卿，逼迫有阿母"，这虽然是一句安慰妻子的话，但却是一个自居于卑屈地位的弱者的安慰话。在这里，他有意无意推卸了自己的责任，并且为自己的失职找到了辩护的理由。至此我们已经可以看到，不但在他的妻子的话里，即使在他自己的话里，他也总是一个毫无实际意义的名词，这反映了他在世界上的实际地位和作用。"卿但暂还家，吾今且报府。不久当归还，还必相迎娶。以此下心意，慎勿违吾语。"很可能有的读者当真把这里的话视作焦仲卿对他的妻子的爱情表现，如若如此，可就与原意大相径庭了。下文我们看到，甚至连他的妻子，并且处在走投无路的情况下，都没有把他的这席话当作有实际意义的东西。实际上，这些话除了有点安慰他的妻子的意思外，只是在自欺欺人的心理支配下说出的一席空洞言词。他根本连自己都不相信这些话的实际价值,他也并没有认真地思考过如何挽救这个被毁灭了的婚姻。他只不过临时找了几句话来安慰妻子也安慰安慰自己罢了。试想,如果连他自己也不能在母亲面前为坚持公道而说句有力的话,官府又如何有助于事情的解决呢?

对这一点,他的妻子是再清楚不过了:

新妇谓府吏:"勿复重纷纭!往昔初阳岁,谢家来贵门。
奉事循公姥,进止敢自专?昼夜勤作息,伶俜萦苦辛。
谓言无罪过,供养卒大恩。仍更被驱遣,何言复来还?
妾有绣腰襦,葳蕤自生光。红罗复斗帐,四角垂香囊。
箱帘六七十,绿碧青丝绳。物物各具异,种种在其中。
人贱物亦鄙,不足迎后人。留待作遣施,于今无会因。
时时为安慰,久久莫相忘。"

"勿复重纷纭!""何言复来还?"这是何等冷峻的语言啊!在结婚之后的岁月中,她辛苦操持、守节尽礼,仍难以避免被驱遣的命运,现在已被驱遣归家,还有什么可能被重新召回呢?焦仲卿妻这段话实际揭露了丈夫所说的话的自欺欺人的性质。在这里,透露出她对丈夫的极端的失望,表现着她对丈夫的绝对蔑视,并且也是她有意刺伤丈夫的心的一席话。但在此之后,她的心理又发生了一个突变。正是在道出了这个婚姻无可挽回的实情之后,正是在意识到两人即将分离的结局之后,她开始对这个懦弱、无能的丈夫感到真正的同情了。她开始可怜他,因为他到底不是自己被遣的主使者,他到底没有虐待和欺负过她,并且是真诚希望维持与她的婚姻的。即使这时,焦仲卿妻仍然并不是真正爱这个无能的丈夫,但她安慰这颗懦弱的心灵的愿望却是真诚的。她的同情与焦仲卿对她的同情并不一样,焦仲卿这个懦弱的灵魂只想找些连自己都不相信的话安慰安慰对方,也安慰安慰自己,焦仲卿妻这个富有自尊心的女子却是在正视事实的前提下用真正的宽恕和谅解对待他。"妾有绣腰襦"以下的话,表现了她对丈夫的真正的安慰,表现了她对他的真正理解。她使丈夫感到她对他并不是绝情的。两相对比,我认为焦仲卿妻这个人物是光彩照人的。她忍耐着自己被遣的卑屈,主动向丈夫表达了互不相忘的依恋感情,她的心理动机是:事已至此,何必再让这么一个可怜的人为难呢?

鸡鸣外欲曙,新妇起严妆。著我绣夹裙,事事四五通。

> 足下蹑丝履，头上玳瑁光。腰若流纨素，耳著明月珰。
>
> 指如削葱根，口如含朱丹。纤纤作细步，精妙世无双。

我格外叹服这段肖像描写。表面看来，它平淡无奇，具体描写甚至有点流于俗，但它其中所负载的信息量是何等大呀！我们必须注意到以下几点。

一、按照一般的写法，焦仲卿妻的肖像描写应当放在篇首，并且常常从别人的眼中写她的美。但作者却没有这么做。它隐含着她与家人的这样一种关系：她的家人尤其是她的丈夫忽视了她的美、她的价值。在她的婆母眼里，她只是一个不听话的媳妇，她的婆母对她的厌恶使其看不出她的美艳来。她的丈夫并不真正地爱她，她在她的丈夫眼里只是一个贤惠的、无过错的妻子，他不会觉得她丑陋，但也不会对她的美有特别的感触。

二、作者把焦仲卿妻的肖像描写放在她离别被遣之后的梳妆打扮的时候，深刻揭示了女主人公细微的心理活动。她是一个自尊心很强的女子。她并不认为自己的被遣是由于自己的过错，由于自己是一个丑陋的、不招人爱的女子。现在她着意打扮，打扮得比平时更美，更光艳照人，潜意识中有展示自己的美,让婆母、丈夫感到自己平时瞎了眼睛、忽略了自己媳妇的价值的愿望。这里有自尊,也有报复心理。

三、作者在焦仲卿妻被遣之后从自己的角度客观地描写她的美,体现了作者的一种态度:对焦仲卿妻的同情、对她的婆母的抗议、对焦仲卿的惋惜。这段肖像描写若放在篇首,这种艺术效果便大大减弱了。

总之,在这里,我们感到的不仅仅是她的外形美,更感到了她的自尊,她的内心的刚毅。

> 上堂谢阿母。母听怒不止。"昔作女儿时,生小出野里,本自无教训,兼愧贵家子。受母钱帛多,不堪母驱使。今日还家去,念母劳家里。"

我们绝不能认为焦仲卿妻这些话是在向婆母认错,也绝不能认为这是她的自轻自贱,恰恰相反,这里处处流露着她的自尊和自信。我们会感到,她在说这些话的时候,显得何等冷静和镇定呵!她依然像平时那样彬彬有礼,依然像平时那样说得有分有寸。她以自谦的形式表现了自己的自信和自尊。这里实际上有一种不肯示弱的态度。在她的话里还有一层意思,即她的被遣受损失的并不仅仅是她,而是婆母和婆母的一家。"今日还家去,念母劳家里。"以后,你自己就要操劳这一切了。

她的内心感情在小姑面前才真正迸发出来:

却与小姑别,泪落连珠子:"新妇初来时,小姑始扶床。今日被驱遣,小姑如我长。勤心养公姥,好自相扶将。初七及下九,嬉戏莫相忘。"

她在婆母和丈夫的面前总是极力表现出镇静自若的神态,因为她不愿让他们怜悯自己,这是她保持尊严感的需要。而在年轻的小姑面前,这种需要就是不必要的了,因而她受压抑的心灵一下子松弛下来,痛苦的感情遂成为涟涟泪雨。显而易见。她对小姑有一种母爱的感情,因为小姑是在她的照料下长大的。"勤心养公姥"的嘱托显然并非出于对公姥的关切,但也不是故意做作的虚伪,而是从小姑的角度告诉她应该做什么,应该怎样做。

出门登车去,涕落百余行。府吏马在前,新妇车在后。隐隐何甸甸,俱会大道口。下马入车中,低头共耳语:"誓不相隔卿。且暂还家去,吾今且赴府。不久当还归。

誓天不相负。"新妇谓府吏："感君区区怀。君既若见录，不久望君来。君当作磐石，妾当作蒲苇。蒲苇韧如丝，磐石无转移。我有亲父兄，性行暴如雷。恐不任我意，逆以煎我怀。"举手长劳劳，二情同依依。

如前所言，由于中国古代两性的感情在意识中便是在不同的领域发展起来的，所以在分析这类情感的描写时便呈现着极为复杂的情况。《孔雀东南飞》中的这一段描写便是这样。一方面，在这时，焦仲卿夫妻在精神的沟通上达到了最高的程度，两个人的情感表现也是很强烈的。我们很难断然地说在这时的两人间便没有现代意义上的爱情，但在另一方面，这时二人感情又恰恰是在最不易建立两性性爱关系的时刻出现的，因而我们断然说这就是爱情的表现也是很困难的。两个人的实际分离和两个人共同的受压抑的境遇使他们的精神都感觉到了震动。首先是精神软弱的焦仲卿在其妻当真被遣返回家的时刻情感的力度加强了。我们应当注意焦仲卿在这时说的这段话与上文几乎相同的一段话的根本区别。在这时，他仍然重复着"报府"、"回归"之类的话，说明他还不可能找到挽回残局的有效的方法，但这时的话却不再是模糊的敷衍和空洞的慰安，而表现出了一种真切的解决问题的愿望，是他的真情实感的表现。在过去他说的是"我自不驱卿,逼迫在阿母"这类推卸责任的话,现在他一开始便说"誓不相隔卿",表现的是自己的决绝的态度;过去说的是"以此下心意,慎勿违吾语"这种要求妻子、安慰妻子的话,现在则说"不久当还归,誓天不相负",表的是决心,要求的是自己。这说明当妻子的悲剧已成事实时,他的懦弱的灵魂到底迸发出了一点有力有光的东西,这种真情实感也在焦仲卿妻的心灵上得到了呼应。在此之前,她是从未向他诉述过自己内心的真实痛苦的,因为她厌恶丈夫那种没有独立人格的窝囊相。当丈夫表现出了真诚的感情时,她便把自己的内心世界袒露出来了。因此,我们说他们这时候很可能萌发着一种属于爱情的东西,不是没有心理根据的。但在同时,两性爱情的发生,是在两颗自由的心灵中产生的,因为只有在心灵自由的时刻,两性才会产生灵肉一致的那种情爱感情,而现在的焦仲卿夫妻都首先沉入了困难的感受当中。在困难中产生的情感更多的是同舟共济的友情关系,是同性关系中也常常会建立起来的深厚友谊关系,是同病相怜时的彼此同情的关系。我国古代的文学作品常常把婚姻前提下的两性感情当作主要描写对象,故而更多地描写夫妻同舟共济的友情关系,"五四"后人们往往便把这种友情与西方的爱情等同起来。在《孔雀东南飞》的这段描写里，有多少属于两性间的爱，有多少属于"同是天涯沦落人，相逢何必曾相识"的那种友情，是极难分辨的，但它并不像"求之不得，寤寐思服"（《诗经·关雎》）、"芙蓉如面柳如眉，对此如何不泪垂"（白居易《长恨歌》）、"春蚕到死丝方尽，蜡炬成灰泪始干"（李商隐《无题：相见时难别亦难》）这些诗句一样带有更明显的两性爱的特色，因为：一、它不带有两性间审美感受的内容，二、它不带有两性爱那种独有的情绪特色，三、它不带有两性爱的那种更强烈的情感力度。像"感君区区怀"这类的语言分明还体现着二者在感情上的距离。

"君当作磐石，妾当作蒲苇。蒲苇韧如丝，磐石无转移。"这与其说是二人的誓言，不如说是焦仲卿妻对丈夫的希望。正是因为丈夫平时的懦弱，没有她所希望的男子气概，所以她才如此相告。言下之意是说：只要你能如磐石般坚硬，我便会像蒲苇一样柔韧。

《孔雀东南飞》与其他爱情诗的一个显著不同的特点在于：它没有在二人分别之后描写二人间的思念之情，作者接着便以大量的笔墨叙述焦仲卿妻的婚姻过程，这说明了以下两点：一、作者始终着眼于主人公的婚姻关系，而并非情感联系;二、从情感联系而言,焦仲卿夫妻间一直处于"相见常日稀"的状况,并且二人之间没有撕扯不开的亲密感情,故这时焦仲卿妻更关注的是娘家人对她的态度。如果娘家人不把她视为累赘,她原本是可以平心静气地等待丈夫实现复婚努力的结果的。而焦仲卿在夫妻分离中感到的,主要是良心上的责备,是妻子没有受到公正的待遇。故而分离后他感到的不是失去妻子后的孤独、寂寞和痛苦,而是如何实现复婚,使自己的良心得到安宁。而在这时,他仍难有违抗母亲意志的勇气,所谓报府求归的想法也只不过是在走投无路时设想的一种不切实际的方法,故他现在仍然是束手无策、空自悲哀的。并且这种悲哀并不是思妻的悲哀,是走投无路、无法复婚的悲哀。在这种情况下,二人的关系主要是一种遵守诺言的情义关系,不是失恋关系。

"兰芝初还时,府吏见丁宁,结誓不别离。今日违情义,恐此事非奇。自可断来信,徐徐更谓之。"

焦仲卿妻的悲剧始终在于:她在人间没有找到爱。她始终以当时社会要求于她的尽礼守节的行为准则律己待人,她美丽,她贤惠,她聪明,她勤勉,她事老以忠,事夫以礼,事下以慈，待人以让，言谦意和，克己奉公，严于律己，无求于人，她希望以此获得家人的爱，获得自己在世界上的一个地位。但她却没有在夫家获得任何人的爱。婆母歧视虐待，丈夫屈从于婆母的意志，她在他的情感中没有可能占有一席地位，他只把她当作一个普普通通的妻子。她在感情上无法从丈夫那里获得任何温暖。现在，她被遣回到了自己的娘家，她仍然没有获得她所希望获得的：

> 入门上家堂，进退无颜仪。阿母大拊掌："不图子自归！十三教汝织，十四能裁衣，十五弹箜篌，十六知礼仪，十七遣汝嫁，谓言无誓违。汝今无罪过，不迎而自归？""兰芝惭阿母，儿实无罪过。"阿母大悲摧。

她的母亲首先想到的只是她有无丢了自家的人。她在母亲的面前也不得不为自己的行为辩白。她感到屈辱，也感到孤独。

> 阿母谢媒人："女子先有誓，老姥岂敢言？"阿兄得闻之，怅然心中烦，举言谓阿妹："作计何不量？先嫁得府吏，后嫁得郎君，否泰如天地，足以荣汝身。不嫁义郎体，

其往欲何云?"兰芝仰头答:"理实如兄言。谢家事夫婿,中道还兄门。处分适兄意,那得自任专?虽与府吏要,渠会永无缘!登即相许和,便可作婚姻。"

读者在焦仲卿妻的兄长口里听到的可能是他嫌贫爱富、逼迫其妹改嫁的不良品德,但我认为焦仲卿妻听到的主要是她已成了娘家人的一个累赘,母亲也是急于要她找到婆家的,只是怕女儿不从,故说"老姥岂敢言",兄长则毫不掩饰地催她赶快改嫁,极言其好只是借口罢了。表面为妹妹着想,实际是从自己的脸面着想。因而她出人意料地立即答应了这门亲事,说的是"理实如兄言",但想的却是既然情已断、意已绝,又何必觍颜赖在娘家呢?

她的自尊心受到了何等严重的伤害呀!

在这时,她已绝望于人生。

尽心服侍过的婆家人尚且如此,亲骨肉的娘家人尚且如此,她又到哪里去找到爱,找到感情的寄托,找到自己的尊严和地位呢?

她的死不是殉夫情而死,而是绝望于人生而死!

假若她仅仅为忠于原来的婚姻,仅仅为了对焦仲卿的爱而死,当她答应下这门亲事以后,或者在未答应这门亲事,而感到与夫复婚的希望已经不存在的时候,便要自杀了。

但她没有马上去死,也没有见到丈夫之后便死,而是在婚礼完成,到了新家之后才投水自杀。

因为她在这个世界还有没有实现的愿望。

她要那些蔑视她的人知道她的价值,让婆母和丈夫知道她不是因嫁不到一个更为富贵的人家而自杀的,不是为了他们没有重新召回她而自杀的。

她要向那些视她为累赘的人表明,她完全可以不做他们的累赘而生活下去,她完全可以获得他们垂涎三尺的富贵生活。她不是为贫穷、为得不到富贵而自杀的。

她要向这些人报复,报复这凉薄的人生!

在精神上施行报复!

让他们感到一点精神上的不安,让她的怨魂永远跟随着他们!

交语速装束,络绎如浮云。青雀白鹄舫,四角龙子幡。
婀娜随风转,金车玉作轮。踯躅青骢马,流苏金镂鞍。
赍钱三百万,皆用青丝穿。杂采三百匹,交广市鲑珍。

从人四五百，郁郁登郡门。

这是焦仲卿妻预备给她的夫家和娘家人看的。

这是作者写给有类于焦仲卿妻的夫家和娘家人的人们看的。

这是一种世俗的喧赫和豪华。

但报复世俗的人便必须用这种世俗的喧赫和豪华！

焦仲卿妻却在这世俗的喧赫和豪华中愈感到人生的悲哀、寂寞、孤独和毫无意义——它们体现的不是人与人的情感和爱，体现的是人的虚荣和矫饰。

阿母谓阿女："适得府君书，明日来迎汝。何不作衣裳？莫令事不举！"阿女默无声，手巾掩口啼，泪落便如泻。
移我琉璃榻，出置前窗下。左手持刀尺，右手执绫罗。
朝成绣夹裙，晚成单罗衫。晻晻日欲暝，愁思出门啼。

在这时，她体验到的是生命的孤独和与人生诀别前的留恋。我们必须看到，在这时，她所感到留恋的，仍是她的丈夫，因为不论在自己的人生中所获得的爱是何等微薄，她的丈夫是何等的无能，但他到底是这个世界上唯一与她休戚相关的一个人，他到底曾经表现出过对她的一点情感。显而易见，在她死前她急需再见他一面。这里的"移我玻璃榻，出置前窗下"；这里的"奄奄日欲暝，愁思出门啼"，分明是盼望见到丈夫的意思。我们从中应感受到什么呢？当然我们可以感受她对丈夫的爱（这时她的爱是透明的），但同时也应感到，只有在她与生命诀别的时候，她才能从整个凉薄的人生中筛选出这么一丁点儿与爱情相近的东西来：如若她的一生都被关在一个铁笼子里与一只凉血动物为伍，在她死前不是也同样无比怀恋这只凉血动物吗？

中国古代的妇女的婚姻与此又有什么区别呢？

不论何等不争气的丈夫在这种情况下都会成为她的生命的符号。

她对生命的依恋便同时表现为对丈夫的依恋！尽管平时没有爱情。

> 府史闻此变。因求假暂归。未至二三里，摧藏马悲哀。
> 新妇识马声，蹑履相逢迎。怅然遥相望。知是故人来。
> 举手拍马鞍，嗟叹使心伤："自君别我后，人事不可量。
> 果不如先愿，又非君所详。我有亲父母，逼迫兼弟兄，

以我应他人。君还何所望！"府吏谓新妇："贺卿得高迁！磐石方且厚，可以卒千年。蒲苇一时纫，便作旦夕间。卿当日胜贵，吾独向黄泉。"新妇谓府吏："何意出此言！同是被逼迫，君尔妾亦然。黄泉下相见，勿违今日言！"执手分道去，各各还家门。生人作死别，恨恨那可论！念与世间辞，千万不复全。

我认为，这里需要注意到的有下列两点：

一、焦仲卿在报府之后并没有寻到与其妻复婚的办法，他是在听到妻子再婚的消息后请假暂归的；二、他的妻子在理智上对他的无可奈何的处境是理解的，而他对妻子的行动是不理解的。"贺卿得高迁！磐石方且厚，可以卒千年。蒲苇一时纫，便作旦夕间。卿当日胜贵，吾独向黄泉。"他的话意含讽刺，虽然是在不了解妻子心迹的情况下的误会，但这误会也不是爱情的表现，而是从一个自私的男子的谋求婚姻的目的出发的。他的话严重地刺伤了其妻的自尊心。"何意出此言？同是被逼迫，君尔妾亦然。"这里蕴含着对丈夫的愤怒和自己的无可奈何的悲哀。在这句话里，掩盖着这样的意思：我们同是处于无可奈何的境地，为什么我能理解你的苦衷，你就无法理解我的苦衷呢？须知这是在她将死之前谅解了丈夫的一切懦弱、无能和给自己造成的卑屈、苦难之后听到丈夫的这一席话的，她该是何等失望呵！她向来所寻求的不是一点别人的理解吗？但事实证明她在将死之前仍然连一点理解也没有得到，她在临死之前唯一留恋的不是这么一个无能的丈夫吗？可给她造成了全部卑屈和苦难的丈夫却把全部责任推到了她的身上。这是令人气闷言塞的事情。"黄泉下相见，勿违今日言！"我感到在焦仲卿妻的这个约言中，不是出于爱情，而是出于自己的愤怒。她的内在心里是："你说我违背了诺言，但我早已下定了死的决心，你能像我一样吗？"这个怨魂终于紧紧抓住了这个懦弱无能的丈夫，这个从来无力保护妻子而却又有意无意间想从妻子的过错里隐瞒自己的无能、以求心灵的轻松的丈夫。在这时，两个人的死才注定了。我们从焦仲卿妻见到丈夫后的第一段话里，还是没感到要丈夫与她同死的意思的，因而也没有事先告诉他她已下了死的决心。是丈夫对她的讽刺和埋怨，激起了她的同死的愿望。

在这时，焦仲卿的死几乎也被注定了。从外部原因而言，这是与妻子的约言，但从内部心理原因而言，这实际是他懦弱灵魂的最后的挣扎。他的一生,在母亲面前畏首畏尾,她没有给他留下一丁点儿意识到自己存在价值的空间。他受到意志的绝对压抑,失去了自我,失去了作为一个独立的人、作为一个男子的一丁点儿骨气和硬气。他的母亲把他造成了一个软体动物。在他的妻子面前,他受到她的本能的蔑视,她看不起这样一个无能的、懦弱的、毫无骨气的丈夫。但在平时。他还能活在各种自我欺骗里,活在母爱、妻贤的幸福的帷幕下面。母妻的矛盾和妻子的被遣把这一层层帷幕都拉开了,他的无能被暴露在光天化日之下。须知一个人是不可能在看到自己毫无存在价值的条件下生活下去的,他要挣扎,他要在外挽回自己的面子,对自己证明自己不是完全的无能。把母亲逐走的妻子重新召回是他的这种挣扎的唯一途径。但是,历史已经造就了他,家庭已经铸造了他。在这样一个困难的任务面前,他注定无法获得成功。当他获得他妻子改嫁的消息之后,他是痛苦的,他痛苦自己无力留住自己的妻子,但他却本能般地抓住了妻子首先破坏誓约的借口。这使这个懦弱的人又可以活在自我的欺骗里,把责任推在妻子的嫌贫爱富的行为上。但当妻子约言共死的时候,他的这点自我欺骗的最后口实也被粉碎了。在这时,只有死，才成了他证明自己还有一点自由、一点个人意志的方式。他只能在自己的死亡里证实自己的存在。

> 府吏还家去，上堂拜阿母："今日大风寒，寒风摧树木，严霜结庭兰。儿今日冥冥，令母在后单。故作不良计，勿复怨鬼神。命如南山石，四体康且直。"阿母得闻之，零泪应声落："汝是大家子，仕宦于台阁。慎勿为妇死，贵贱情何薄？东家有贤女，窈窕艳城郭。阿母为汝求，便复在旦夕。"府吏再拜还，长叹空房中，作计乃尔立。转头向户里，渐见愁煎迫。

假若仅从感情的角度，我们便会重新退回到焦仲卿原来的立场上去。显而易见，焦仲卿像一切男子一样，始终处于母子之情与夫妻之情的交叉中。假若没有任何其他因素的卷入，我们只能像传统道学家一样要求焦仲卿牺牲夫妻感情而服从母子情谊。从《孔雀东南飞》的实际描写中我们也可以看到，他的母亲也并非不爱他，不关心他，这种感情并不轻于妻子对他的爱。这里的关键仅仅在于，他母亲对他的爱是伴随着对他的自由意志的剥夺的，她把自己的意志完全替代了儿子的意志。焦仲卿在母亲面前再也无法找回自己的自由，自己的独立意志，因而也无法找到自己存在的独立价值。"阿母得闻之，零泪应声落"，这种描写不但是真实的，而且也是合理的，但这时却已不能改变焦仲卿的想法，因为他找的并不是这种感情，而是自己的独立意志和独立价值。在他再也无力挽回与妻子的婚姻的时候，自杀便成了他证明自己独立性的唯一手段了。

但他直到他妻子自杀的消息传来之后才自杀身死，因为这是他自杀的前提条件。

如果仅仅出于爱情，妻子自杀与否是不具有任何意义的，因为反正他已经失去了她。

但他的自杀不主要出于爱情，是出于对自己的谴责。如果妻子没有自杀，而是改嫁了他人，他便不再感到遣返她有什么值得自谴的地方。如果妻子真正自杀了，他的责任也便是难以推卸的了，这时如果他仍然苟活下去，他的无能和他的无情无义便会伴随他的终身。

焦仲卿妻的死是不以丈夫的死为前提的，因为她寻找的是自己的尊严，她过去的经历已经使她失望于人生了，她的被遣和被改嫁已经构成了她自杀的前提。

就这样，夫妻二人先后放弃了自己的生命。

但他们的死却有着不同的意义。

不论焦仲卿妻自己意识到了没有，她的死都不主要是为殉夫情而死。而是为了保卫自己的生命的尊严而死。她已绝望于人生。她用自己的死抗议这无爱的人间，向那些自私、卑琐、怯懦、无情的人们表示了自己的蔑视和憎恶。

无论焦仲卿自己意识到了没有，他的死都不主要是为了殉妻情而死，而是为了证明自我的存在而死。他在自己的家庭里，在自己生活的人世间，已经失去了自我，失去了自我的自由意志和独立人格。他只有在死亡中才能向自己的母亲，向这个世界，也向投水自尽的前妻，证明自己的自由和独立。

当焦仲卿妻在现世间无法获得人的尊严，当焦仲卿在现世间失去了人的自由意志的时候，他们之间的爱情是不可能真正建立起来的。他们有婚姻而没有爱情，并且因为没有爱情的精神鼓舞力量，他们的婚姻也得而复失，难以维持。当焦仲卿妻在死亡中获得了人的尊严，焦仲卿在死亡中找回了自己的自由意志之后，他们才会有真正的爱情和幸福。

两家求合葬，合葬华山傍。东西植松柏，左右种梧桐。枝枝相覆盖，叶叶相交通。中有双飞鸟，自名为鸳鸯。

> 仰头相向鸣，夜夜达五更。行人驻足听，寡妇起彷徨。
> 多谢后世人，戒之慎勿忘！

不论这种幻想性描写显得多么幼稚，但作为一种象征都不是没有线索可循的。焦仲卿妻用自己的死亡证实了自己的价值，使婆母、娘家母亲兄弟愕然惊顾。焦仲卿用自己的死亡证实了自己对自由意志的重视，使母亲不能不再满足、尊重自己的意愿。"两家求合葬"，满足了他们生前的愿望。在这种情况下，爱情才比翼双飞，嘤嘤互鸣。但可惜，人的悲剧已经完成，爱情的喜剧只在幻想中。

只有在人间追回人的尊严和人的自由，爱情才会在人间红，在人间烧，在人间笑出幸福的酒窝。

显而易见，作者在这个悲剧故事里，有意突出的是婚姻的主题。在全文结束的这一段里，我特别注意到了"寡妇起彷徨"一句。我想，作者所说的"寡妇起彷徨"是说寡妇们在焦仲卿夫妻灵魂的互爱里感到自身的寂寞、孤独和痛苦了呢，还是说她们应在他们生前坚守原来婚约的行为中坚定自己守寡的意志呢？我想二者都有吧！但无论如何，作者是不会鼓励起彷徨的寡妇们改嫁而寻求自己的爱情幸福的。在这时，我们也相应认识到，反对封建礼教也不是该诗的自觉的主题。事实上，焦仲卿夫妻都是恪守封建礼教的，焦仲卿妻甚至可说是这方面的模范。她更像《红楼梦》中的薛宝钗，而不像林黛玉。焦仲卿则更像巴金《家》中的觉新，而不是觉慧。大概正因为如此，作者才会同情他们，把他们的命运视为一种悲剧。假若焦仲卿妻像鲁迅《离婚》中的爱姑，焦仲卿像郁达夫《沉沦》中的于质夫，作者还会同情他们吗？也就是说，仅就作者理性追求的目标而言，与其说《孔雀东南飞》是反封建礼教的，不如说它是维护封建礼教的，与其说是歌颂爱情的，不如说是维护封建婚姻的合法性的。

但是，这并不意味着我否认《孔雀东南飞》的伟大意义。

实际上，震动着叙事长诗作者心灵的，并不是作者对该事件的任何理性认识的结论，而是一个更简单、更普通但也更伟大、更普遍的东西，即对人的生命的伟大关怀。正是在焦仲卿夫妻的死亡里，他或他们感到了灵魂的震动，小序中的"时人伤之"的话便体现了作者记叙这件悲剧故事的原初动机。我倒认为，这种对人的生命的伟大关怀恰恰是对于文学艺术最为重要的东西。人类历史绵延无穷，社会思想波涛起伏，理性思想不断变化，生活知识有广有狭，生活方式代代不同，但人，对人自我生命的关怀则应是始终如一的。没有对人类生命的这种伟大的关怀，再先进、再伟大的理性信条都会枯黄、萎落、凋谢、腐烂，而有了这种对人的生命的伟大关怀，一切理性的限制都会在灵魂的大震动里簌簌剥落，而露出人的生命活力的本体的光辉来。正是因为如此，屈原、司马迁、陶渊明、李白、杜甫、白居易、曹雪芹、鲁迅这些过去时代的伟大作家的作品才以各种不同的形式、带着自身的不同局限大踏步地跨进了当代的世界，跨进了我们当代人的心灵，并以不同的形式为我们所理解、所同情、所接受，而一些在当代理性信条上建立起来的作品却有可能迅速地从我们的心灵中退回去，退到我们的心灵看不见的历史的阴影里去。《孔雀东南飞》便是在对人的生命的伟大关怀中产生的，它能够走进我们当代人的心灵。

也就是说，《孔雀东南飞》的主题首先是一个人生的主题，是人的生与死的主题，是人的命运的主题。作者在对人的生命的伟大关怀中，记录了、再造了焦仲卿夫妻的悲剧故事。我认为，这，就是一切。当这个悲剧故事被再造成功之后，当它可以在中国的历史上穿行的时候，它的各种信息也就可以向人们传递了。不论作者在当时是怎样具体看待这个故事的,不论焦仲卿夫妻本身的思想高度如何,每个时代的人都有可能以自我的理性标准重建它的主题意义。

当我们用现代意义上的"爱情"标准看待《孔雀东南飞》的悲剧故事时,我认为我们不应再把焦仲卿夫妻生前的关系看作是爱情的关系,作者所描写的实际上是一个不建立在爱情基础上的婚姻,正是因为如此,这个婚姻没有得到爱情关系的有效保障,很轻易地便被封建礼教制度毁灭了。直至焦仲卿夫妻在生离死别的最后一次会面,彼此的精神仍是严重地隔膜着的,二人始终未曾在精神上完全融为一体,所以他们生前的关系从基本性质上始终不主要是现代意义上的爱情关系,他们的努力始终主要是维持婚姻关系的努力。事实上,当封建礼教制度剥夺了人的尊严,剥夺了人的独立意志之后,两性之间的真正爱情关系也便从根本上被扼杀了。由此可以看出,《孔雀东南飞》不是对已建立的爱情关系的歌颂,而是对两性爱情关系的向往。只有在焦仲卿夫妻为维持共同的婚姻关系而残身之后,他们才在另外一个世界上建立起了真正的以爱情为基础的婚姻,爱情才成了他们二人关系的基本性质。

婚姻的主题在我们的眼中与原作者的眼中也不相同了。在原作者的眼中,焦仲卿夫妻为维持自身婚姻契约的努力本身便是可贵的,值得赞颂的。我们则不能如此。我们必须承认在两性之间没有爱情基础的时候解除婚约是合理与合法的。我们不再会笼统地肯定一种为维持婚姻契约而做出的努力。但在《孔雀东南飞》的悲剧故事中,我们依然能够在我们的理性原则上重建一个新的婚姻主题。它使我们看到,传统的封建礼教本身,恰恰是破坏稳定和和谐婚姻关系的重要社会因素。当封建礼教在漠视男女爱情关系的基础上建立封建的婚姻时,当封建礼教将婚姻的构成与解体的主要权力交给家长的时候,稳定和谐的婚姻关系也便受到了破坏。传统的封建礼教总是以维护家庭婚姻的和谐美满为自己的职责,但真正造成婚姻的不幸和家庭的解体的,恰恰是封建礼教制度的自身,焦仲卿夫妻的悲剧便是一个有力的证明。

在过去,我们往往认为,要肯定一部文学作品,就必须肯定它所塑造的正面人物的人格的完美性,这恰恰是我们极难办到的。人们的文化价值观念的变化不会再对同一个人物典型做出同样的道德评价。在我们看来,焦仲卿夫妻都不能再是我们学习的榜样。焦仲卿妻被束缚在封建礼教的桎梏中，她是以传统的妇德为自己的道德修养的准则的。焦仲卿更是一个这样道德的奴隶，他缺乏起码的个性意识。但这样评价这两个人物，并不会降低《孔雀东南飞》的思想价值。与此相反，我们从中能看到，当封建礼教扼杀着社会的机制时，同时也扼杀着人的精神的发展。我们在同情焦仲卿夫妻的悲剧的时候，不能再以他们的人格模式塑造自己。

当我重读中国古代这首叙事长诗的时候，使我感到惊叹的是它的人物语言的精妙设计。我对叙事文学作品的人物语言的挑剔是偏于苛刻的。我极难忍受那些脱离开人物内在真实的心理活动和他可能取的独特表达方式而由作者硬按在人物口里的语言。我还相信人物只有在极少的情况下（特别是在中国的文化环境中）才会直接表达和能够直接表达自己的真实的思想和感情。在绝大多数的情况，人物的心灵语言（内部的语言）在转换为他的口头语言（说出的语言）的时候，是要经过无数道荧光屏的折射的，它可能以面目全非的形式出现在人们的口头上。当我带着这样的标准逐段思考《孔雀东南飞》的人物语言和人物对话时，我惊奇地发现，我在这两千余年前的无名氏的叙事长诗中，竟难以挑剔到明显的毛病。而这在心理学和精神分析学空前发达的当代社会,也是极难做到的。《孔雀东南飞》几乎多半的篇幅都是大段大段的人物语言,这些语言是如此的朴素,却又如此精确地符合于人物的微细心理变化和他的独特的表现形式。焦仲卿妻这个人物是很有心计的,极有自尊心而又总是以自谦自卑的姿态出现在每一个人物面前,把自己的真实思想感情巧妙地用合于封建礼教要求的交际语言曲折地暗示出来,使人在感受到的同时又无法肯定地证实它的含义。她的语言几乎总是有两种或两种以上的解读方式,使她可以在不同的情况下用不同的语言翻译出来。她经常用赞扬的语汇表达自己对对方的不满,用顺从的方式表示异议,以尊敬的言辞表示蔑视。这些特点作者都在其设计的语言中充分体现了出来。我认为,《孔雀东南飞》在这方面的艺术成就是极高的,即使在后来的小说作品中,能达到如此高的成就者也为数甚少。人们称它为"长诗之圣",称它为"古今第一首长诗",不仅仅因为它"长",更因为它所达到的艺术高度。

未经雕琢的自然形式
显示着人性美的真谛

《孔雀东南飞》《木兰诗》比较赏析

谭学纯

作者介绍

谭学纯,1953年生,安徽芜湖人。福建师范大学文学院副院长,教授、博士生导师。

推荐词

素有"乐府双璧"之称的叙事长诗《孔雀东南飞》和《木兰诗》,是我国古代人民群众创造的精神瑰宝。

两首诗都有完整紧凑的结构,诗的中心人物性格上都有刚柔相济的美学特征:《孔雀东南飞》侧重从人与人关系中展开故事,以外柔内刚的形式表现兰芝的性格;《木兰诗》则侧重从事件的发展过程中结构全篇,以刚柔互嵌的形式表现木兰的性格。

素有"乐府双璧"之称的叙事长诗《孔雀东南飞》和《木兰诗》,是我国古代人民群众创造的精神瑰宝。一千多年来,历史的风尘丝毫没有遮掩它们的光泽,相反,即使是审辨力很强的现代人,当我们以理性精神穿透历史的时候,也不能不惊叹这两首伟大诗篇的成功。历史学家范文澜称《孔雀东南飞》为继《离骚》之后,"中国文学史上第二次出现的伟大诗篇",认为《木兰诗》"足够压倒南北两朝的全部士族诗人"。今人从这璀璨夺目的双璧看到的,不仅是未经雕琢的自然形式,更重要的是蕴藉于特定形式的内容:鲜明的反封建旗帜下庄严的"人的主题",即通过对人自身本质力量的讴歌,表现强烈的反封建意识。

双璧,显示着人性美的真谛。

《孔雀东南飞》以否定的形式批判根深蒂固的封建礼教,悲剧性地表现对于人的尊严的追求,《木兰诗》以肯定的形式冲破"女不如男"的封建藩篱,喜剧性地唱出了人的价值的颂歌。

《孔雀东南飞》中,人的尊严首先表现为兰芝请归。对照战国时赵太后女儿远嫁,太后"祭祀必祝之,祝曰'必勿使反'"的记述,我们能更清晰地看出兰芝这一行动闪现的精神火花。封建社会一般女子出嫁后被无端遣归,往往意味着遭弃;诸侯之女嫁于别国,除非这个国家遭灭,嫁出去的女儿才能回来。但不堪"君家妇难为"的兰芝,却超越了封建社会的常规心理,主动请归。这一勇敢的要求,已经显示了她对自我尊严的捍卫。而她回家时,一反过去女子被遣往往衣冠不整、形容憔悴的常态,竟"鸡鸣"起"严妆",那"足下蹑丝履,头上玳瑁光。腰若流纨素,耳著明月珰"的形象,更以光彩照人的美质,表明兰芝对于人的价值的珍视。回娘家后,兰芝拒绝求婚者,是其人的尊严合乎逻辑的发展。尽管势利的哥哥认为"先嫁得府吏,后嫁得郎君"是"否泰如天地",尽管阔绰的太守"赍钱三百万"、"杂采三百匹",太守的儿子也"娇逸未有婚",但兰芝在价值观念和爱情的选择中,念念不忘磐蒲之约。"誓天不相负"的诺言、"举手长劳劳,二情同依依"的苦别,作为两心相爱的标志，使兰芝和仲卿爱情的性质，接近了恩格斯所说的"互爱"，因此，他们的爱情悲剧也近似恩格斯的论述："性爱有时达到这样猛烈和持久的程度，以致如果不能结合和彼此分离，对双方说来即使不是一个最大的不幸，也是一个大不幸；仅仅为了能彼此结合，双方甘冒很大的危险，直至拿生命孤注一掷。"兰芝正是为了维护爱的纯洁、表示爱的忠贞，不惜"拿生命孤注一掷"。她的死，是生的顶峰，是她自我价值最完善的表现。而仲卿殉情，则从另一个侧面，捍卫了他和兰芝的人的尊严。

任何悲剧都有它赖以存在的土壤，《孔雀东南飞》的悲剧也带着特定社会的印记。

"妇有七去：不顺父母去；无子去；淫去；妒去；有恶疾去；多言去；窃盗去。"封建社会为女子制作的枷锁如此沉重。这里没有温情脉脉的面纱，有的只是封建礼教的狰狞面目。而焦母强加给兰芝"此妇无礼节，举动自专由"的罪名，并据此驱逐兰芝，则是没有理性的"七去"在没有理性的灵魂中的反映。

从历史的横截面看，产生《孔雀东南飞》的建安时代，儒家思想和汉代经学的统治地位开始动摇。曹操希望臣僚举荐"不仁不孝,而有治国用兵之术"的人才,孔融关于"父之于子,当有何亲?论其本意,实为情欲发耳。子之于母,亦复奚为?譬如寄物瓶中,出则离矣"的议论,无疑是对所谓"孝道"的合理冲撞。在怀疑和否定旧有观念及价值标准的同时,人们开始重新思考和发现生命的意义。表现在文化意识中,则是"人和人格本身而不是外在事物,日益成为这一历史时期哲学和文艺的中心"。

因此,《孔雀东南飞》中兰芝和焦母的矛盾,本质上是两种观念的对垒。正是在这个意义上,在"对外在权威的怀疑和否定"以及"内在人格的觉醒和追求"交叉的视点上,我们以特别欣喜的眼光,看待《孔雀东南飞》所表现的人的价值。

一对恩爱夫妻,在"时人伤之"的叹息声中,倒在封建礼教的屠刀下,但他们作为觉醒了的、维护独立人格的抗争形象,却永远站立着,并以其深刻悲剧意义启迪着后人。不幸的是,这种悲剧延续了相当长的时间,波及了相当广的空间:当巴金笔下的鸣凤投水自杀时,我们看到了兰芝"举身赴清池"的影子;当莎士比亚笔下的罗密欧和朱丽叶双双倒在阴森的墓穴里时,我们看到了兰芝、仲卿"黄泉共为友"的影子;而当蒙太玖和凯普莱脱为对方死去的孩子塑像时①，我们则又想到刘焦"两家求合葬"的可悲的补救方式。正因为这种扼杀人性的悲剧的持久性和广泛性，我们才更应该充分肯定，一千七百多年以前，"黑暗王国里的一线光明"（杜勃罗留波夫语）。

《木兰诗》中，木兰在民族危难之时，挺身而出，女扮男装，替父从军，这一大胆果断的行动里，平民女子的爱国精神和对于封建宗法制度的挑战，互映生辉，以双重的可贵，使木兰的自我价值一开始就在英雄传奇的色彩中闪光。从"唧唧复唧唧"的织机旁，到"朔气传金柝，寒光照铁衣"的战场，木兰跃马挺枪，在"将军百战死，壮士十年归"的浴血奋战中，升华人的尊严。而当天子"策勋十二转，赏赐百千强"的时候，木兰作为十年征战的功臣，却"愿驰千里足，送儿还故乡"。在劳动人民的本色中，使自我价值得到了尽善尽美的表现。

如果说，《孔雀东南飞》中兰芝请归是在跟封建社会常规心理的对照中，增添了光彩，那么，《木兰诗》中木兰请归，则在跟封建社会另一种常规心理的对照中，显得难能可

---

① 蒙太玖和凯普莱脱分别是罗密欧和朱丽叶的父亲，两家原有根深蒂固的仇恨，但儿女双双殉情后，两个老人决定为对方的孩子铸一座金像。

贵。当"万里赴王事,一身无所求"的效国精神和"将军天上封侯印,御史台中异姓王"的功名思想在别人身上交织的时候,木兰向往的,还是"当户织"的劳动生活,"质本洁来还洁去",她永远属于自己的阶级。

木兰凯旋还乡,在一团喜气中,"脱我战时袍,著我旧时裳",同行十二年的伙伴惊异地发现,这位驰骋沙场的骁将,竟然是一位云鬓女郎。至此,这位压倒须眉的巾帼,才以神圣的自我价值,喜剧性地宣告了"女不如男"封建观念的破灭。

在漫长的封建社会,女子一直处于最底层。社会生活她们无权涉足,边陲立功更不是她们的事情。出嫁是她们孤单的远征,家庭是她们的窝,也是她们的牢笼。因此,木兰在一千多年前的历史条件下,勇敢地从家庭冲向战场,其意义实在不次于最有力的妇女解放宣言。

"人民创作是社会意识形态之一。它用独特的生动的形式表现人民在各个历史发展阶段上的观念形态,概括和巩固了劳动人民的劳动和社会的经验。"

作为人民创作,《孔雀东南飞》和《木兰诗》所表现的人民在特定历史发展阶段的观念形态,便是人的尊严。它或悲或喜地表现出的人性美，至今仍不失感人的魅力。

作为人民创作，《孔雀东南飞》和《木兰诗》都有"独特的生动的"艺术"形式"，它们同样达到了空前的完美。"五言之赡，极于焦仲卿妻；杂言之赡，极于木兰"的赞语并不过誉。

两首诗都有完整紧凑的结构，诗的中心人物性格上都有刚柔相济的美学特征：《孔雀东南飞》侧重从人与人关系中展开故事，以外柔内刚的形式表现兰芝的性格；《木兰诗》则侧重从事件的发展过程中结构全篇，以刚柔互嵌的形式表现木兰的性格。

《孔雀东飞南》按人物之间矛盾的焦点，结构上可分为两大部分。从请归到遣归，主要表现为婆媳冲突；从逼嫁到拒嫁，主要为兄妹冲突。兰芝外柔内刚的性格正在这种矛盾冲突中得到了清楚的显示。

> 鸡鸣入机织，夜夜不得息。三日断五匹，大人故嫌迟。非为织作迟，君家妇难为。妾不堪驱使，徒留无所施。便可白公姥，及时相遣归。

请归时委婉的言辞，于温柔的外表中包含着"不堪驱使"的刚强精神。这种外柔内刚的性格更清楚地体现在遣归时辞别婆家人的场面中。别焦母时,"指如削葱根,口如含朱丹"、"纤纤作细步"的兰芝,显示出柔弱的外表,但态度从容,又表现她倔强的刚性;别小姑时,"泪落连珠子"的温柔和"出门登车去"的果断;别丈夫时,"不久望君来"的柔情和"君当作磐石,妾当作蒲苇。蒲苇韧如丝,磐石无转移"的信念,都活现出一个柔中有刚的女子。回娘家后,哥哥逼嫁,兰芝表面应允,好像是一个柔顺的妹妹,但随之而来的悲壮的死,又表明她是刚烈的女性。

《木兰诗》按事件发展的顺序组织结构。皇帝征兵、木兰从军、十年征战、凯旋回乡,在完整的故事中,木兰的刚性和柔情交替显示。当她女扮男装、弃织从戎的时候,我们看到的是大丈夫的豪气,当她渡黄河、宿黑山,由黄河涛声、胡骑马嘶而想起"爹娘唤女声"的时候,我们感到的是少女的柔情。"万里赴戎机,关山度若飞"的英姿,以及在凛冽寒风和刀光剑影中冲锋陷阵的形象,显示出木兰的英雄气概;"当窗理云鬓,对镜贴花黄"的情景,又充分表现了这个少女秀丽的美质。

两首诗都具有民间文学的特点,新人耳目,使人觉得亲切可读。这首先表现在诗的开头和结尾有着明显的民间创作痕迹。

《孔雀东南飞》以孔雀失偶、徘徊眷顾的凄楚意象开篇。在低回缠绵的悲剧序曲中，一只美丽的孔雀朝东南低飞，因顾念配偶，盘绕不忍离去。这种以美禽恋偶喻夫妻别情的表现手法，常见于民歌开头。比较：

孔雀东南飞，五里一徘徊。（《孔雀东南飞》）

飞来双白鹄，乃从西北来……五里一返顾，六里一徘徊。（《艳歌何尝行》）

黄鹄参天飞，中道郁徘徊。（《襄阳乐》)

其间的血缘关系非常清楚。

罗竹风先生认为这首诗的结句"多谢后世人，戒之慎勿忘"，和说唱文学的"四座且莫吟，听我进一言"颇相似，也不无道理。

《木兰诗》开头以女子的劳动场面和忧愁的意绪摄入镜头，其表现手法、句式、句际关系和北朝民歌《折杨柳歌辞》同出一源，只是用字略有变化：

> 唧唧复唧唧，木兰当户织。不闻机杼声，唯闻女叹息。（《木兰诗》）
>
> 敕敕何力力，女子临窗织。不闻机杼声，只闻女叹息。（《折杨柳歌辞》）

诗的结尾则化用了另一首《折杨柳歌辞》的句子。比较：

> 双兔傍地走，安能辨我是雄雌？（《木兰诗》）
>
> 踉跋黄尘下，然后别雄雌。（《折杨柳歌辞》）

这里有着民间形式的共同养料，或者说，这里流淌着北方诸民族的共同血液。

有意思的是，这种血缘关系，往往是"近亲"而不是"远戚"。我们注意到：在喻指夫妻离别的共同前提下，《孔雀东南飞》的开头和《艳歌何尝行》、《襄阳乐》找到了相似的表现手法；在歌颂英雄主义的共同前提下，《木兰诗》、《折杨柳歌辞》的结尾也找到了相近的表现形式。

另外，民间文学中其他一些表现手法，也成功地运用于这两首诗，并增加了作品的感染力。

《孔雀东南飞》中,"十三能织素"以下四句和"十三教汝织"以下四句,相同的内容从两人之口复出,意在铺叙、强调兰芝的聪明、能干和勤劳,这是典型的民歌手法。诗的结尾,刘焦合葬,墓上鸳鸯双飞,"仰头相向鸣,夜夜达五更"。生所未赐予的,在死中得到了补偿。寄寓深刻的象征性画面,则使我们想到,以另一种民间形式流传的梁祝化蝶的想象。

《木兰诗》中,多处运用民歌中常见的"AB—BC……"的顶针句式,如"军书十二卷,卷卷有爷名","归来见天子,天子坐明堂","出门看伙伴,伙伴皆惊忙"等,都借助语流中上下句的首尾蝉联,极自然地顶接出递相依存的内容,不仅环环紧扣,引人入胜,而且清楚地阐述了连贯性思维的内在联系。

民歌中习见的自问自答的设问句式和铺排渲染的互文句式,也使《木兰诗》生色不少。前者如:"问女何所思,问女何所忆?女亦无所思,女亦无所忆。"后者如:"东市买骏马,西市买鞍鞯,南市买辔头,北市买长鞭。"对此,前人评价极高:"若一问答,一市买鞍马,则简而无味,殆非家数。"

是英雄,还是孝女?

《木兰诗》思想倾向新探

王 永

作者介绍

王永,宁夏大学中文系教师。

推荐词

本文认为《木兰诗》讲述的是花木兰代父从军,征战沙场,最终凯旋,解甲归田的故事。木兰最突出、最主要的形象实则是一个孝女,而不是一位英雄。

《木兰诗》是北朝民歌中的杰作,也是一首至迟自唐代便开始广为传诵的古典诗歌中的精品(唐人韦元甫已有拟作)。多年来,此诗一直被选入中学语文课本,作为古典诗歌的经典之作被青少年所习诵。然而关于此诗的思想倾向问题,前人虽已论述颇丰,但笔者认为却仍有未到之处。现行的九年义务教育三年制初级中学教科书《语文》第二册(人民教育出版社,1993年4月第1版)第314页的阅读提示中说:"《木兰诗》是北朝乐府民歌,表现了古代劳动人民乐观勇敢的爱国精神,以及对和平劳动生活的向往。"与《语文》第二册相配套的九年义务教育三年制初级中学《语文》第二册《教师教学用书》(人民教育出版社,1993年5月第1版)第266页课文评点中又说:"木兰是一个云鬓黄花的少女,又是一个金戈铁马的英雄。"《教师教学用书》在课文评点之后所附的"有关资料"中又附有一篇

《木兰诗的思想倾向》的文章,该文作者道:"《木兰诗》的思想倾向是什么?用一句来表述,就是它对于普通女子所禀赋的智慧和才能表示了肯定和赞赏的态度。"

以上几种概括,虽略有不同,但却基本上体现了现今人们对此诗思想倾向的大致看法,概括者概括的角度各有不同,而且也确实看到了此诗思想倾向的某些方面,然恐非定论。笔者认为,全面掌握此诗之思想倾向尚需注意以下两点。

《木兰诗》讲述的是花木兰代父从军,征战沙场,最终凯旋,解甲归田的故事。如果我们认真地咀嚼此诗,再结合作品所产生的时代背景,我们不难看出:木兰最突出、最主要的形象实则是一个孝女,而不是一位英雄。木兰身上所体现出来的更多的是孝道思想而并非爱国精神。

关于此诗产生的年代,据前人考证,诗中所叙地名与史书所载北魏与柔然的战争相符,作品最早见于南朝陈代僧人智匠所编的《古今乐录》之中,那么作品产生于北魏后期当较为可信。南北朝时期,由于其独特的社会历史原因,佛道思想盛行。儒家思想不仅失去了其在两汉时代的统治地位,而且其思想体系中较为合理的成分也逐渐被人们所淡忘。这种现象在北朝少数民族政权中显得尤为明显。而与此相反的是在当时的文学批评领域,却仍出现了一大批文学批评家高扬儒家传统文论,宣扬文学的"政教"(如曹丕)、"德行"(如葛洪)以及"宗经"、"原道"、"征圣"(如刘勰)思想,将文学与社会政治密切联系起来,同时也与儒家之道联系起来。批评家们的想法,仍立足于以文学恢复儒家传统、教化民众。那么被当时的文人所润色过的《木兰诗》,自然便具有了文人刻意打上的上述文学批评理论的烙印。作者借"一个女儿曾代老父从过一次军"(范文澜《中国通史》)的事例,编成诗歌,从中寄托人民群众对孝女或孝道思想的企盼。因此,《木兰诗》的创作倾向(动机)便自然可以概述为:通过塑造一个孝女的形象来改变世风,并为时人树立楷模。何以见得是这样的呢?

按《教师教学用书》中的课文评点,此诗可以分成四个部分(如何分段以及每段的起止也值得商榷)。

第一部分:自篇首至"但闻燕山胡骑鸣啾啾"。这段写木兰准备代父从军以及初涉沙场的感受。这部分诗文中清楚地写道,木兰反复叹息、心生忧虑的起因,不是因为看到烽烟起边关、国家人民将罹难的忧国忧民(即她的叹息忧虑不是像英雄那样来自于对国事的感慨),而完全是因为"军书十二卷,卷卷有爷名"。木兰的叹息忧虑全是因父而生。可汗点兵,父亲在册,可家中的情况却是"阿爷无大儿,木兰无长兄",无法使老父摆脱眼前的兵役之苦,这才是木兰叹息的全部原因。作品中女主人公的所思所虑,完全是从自己的家庭情况出发而考虑问题,没有也不可能表现出为国、为君、为人民而"穷年忧黎元,叹息肠内热"(杜甫诗句)的爱国思想或精神。这是显而易见的。木兰的从军动机只有一个,即替父分忧。而且作品中"愿为市鞍马,从此替爷征"二句,已经把这一动机揭示得极为清楚,是"替爷征"而非"为国征",也正是由于"替爷征"之念是木兰迫于无奈而发自肺腑的心甘情愿,故而下文中所描述的买器具,才能够写得欢畅淋漓,将周密而紧张的准备气氛渲染烘托得有声有色,在表面欢快的购物准备之下暗含着一种淡淡的忧虑。表面的欢快是木兰的孝心得到父母家人的支持与鼓励之后,即孝心得到初步伸张后的必然表现。而暗含的忧虑则是木兰及家人内心思虑如何面对未来的必然结果。接下来的描写中,木兰离家出征后对家中父母的思念仍然是作品抒情的重要脉络。"旦辞爷娘去"表现了离家之时木兰对父母的依恋;重复的两句"不闻爷娘唤女声",更突出表现了木兰对父母深切思念的情怀。作品写木兰从军途中的所思所见,如报安家书一般,仍以眷念父母为主要着眼点,这实际上仍是对木兰孝心的隐晦伸张。

第二部分:自"万里赴戎机"到"壮士十年归"。简写木兰的十年征战生涯。这里通过渲染征战之苦、万里关山之遥、朔气铁衣之寒,确实体现了木兰的刚毅、勇敢的性格特征。但也正是因为写出了征战之苦,才更能衬托出木兰孝心之深。木兰之所以能"壮士十年归",其"替爷征"的孝心是能够战胜千难万险的一个重要精神支柱。这里仍没有片言只语涉及木兰的爱国思想,只是反复表现征战之苦、回归不易。值得注意的一点是,作品将这一段具体的征战过程这一最能体现爱国思想与主人公性格特征的部分只做了简略的描写,而没有过多地渲染其"乐观勇敢的爱国精神"、"金戈铁马的英雄"的一面以及"普通女子所禀赋的智慧和才能",注意到这一点,对于我们正确认识作品的思想倾向也是大有裨益的。

第三部分:自"归来见天子"至"不知木兰是女郎"。这是全诗的高潮。在这段中木兰以一个女英雄的面目出现,而且还是一位只有英雄之身而无英雄之名的英雄。因为木兰是"替爷征",军功簿上的名字自然是父亲的。木兰用自己的血汗为父亲创建了功勋,以自己的刚毅勇敢为父亲赢得了英雄之名,这难道不会使她的父亲乃至天下父母感到欣慰与自豪?作品对木兰孝心的渲染至此而达到高潮。这里尤其值得注意的是木兰归家后的一段描写,作者只写出了爷娘、阿姊、小弟闻听木兰回家来的欣喜之情,却没有去写木兰与家人久别重逢后的喜悦之况,而是拓开一笔,着意刻画木兰归家后出人意料的动作行为:开东阁,坐西床,脱战袍,著旧衣,理云鬓,贴花黄。这一连串急不可耐的动作表现了木兰此时的心理:远离(告别)英雄,还我女儿本来面目。这既表现了木兰特想重新以女儿的身份侍奉父母的迫切心情,同时也表现出了她当初不愿以后也不愿永远做一个英雄的一面。换言之,木兰当初替父从军的直接目的,只是为了替父分忧而不是去立志做个英雄,而今既然替父分忧的目的已然实现,那么再继续做一个女扮男装的英雄,又有何意义?所以还木兰以本来面目就成了木兰此时的迫切愿望。那么木兰是英雄,还是孝女呢?

第四部分:自"雄兔脚扑朔"至篇末。这是一段附文,也是诗人对木兰的赞词。其主旨仍是在肯定木兰的孝心,即代父从军,驰骋疆场孝敬父母,不仅男儿能做到,女儿也一样能做到。在这一点上是"安能辨我是雄雌"的。这既是对木兰孝心的深化,又暗含了要求男女平等的思想倾向。

综上所述,《木兰诗》的情节设计完全是为了塑造木兰这位孝女的形象而构建的。只有木兰以一个孝女的形象出现的时候,换言之,只有把木兰理解成一个孝女形象,作品中故事的发生、发展、结尾才会有依附、有凭借、有着落,对本诗的理解也才能做到顺理成章。如果我们认定木兰是一位"爱国英雄",不仅在作品中找不到可靠的依据,而且也不符合实事求是的评点原则,这一点不应忽视。

民间立场与反战倾向

《木兰诗》解读

罗执廷

作者介绍

罗执廷，1975年生于湖北荆门，1994—2001年就读于华中师范大学文学院，先后获文学学士、硕士学位；2005—2008年就读于暨南大学文艺学专业，获文学博士学位。任教于暨南大学中文系语言文化研究中心，中国现当代文学专业硕士生导师、教授。

推荐词

一直以来，对《木兰诗》主题的解读几乎都局限于这几个方面：歌颂了代父从军、立下赫赫战功，让无数须眉为之汗颜的巾帼英雄；反映了我国古代北方少数民族的剽悍民风以及尚武精神；体现了中华民族传统的美德，如保家卫国、功成身退、不爱功名富贵等。与此相应，对木兰形象的理解也大多限于"忠、孝、智、勇"的范畴。

《木兰诗》可以说是一个被误读的经典文本，木兰则是一个被误读的经典文学形象。本文从创作手法、创作主体与创作时代三个方面对《木兰诗》进行解读。

一直以来，对《木兰诗》主题的解读几乎都局限于这几个方面：歌颂了代父从军、立下赫赫战功，让无数须眉为之汗颜的巾帼英雄；反映了我国古代北方少数民族的剽悍民风以及尚武精神[1]；体现了中华民族传统的美德，如保家卫国、功成身退、不爱功名富贵等。

与此相应，对木兰形象的理解也大多限于"忠、智、勇"的范畴。诸如："代父尚看传孝烈，死固犹复许孤忠。"（明代曹琏）"闻说蛾眉勇冠军，弯弓跃马建殊勋。十年血战生全父，一片贞心死谢君。"（清代陈文组题木兰祠）"谁云生女不如男，万里从军一力担。"（清代董廷晋题木兰祠）"乔装代父出从戎，卫国胸怀不世雄。"（今人

---

[1] 刘大杰，《中国文学发展史》，百花文艺出版社，1999年；章培恒、骆玉明，《中国文学史》，复旦大学出版社，1999年；袁行霈，《中国文学史》，高等教育出版社，1999年；曹道衡、沈玉成，《南北朝文学史》，人民文学出版社，1991年，都有类似看法。

于安澜题木兰祠)

从欣赏与接受的角度看,这些传统的看法当然有其道理。然而,当我们尝试着从写作的角度对《木兰诗》进行解读的时候,我们就会强烈感受到,这些理解其实并没有贴近文本本身,或者说,它们并非《木兰诗》的创作意图所在[①]。《木兰诗》可以说是一个被误读的经典文本,木兰则是一个被误读的经典文学形象。

那么,《木兰诗》原初的创作意图是什么呢?我们可以试着从创作手法、创作主体与创作时代这三个方面来解读。

一、从创作手法来看

作为一首叙事诗,《木兰诗》的叙述手法是很有特点的,从其叙述的策略——详叙略叙之中,我们可以破译出它潜在的话语。

诗歌的开头详细描写了木兰在织布机前的叹息与对话。"唧唧复唧唧,木兰当户织。不闻机杼声,唯闻女叹息。"木

[①] 作品的主题与创作意图并不是一回事:主题是读者对作品内涵的猜测与归纳,因读者多种多样,由此所理解的作品的主题也会多种多样,因人而异,因时而变;而创作意图则是作者创作时的本意,是比较确定的。主题可能接近于意图,但也可能与之背离。

兰为何而叹息,是在思念某个人,还是在为自己的爱情、婚姻而烦恼?"问女何所思,问女何所忆。女亦无所思,女亦无所忆。"这两句中的"思"、"忆"有其特定的含义,那就是年轻女子的思春之情。这本应是木兰这个年龄的女子常有的情思!但木兰并不是为此而烦恼。她烦恼的是"昨夜见军帖,可汗大点兵。军书十二卷,卷卷有爷名"。而父亲年事已高,怎么能出征呢?而且"阿爷无大儿,木兰无长兄",军命又不可违!怎么办?木兰陷入了难解的烦恼之中,于是叹息连连,连织布也无法集中精神,说不定她昨晚已为此思考、烦恼了一整夜呢!最后,木兰下定决心替父出征。

这一段详细剖析并渲染了木兰复杂的心绪。她并不是一个天生就爱从军的女英雄,要不是父亲年事已高,家中又无成年的男丁,她绝不会走上战场。而且在做出决定之前她烦恼甚至是犹豫了很久,而绝不是自告奋勇、毫无顾虑。正所谓"将军女儿身,戎装雄且武。不是爱从军,代父心良苦。"(清代杨文淳题木兰祠)如果不是被逼无奈,她也会走一个年轻女子在正常情况下所应走的人生之路:嫁人、生子,承担起家庭妇女的角色。战争打乱了一个年轻女子正常的生活轨迹,把女人强行拖入了战争。《木兰诗》的原作者并没有说明这场战争是侵略还是反侵略性质的,他关心的并不是战争是否正义。既然无所谓正义,当然也就无所谓"保家卫国"。如果想突出"保家卫国"的意思,就绝不会如此渲染木兰的"叹息"——"不闻机杼声,唯闻女叹息",叹息声如此之沉重与响亮,足以说明木兰的无奈与被迫。因此所谓"在祖国需要的时候,她挺身而出,代父从军!"是根本站不住脚的。木兰代父从军的决定,"完全是从自己的家庭情况出发","没有也不可能表现出为国、为君、为民的爱国思想或精神"。她是"替爷征"而非"为国征"。正是这种对"被逼"的强调与暗示,泄露了《木兰诗》原创者的真实倾向:对战争的反感,对战争破坏下层人民正常生活的不满。

接着,诗歌又详细铺叙了木兰出征前的准备以及一路上的依依不舍。"东市买骏马,西市买鞍鞯,南市买辔头,北市买长鞭。"这四句话采用了夸张的铺排叙述。木兰买齐这些东西绝不至于真的要跑四个市场:这本属同一类的货物难道在一个市场上凑不齐?这种可能性应该是极小的。那么,作者为什么要写得这么啰唆?有人认为:"出征前备置鞍马的铺排描写,便烘托出一种跃跃欲试的神情和忙忙碌碌的气氛。"这种说法实在太过牵强附会：难道一个少女会热衷于打仗拼杀，视自己的生命如同儿戏？《木兰诗》开篇就交代，木兰在纺线，而不是在舞刀弄枪，而且结尾也写到了木兰"当窗理云鬓，对镜贴花黄"。所以，出现在我们眼前的完全是一个传统型的年轻女子，没有任何根据可以证明木兰"尚武"，且有一身好武艺。她之战场立功，完全有可能是靠智谋，而不是靠武艺。退一步说，即使她武艺高超，也并不一定尚武、好战。否则她又何必叹息？其实，正确的理解是，这段铺排是在写木兰的拖延行为与依恋心理。这么年轻的女孩子，第一次远离父母和家人，而且前途生死未卜，心里怎能没有犹豫，怎能没有眷恋？这种心理表现在行动上就是延宕。承认这一点丝毫无损于木兰的光辉形象，相反会使这一形象更真实、更亲切。但是军令如山，木兰再怎么依依不舍，也还得奔赴前线，于是"旦辞爷娘去"。"不闻爷娘唤女声，但闻黄河流水鸣溅溅"、"不闻爷娘唤女声，但闻燕山胡骑声啾啾"，这一重复式句法，再次强调了木兰对家人、家乡的依恋。家庭生活的宁静、温暖与军旅生活的艰辛、险恶两相对照，好恶倾向不言自明。这一段对木兰恋家心理的反复渲染，再次表明了她的被迫与无奈，也同时隐隐表达了对战争的厌恶，对和平、安宁的日常家庭生活的向往。

接下来，仅用六句就简要叙述了木兰征战沙场、立功而返的英雄经历："万里赴戎机，关山度若飞。朔气传金柝，寒光照铁衣。将军百战死，壮士十年归。"长达十多年的时间，又是出生入死、杀敌立功这样显赫、重要的事情，却轻轻一笔带过。比起前面不惜笔墨地渲染木兰出征前的心理活动，此处的叙述也实在是太简略了，这一对比的强烈反差让我们看到了作者的真实意图并不在于描写木兰的英雄行为，也无意于塑造木兰的英雄形象。同时，"朔气"、"寒光"、"百战死"、"十年归"这些字眼分明表现的是战争生活的艰苦与残酷，这绝不会是一种所谓的对英雄的浪漫主义的描写笔法，而恰恰可能是曲折、隐晦地表达对战争的不满。

接下来一段叙述木兰谢绝做官，一心想着回家与亲人团聚。木兰的这一选择也充分说明了以她为代表的下层人民对功名利禄毫无兴趣，他们看重的是幸福、团圆的家庭生活。因此，从本质上来说，他们是反对战争的。即使战争让他们建功立业、一朝成名，他们也并不想为此而改变自己原有的生活。木兰的辞官，绝不是像有些人理解的，是一种"智"——对统治阶级"兔死狗烹，鸟尽弓藏"本质的认识。作为下层社会的女子，恐怕她还不可能有这样高明的认识能力。她的辞官，也绝不会是像某些人理解的，是一种不爱荣华富贵的高尚情操。在如此强大的诱惑面前，有几人能够抗拒？除非是原本就毫无心机的人！所以这恰恰是在反映她一尘不染的淳朴天性。

诗的最后又浓墨重彩地叙述、描写了木兰回家时的场面："爷娘闻女来，出郭相扶将；阿姊闻妹来，当户理红妆；小弟闻姊来，磨刀霍霍向猪羊。"父母由于对女儿的爱，彼此搀扶着出村遥望；姐姐高兴地穿上了平时舍不得穿的新衣服迎接妹妹；小弟更是欢喜地磨刀杀猪杀羊。这个家庭中的成员并没有因木兰放弃高官厚禄而稍有不快，这充分说明他们对此也毫无期待与兴趣！对他们来说，木兰平安地回来了，一家人得以团聚，这就是最可宝贵的。无论木兰有没有立功，只要她平安回来，就是他们的最大满足。因之，他们的态度与反应是极为朴实的，绝没有那种趾高气扬的骄傲感。家人的态度表明：赞扬、讴歌英雄并不是这首民歌的主旨。

而木兰呢？"开我东阁门，坐我西阁床。脱我战时袍，著我旧时裳。当窗理云鬓，对镜贴花黄。"一回到家，她就迫不及待地恢复了女儿身，精心打扮起来。战争并没有改变她作为一个女子真实的爱好与需要。即便是木兰在战场上生死相依的伙伴们，他们所惊讶的也不过是"同行十二年，不知木兰是女郎"，是惊诧于木兰掩藏本来面目的本事以及他们自己的粗心不察，而不是惊诧于她的战功。面对伙伴们的惊诧，木兰则显出了她的调皮与天真妩媚。她风趣地以双兔自喻："雄兔脚扑朔，雌兔眼迷离，双兔傍地走，安能辨我是雄雌？"把一件不平凡的大事说得如此平淡，真是天真、淳朴之极。有人认为这一句自喻表现了木兰的自喜自豪。这哪里是写自豪？这是在写天性烂漫。

很明显，全诗着墨最多的是这三个场景：织机前的叹息与烦闷；出征前的准备与路途上的思亲；归来时的热闹与恢复女儿身的欢乐。而对战争生活的描写则几乎是一笔带过。这种有意的回避与省略，显然潜藏着作者对战争的否定态度。

而且，整首诗从风格上明显存在着裂变：前半部分，从开头到"壮士十年归"，基本上是一种哀怨、悲壮的风格，诸如"唯闻女叹息"、"不闻爷娘唤女声，但闻黄河流水鸣溅溅"、"不闻爷娘唤女声，但闻燕山胡骑声啾啾"、"朔气传金柝，寒光照铁衣。将军百战死，壮士十年归"等不无悲剧意味;而诗的后半部分则急转为明朗、欢快的格调。这里,战争与哀怨、和平与欢快形成明显的一一对应关系。由此,对和平家园生活的向往与对战争的不满不是显而易见的么?

二、从创作主体来看

从《木兰诗》的创作主体来看,作为民歌,它无疑是来自于民间,代表着民间的理想与追求。尽管它可能经过了文人的加工与整理,但这种加工不可能完全改变其本来面貌。据考证,文人的加工只是表现在字句的提炼,只是"在文字上加了一些华美的辞藻"。比如"万里赴戎机"三句极为工整,不似民间口语的松散,据专家考证就经过了唐代文人的加工。而"原歌的民间趣味多么浓厚,那种质朴俚俗的语调,天真烂漫的描写,是文人学不到的"。文人的加工并没有掩盖它的民间趣味,诸如"唧唧复唧唧"这样的民间口语,"磨刀霍霍向猪羊"这样的民间生活场景,"雄兔雌兔"这样民间化的比喻手法,仍然构成了《木兰诗》的主体。

木兰出征前的叹息、烦恼与犹豫,路途上思亲恋家等心理以及其中所折射出的极普通的人情、伦理,木兰辞官归故里的急切心情，家人团聚时充满亲情的祥和、温馨的场面，那种"磨刀霍霍向猪羊"式的民间喜庆气氛，木兰恢复女儿之身及"对镜贴花黄"的细节，木兰与伙伴之间风趣的对话，都凸显出了民间的人情事态、家庭伦理、生活情趣、个性风采，具有鲜明的民间风格与民间趣味。

尤其是，诗中没有表现出明显的对木兰英雄形象的渲染与强调：不管是木兰本人，还是她的家人和她的伙伴们，都没有表现出丝毫的骄傲与英雄崇拜。相反，在他们眼中，木兰只不过是一个"女孩子"而已，是他们的女儿、妹妹、姐姐、伙伴，而不是一个高高在上的英雄。诚如有的论者所指出的："如果我们忠于作品给我们的实际感受，我们便会承认，木兰更使我们感到亲切，而不是使我们感到崇高。她可以被称为英雄，但作者却不是以英雄人物的形象来塑造她、描写她的。"从木兰身上流露出来的主要是那种来自民间的、一尘不染的天真、活泼、朴实的天性，而不是某种英雄的气质。她主要是以一种未开化的、混沌的民间形态而存在着，并没有很明确的自我意识，她的言语与行动基本上都是出于自然天性和本能。

正是由于这种自发性而非自觉性，才使得她除了叹息之外，还是应征入伍，替父从军，而不是反抗命令。因此她的行为也就只能呈现出一种"怨而不怒"的风格。有人担心承认木兰屈服于可汗的命令会有损她的光辉形象。这完全是不必要的。这种"屈服"而不是"反抗"正好有力地说明了木兰形象的民间性——被统治者的屈服与忍让总是常态的，而反抗则多是微弱的，不到万不得已，这种反抗通常不会发生，这也是民间的愚昧与惰性的表现。正是由于这种愚昧与惰性，他们只能是本能地向往和平、安宁、团圆、幸福的世俗家庭生活，而不可能有意识地发出"反战"的声音。

不得不承认的是，木兰的"孝道"是得到了作者的赞许与强调的。但也不得不承认的是，恰恰是"孝道"构成了民间伦理的核心。传统的观点多认为木兰身上体现了"忠"、"孝"、"智"、"勇"的传统美德。这四者中，"忠"无疑代表着统治阶级的利益，"智"与"勇"更多地代表着知识阶层或中间阶层的价值诉求，唯有"孝"才原原本本是属于民间的，统治者常常标榜"以孝治天下"，也不过是为了讨好民间，收买民心。作者不强调木兰的"忠"、"勇"、"智"，而强调"孝"，就是因为他代表的是民间的立场和价值伦理。

创作主体的民间身份,所持的民间立场与民间审美趣味及其局限,决定了《木兰诗》不可能站在统治阶级的立场上宣扬所谓的"忠、孝、智、勇",也不可能有知识分子那样的"保家卫国"、"功成身退"的认识水平与觉悟能力,当然更不可能有所谓的颠覆"男尊女卑"的封建意识的目的。它只能在战争、和平,英雄、凡人的价值对比中,自然而然地倾向于后者。

三、从创作时代来看

《木兰诗》出现于南北朝时期。这一时期南方相对较为安定,而北方则战乱频仍,先后经历了北魏—西魏—东魏—北齐—北周等几个朝代的更替,各朝之间互相攻伐,民无宁日。在这种情况下,民间出现反战的倾向就再正常不过了。

比如,这一时期北方民歌中出现了不少暴露战争给人民带来灾难的民歌,如"男儿可怜虫,出门怀死忧。尸丧峡谷中,白骨无人收。"(《企喻歌辞》)"兄在城中弟在外。弓无弦,箭无括。食粮乏尽若为活?救我来!救我来!"(《隔谷歌·其一》)"兄为俘虏受困辱,骨露力疲食不足。弟为官吏马食粟,何惜钱刀来我赎!"(《隔谷歌·其二》）这些民歌具有朦胧的反战倾向。

还可以与出现于同一时期的《敕勒歌》相印证。"敕勒川，阴山下。天似穹庐，笼盖四野。天苍苍，野茫茫，风吹草低见牛羊。"这是敕勒族、匈奴族的后裔的民歌。这首诗歌唱了大草原的辽阔和牛羊的繁盛，反映了北方少数民族自由、安宁、快乐的游牧生活。在苍茫的天底下，在广袤的原野上，一切显得那么静穆、那么闲适，绝无纷扰与喧哗，大自然主宰着一切，人与自然融为一体。"风吹草低见牛羊"一句与陶渊明的"采菊东篱下，悠然见南山"一句有异曲同工之妙，传达的都是那种纯任自然、毫无机心的民间的生活情态与生活理想。据《乐府广题》说，东魏高欢攻伐西魏，兵败，士气沮丧，高欢令敕勒族大将斛律金在将士面前高唱此歌，结果高亢、深沉的歌声深深感染了全军将士，抚平了他们的恐慌与不安，军心大定。这首歌之所以能够稳定军心，原因有二：其一，这首歌静穆、安宁的意境起到了镇静作用，消弭了杀伐之气；其二，它唤起了将士对家园的热爱与卫护之心。因此可以肯定的是，《敕勒歌》表达的是民间的生活情态，是民间对自由自足、和平安宁的生活的向往，它潜在地表达了对战争杀伐的否定。

虽然《木兰诗》与《敕勒歌》都没有从正面明确表达反战的意思——一方面，由于统治者的高压，民间不可能公然与热衷于争权夺利、互相攻伐的统治者对抗；另一方面，民间的自足自为状态也不可能使他们有自觉、明确的意识与主张，但是从字里行间，从那些潜在的话语与策略中，我们还是不难感觉到这种隐隐的反战倾向。退而言之，即便这种"反战"意识还只是处于潜意识的朦胧状态，还没有上升到明确的意识与主张的层次，其所体现出的民间性与进步性，仍然值得我们给予高度的重视。

在解读古典文学作品时，往往容易出现两种偏差：一种是死抠表面意义而忽略了对作者话语策略的破译，忽略了破解字里行间的"微言大义"，导致无法深入文本的内核；一种是对文本做过度的阐释，甚至用现代人的观念和意识来拔高古人。前者如关于《木兰诗》的"巾帼英雄"说、"尚武"说、"孝道"说，后者如"保家卫国"说、"反男尊女卑"说、"代表各族人民的统一愿望"说，等等。而只有回到文本的细读，回到对创作主体的考察，回到具体的创作时代，才能做出最合理的解读，才能发掘出古典文学文本中的精华。具体到古典民歌，它的创作主体是底层人民，传达的是民间的声音,这种民间性尤其应该得到我们的重视与发掘。研究民歌当然应该持与研究文人诗歌不同的侧重点,否则,研究民歌的意义又何在呢?笔者据此尝试解读经典文本《木兰诗》,并以此就教于方家。

人生岁月　永恒价值

《秋风辞》与《雁丘词》对读

燕　筠

作者介绍

燕筠,山西大学文学院教师。

推荐词

这两首诗,都作于汾河畔,一个感慨"壮不在兮奈老何";一个感伤"问人间,情是何物?直教生死相许"。一为人生易老、年命如流的兴叹;一为情超生死、爱情永在的歌咏,看似毫无相关,两辞却在接轨处寓含了深刻的"永恒"之思。一个说,生命大不过天;一个说,情超于千秋万古。

光阴如逝,岁月如流,沧海桑田,人事兴衰,在古代一直是诗文所要表现的主要题材之一。人生在世,如雪泥鸿爪,短暂不永。古今人物,对于永恒的追求、生死的感叹,息息相通,一脉相传。人生无常,生命的意义何在?其底蕴诱使一代一代崇尚"立德"、"立功"、"立言"的知识分子不懈探寻。纵然是一代天骄、九五至尊的汉武帝,也留恋于人间胜境,而对"永恒"眷眷于心。他17岁登基,71岁死去,在位54年,曾征匈奴、讨西羌、平南越、通西域,使疆域扩大,国运康泰,曾举孝廉、兴太学、设乐府、建藏书,使文化发扬、文明发展。汉武帝是个有作为的皇帝,不仅武功极盛,而且文采焕然。也许正因为其旺盛的生命力,他对于生的愿望格外强烈。他曾求仙论道,以求长生不老。然而,"人生不满百",年轻的日子一天天远去,年老的日子却一天天逼近,武帝感到一种把握不住自己命运的悲凉。《秋风辞》正是他探求生命意义的永恒之思。

> 秋风起兮白云飞,草木黄落兮雁南归。兰有秀兮菊有芳,怀佳人兮不能忘。泛楼船兮济汾河,横中流兮扬素波。箫鼓鸣兮发棹歌,欢乐极兮哀情多。少壮几时兮奈老何?

《文选》记载汉武帝的《秋风辞》是行幸河东、祭祀后土时所作。元鼎四年十一月,武帝44岁,正当壮年而华发早生。武帝幸河东,祀后土毕,泛舟汾河,与群臣饮宴。酒酣人醉,秋月半钩,挂楼船之末,秋水潺潺,撩人情思,一股伤情涌上武帝心头,乃作《秋风辞》。

这首辞的基调开阔雄壮,慷慨悲凉,语言隽美深挚,读来触人情思。"秋风起兮白云飞,草木黄落兮雁南归。"几个动词"起"、"飞"、"落"、"归"的连续运用,将抒情主人公放在一幅流动感极强的深秋特有的景致中。秋风飒飒、白云飘荡、草枯木凋、北雁南飞,这两句,抓住了秋天的典型事物风、云、草、木、雁来描写,表现了深秋气氛,以烘托乐尽悲来的心情。"兰有秀兮菊有芳",用互文见义手法写出了兰花和菊花香气袭人。而"兰"、"菊"却并非单纯指秋花，而是含着武帝不能忘怀"佳人"之意，于是下一句顺笔拈来，"怀佳人兮不能忘"，进一步表达思慕佳人之心。此两句表达手法之巧妙、含蓄，承屈原"香草美人"笔法，无怪乎沈德潜在此批曰"《离骚》遗响"。

滚滚汾河西逝水，卷起千层浪。船歌鸣奏，楼船排列，武帝泛舟汾河，威严、壮观。"泛楼船兮济汾河，横中流兮扬素波。箫鼓鸣兮发棹歌"三句刻画出了一个泛舟汾河、威加海内的帝王形象。武帝成就一份帝业的成功乐趣也浸透在这字里行间。

"欢乐极兮哀情多"，仿佛神来之笔，陡然而至，落差之大，令人惊讶。"哀情"在这里指的是什么呢？"少壮几时兮奈老何"，正是指武帝对于老死的恐惧，及暮年来袭、束手无策的情绪。少壮无多，老之将至，能够成就一份帝业的君王却不能挽回时间的狂流，这是怎样的悲哀，是对一个具有巨大成就感的帝王的无情棒喝。

"逝者如斯"，关于时间永恒与生命的思考起于孔子。人生的荒凉、空虚，似乎唯有流水才更能印证生命的短促。这种观念，乃是中国文人人生体验长期积淀所获得的"共感"。"流水滔滔无住处，时光忽忽西沉。"（朱敦儒）文人骚客或着眼于时光流逝，感到的是世事兴衰，人生无常，山河依旧而生命却没有永恒，一切都在时光催促下走向衰亡，因为"流光容易把人抛"（蒋捷《一剪梅》）；或着眼于今时今刻，则感到生命宝贵而应及时行乐，"光阴者，百代之过客。而浮生若梦，为欢几何？"（李白）人生短暂，欢乐的一时不过是时光流逝中一个瞬间，欢乐、成就都会成为过去，故而在欢乐极点往往蕴涵了更深的"乐极哀来"的痛苦。汉武帝的《秋风辞》正是揭示了这种人生老去、乐极哀来的痛苦。人生易老，岁月无情，在永恒的时光中，生命却永远是短暂的，我们的努力有什么价值，生存的意义又在何处？有情的生命生于无情世界，真是千古伤心。《秋风辞》中，我们找不到生命的答案，我们仍在探寻永恒价值属何物。

　　千古兴亡多少事。回首处，青山隐隐，绿水悠悠，相看唯有山如旧，纵然是人生短促，又是什么使人类生机盎然？汾河畔，武帝泛舟的故事沉寂千年，留下的仅是这首令人伤感的《秋风辞》。厚重的感叹使人们失去了面对历史、面对人生的勇气。

　　汾河的历史韵味只有这些吗？在这种困惑中，元好问的

《雁丘词》使我们领略到另一种人生风味,一种人生意义永恒之底蕴。

《雁丘词》词牌名为"摸鱼儿(迈陂塘)",词前有小序:

> 太和五年,乙丑岁赴试并州。道逢捕雁者云:"今日获一雁,杀之矣。其脱网者悲鸣不能去,竟自投于地而死。"予因买得之,葬之汾水之上,累石为识,号曰"雁丘",同行者多为赋诗。予亦有《雁丘词》。旧所作无官商,今改定之。

> 问人间,情是何物?直教生死相许。天南地北双飞客,老翅几回寒暑。欢乐趣,离别苦,是中更有痴儿女。君应有语,渺万里层云,千山暮景,只影为谁去。

> 横汾路,寂寞当年箫鼓,荒烟依旧平楚。招魂楚些何嗟及,山鬼自啼风雨。天也妒,来信与,莺儿燕子俱黄土。千秋万古,为留待骚人,狂歌痛饮,来访雁丘处。

这首词因物感赋,悲雁而及悲人,歌颂坚贞不渝的爱情。词前小序讲述了一个悲婉凄凉的爱情故事。汾河畔,一双雁儿嬉戏,一只大雁不幸被俘,继而残忍被杀,而另一只脱网之雁竟自杀以殉。传说雁为最忠于爱情之禽鸟,双栖双飞,形影不离。恋人被杀而以死殉情,这一壮举足以感天动地。

"问人间,情是何物?直教生死相许。"突兀一问,横空劈来,势敌千钧。却又不做正面回答,只一句"直教生死相许",写尽"情"态。情可超脱生死,永久不灭,生命宝贵,情更无价。问句大处着眼,强劲有力,"情"字贯穿全篇,层层深入。"天南地北双飞客,老翅几回寒暑。欢乐趣,离别苦,是中更有痴儿女。"具体写情。痴情儿女,相依为命,冬去春来,几多风雨。而两情相悦,又有什么能攫去共同生活的乐趣呢?"老翅几回寒暑"一句,生动摹写出以情支持下的一对恋人生命之顽强与生活之艰辛。像大雁这样的痴情儿女,在人间更应有多少?

"君应有语,渺万里层云,千山暮景,只影为谁去。"推想失偶的悲雁之心,迷茫、惆怅、无所依托,心怀情爱而不得寄,纵是"万里层云,千山暮景"也阻隔不断那强烈的为情而死的执着。"万里"、"千山"和"只影"形成巨大而强烈的视角反差,并与前句之"双飞雁"比照鲜明,尽写出孤雁之形单影只、凄苦伶仃之状,而"渺"字的运用,更烘托出环境的凄迷空旷。

下片由雁丘之事宕开一笔,直写"横汾路,寂寞当年箫鼓,荒烟依旧平楚"。触动怀古伤今之情。怀想武帝当年游幸汾河,何等壮观威严,而今箫声鼓动已沉寂千年,汾河湾内平原漠漠,荒烟袅袅。纵是声声招魂,怎唤得回那"箫鼓鸣兮发棹歌"之盛况?天音高一声,低一声,莫不是山鬼枉自哀啼?"招魂"、"山鬼"两句分别化用《楚辞·招魂》、《九歌·山鬼》中的故事,以渲染汾河今非昔比、物去人空的凄凉之味。"天也妒,未信与,莺儿燕子俱黄土。"诗人激奋的感情已达到高潮,指出这种刻骨铭心的爱情连上苍也难以相信,以至于要妒忌它们之间爱的执着。雁死不能复生,而双雁合葬之雁丘岂是那些平常的莺儿燕子的一抔黄土所能比。忠贞的爱情应该为人歌颂,悲惨的双雁应该受人凭吊。词人累石为识、筑成"雁丘"的目的,就是要"千秋万古,为留待骚人,狂歌痛饮,来访雁丘处"。

词的下片,词人化用古书,深于用事。其用事的目的有双重;一是回应小序点明雁丘胜地所在,更重要的是以武帝昔日盛况灰飞烟灭、物是人非来衬托雁丘之爱情千秋万代永不断绝。这大概是江南词人张炎在《词源》中称遗山词"深于用事"、"立意高远"的缘由吧。

　　《秋风辞》和《雁丘词》，一为人生易老、生命如流的兴叹，一为情超生死、爱情永在的歌咏，看似毫无相关，两辞却在接轨处寓含了深刻的"永恒"之思。《雁丘词》超迈苍凉的境界背后潜隐着一种宇宙豪情，元好问并没有像汉武帝那样执着于追求生命的无限、年寿的永恒，而是用一双俯仰人生万象的心灵之眼来发现生命的"永恒"。人生虽是短暂的，而当我们用"情"去投入这个世界的时候，人类的生存就有了永恒的意义，人类的心灵就会健康地充满生机。

广大而空阔 华美而幽冷

《长门赋》赏析

康金声

作者介绍

康金声,1939年出生,山西盂县人。山西大学中文系教授,山西省古籍整理委员会委员。出版著作有《汉赋纵横》、《王绩集编年校注》、《古代田园诗注析》、《北朝三家集笺校全译》、《元明清曲》、《金元辞赋论略》等。

推荐词

《长门赋》是篇小赋,被认为是写宫怨题材最早、最成功的作品。班婕妤《自悼赋》以下许多写春怨的辞赋,六朝以后尤其是唐代的许多宫词,都受了该赋的滋溉。李白的乐府诗《白头吟》、辛弃疾的词《摸鱼儿》等作品还都歌咏了该赋的故事。所以,《长门赋》是中国文学史上较有影响的一篇优秀作品,值得一读。

一

《长门赋》最早见于《昭明文选》，题司马相如作。赋序说汉武帝皇后陈阿娇因妒失宠，幽居长门宫。她用黄金百斤请司马相如写赋，希图感动武帝，武帝读赋后居然复宠阿娇。由于序文开首就称"孝武皇帝"，这是刘彻身后的谥号，死在武帝前的司马相如不会预知后事，加上"复得宠幸"，与史实不符，所以后代屡有不信此赋为司马相如所做的。顾炎武就断此赋是"后人托名之作"。但也有相反的意见，张惠言说"此文非相如不能作"。笔者认为，汉代许多赋作是靠《汉书》、《后汉书》保存下来的，史书收集这些作品时，往往有些说明文字，后人辑录赋作，便取以为序。《长门赋》虽未见于史传，但收编者仿史家例作一序文是非常简便可能的。赋序非司马相如所写不能证明赋文是伪作。有人说此赋"不一定与陈皇后失宠有关"。笔者以为，既以

"长门"命题,至少也是以陈皇后失宠为因由的作品。当然,以历史事件为题材的文学作品完全可以突破历史事实的拘囿。我们只要不把赋文中的主人公同历史人物等同起来就可以了。"复得宠幸"云云就可这样理解,虽然它不过是后人热爱此赋的夸张之辞。

二

赋文大致可分三层。

第一层从开头到"君曾不肯乎幸临",总写陈皇后被弃的痛苦。文章开始就发问:为什么佳人徘徊消忧,魂不守舍,形容枯槁,独自幽居?用一"何"字一气贯开首四句,推出一个伤心到痴病程度的不幸妇女形象,吸引了读者的注意。接着便从两方面说明原因:一是配偶食言,转移了恩爱,二是自己过于痴情,盼望夫君回心而终于失望。

第二层从"廓独潜而专精"起到"怅独托于空堂",具体写陈皇后被弃的痛苦——孤独和寂寞。文章用漂漂的风、沉沉的云、窈窈的天、殷殷的雷渲染出一种遭受压抑、情不能舒的沉闷气氛。恍惚中她错把雷声听作君王的车音,似乎在弄清牵动帷幄的是风而非人时,才从错觉中猛醒。于是,桂树枝条的纷密交接以及群鸟的翔集、猿啸的呼应均使她意识到自己的孤单。她承受着可怕的孤独徘徊在深宫。但是，那冷落的宫殿里没有任何可使心灵感到温暖的东西：殿体壮大庄严，难以亵近。东厢有无数琐细玲珑的饰物，却徒有炫美之意而不会生出同情。殿门上，锁环声若洪钟，没有亲昵的温柔之音。堂顶是椽梁榑栌等物，虽然美丽，却有如积石山般高峻，休想攀附偎依。地下是五色错石，花纹美好整齐，却因帐幔空垂而显得苍白。抚着门楣外望，是与未央宫（皇帝的政事堂）相连的曲台殿，辽远而难以企及。这一切构成一种广大但却空阔，华美但却幽冷的意境，使人神凄肤寒。所以，"声闻于天"的鹤鸣，她听来像是哀号；黄昏残阳里枯杨上独栖的雌鸟，她看来像自己一样可怜。她该有多少寂寞呀！

第三层从"悬明月以自照"起到文末，具体写陈皇后精神痛苦的另外两个方面：凄凉、空虚。晚上是昔日鸾凤和鸣的时候，她习惯地悬镜自照，虽然装扮齐整，却只能独度清宵。她借鸣琴来宣泄悲愁，琴声竟催落使女们淋漓的眼泪，其所含哀愁的分量自可想见。她怎能不一再叹息，一再哽咽？她把造成不幸的责任都揽在自己身上，历数自己的过失，羞愧得以袖掩面，无地自容。这种自责自怨固然表现了她的贤淑,更主要的是表现了她无计摆脱的囚徒式的生活痛苦。所以,她"颓思就床"就不是卸掉负担后心理平静的行为,不是斩断了情思"勿复相思",而是无可奈何的表现,是痛苦中的喘息,是气急时的撒手。唯其如此,她才在恍然入梦时似觉君王仍在身旁,才在梦醒后又跌进失魂落魄般的空虚巨壑。而静夜里那荒鸡的啼鸣使她感到声音的缥缈空漠,历历繁星使她感到天宇的深邃空旷,中庭的月色使她感到深宫的清虚空阔,连熬不完的长夜也给人以时间的步子太不实在的感觉。赋文用具体的事物写出了"空虚"的声音、颜色和形貌,使陈皇后愁怀郁郁的痛苦成为读者可以听得见、看得清的东西,获得了人们的同情。

赋文的结构是完整的,层次也非常清楚。它的第一层是总写、概括写,第二、三层是分写、具体写。第一层写痛苦的起因,第二、三层写痛苦的表现。文章把痛苦具体化为孤独、寂寞、凄凉和空虚四种感受,又把这些感受贯穿在陈皇后一天的活动里。这样,全文就有一条把不同感受并列排比起来的横线,也有一条按时间顺序展示人物活动的纵线。这些活动是:从白"昼"到"黄昏",登兰台遥望,下兰台周览。从"清夜"到"复明",援雅琴抒怀,梦醒后彷徨。文章末段说"荒亭亭而复明",暗示了随后的日子也像赋文具体写的那一天一样无聊和难熬,做到了言已尽而意未穷。

三

赋文的主人公唤起读者的感情,不是对她的喜爱和尊敬,而是同情和怜悯。因而她的真正动人之处不是根据所谓"中和"的汉代美学原则刻画出来的温柔敦厚、怨而不怒等性格品德,而是她的不幸遭遇引发出人们类似的生活经验和感受,是她的复杂感情同居处环境氛围有机协调并且相得益彰的那种高度和谐的美,即这一形象的生活概括力和艺术感染力。

赋文主写陈皇后的内心痛苦,这是十分抽象的描写对象,要把它准确地传达给读者并留下深刻印象是非常困难的。为了避免抽象化、概念化,赋作没有采用一般汉赋作品那种呆板的陈述,而是借景抒情,把主人公各种复杂的感情融进清晰的景色画面里,变成读者可以感知的艺术形象、艺术意境。在这方面,它继承了楚辞,又有自己的特色。例如它与宋玉的《九辩》,同是情景交融的名篇,但《九辩》的写景是为人物的直接抒情渲染气氛的,而《长门赋》则是把自然景物作为人物活动的背景摄入复杂的生活图像里,让读者体味浸透在景物里的感情，从而感知主人公的思想情绪。它写的几种图景是：一、陈皇后登台所见风云鸟树的自然景象，特点是阴沉烦郁，给人以窒闷不舒之感，用以表现主人公的孤独；二、周览所见高大幽深、精巧华丽的宫观之景，特点是庄严工细，给人以闭塞和烦琐之感，最宜于渲染主人公的寂寞；三、洞房清夜哀音泪面、愁煎气结的生活图景，特点是清冷惨戚，情调同人物的凄凉之感完全一致；四、冷宫残更、月白星寒的空庭夜景，特点是廓落虚静，烘托出居人心灵的空虚。总之，每一景都有人物活动在其中，都透过主人公的感觉展示出来，便以景与情的统一融合表现出高度和谐的美。在这里，所有的景物都染上一层浓重的悲愁色彩，而悲愁又在沉郁、幽闭、凄惨、寂寥的境界里增加了分量，加大了浓度，显示了同楚辞的"以悲为美"基本一致的美学风格，而不同于大赋的夸诞恢廓。朱熹说"此文古妙，最近楚辞"，大约就指它的这种特色。

四

《毛诗正义》说："诗文直陈其事不譬喻者，皆辞赋也。"赋的这种"直陈"或"直言"的特点，使它同多用比兴的诗歌又有所不同。为了比较，我们再引一首王昌龄的《春宫怨》："昨夜风开露井桃，未央前殿月轮高。平阳歌舞新承宠，帘外春寒赐锦袍。"题材恰好也是汉武帝后宫之事，它写的善歌舞者是平阳公主的歌女卫子夫，就是《长门赋序》所说使陈皇后"颇妒"的新宠美人。现在我们来看这首诗的写景："风开露井桃"是写实，但又不单纯是写实。诗歌还用桃花象征卫子夫的美貌，用春风象征武帝的宠爱，用春风吹开桃花象征欢爱双方的娇媚、甜蜜、幸运、得意和爱抚、温存、欣喜、迷醉。月轮已高，犹在歌舞，又是欢爱正浓的表现。《长门赋》也写了树，写了花，写了月："桂树交而相纷兮，芳酷烈之闾闾"，"望中庭之蔼蔼兮，若季秋之降霜"。诗里的景物包含着自身以外的比兴意义，赋里的景物仅仅是结构某种美学意境的材料。《春宫怨》末句是"春寒赐锦袍"，由景及人了，但赐袍的是武帝，受赐的是卫子夫，未及失宠者半句，何处表现春宫怨情？原来，微有春寒便受锦袍之赐，与第二句所写的深夜犹为君王歌舞一样，都是受宠特重的表现。新人如此得幸，旧人被弃无疑，未言怨而怨情已现。《长门赋》写的怨情却是直说出来的："言我朝往而暮来兮，饮食乐而忘人。心慊移而不省故兮，交得意而相亲。""修薄具而自设兮,君曾不肯乎幸临。"可见,王诗运用比兴、衬托等艺术手法,给人留足了想象的余地,表现了婉曲蕴藉的美。《长门赋》则运用白描和直接抒情的方法。当然它的白描不是纯客观的反映,而是饱和着强烈的感情;它的抒情也融汇着对真伪美丑的慕怨欲恶,包含着封建社会里的人生感慨和正确的美学评价,因而具有激动人心的感情力量。加上隔句一用"兮"字,增强了咏叹的韵味,便显示出一种悠长深厚的情韵之美。自然,优秀的抒情诗也不乏情韵,《长门赋》的情韵美更非一般大赋所有,这里只就两篇作品的主要特征做一比较而已。

由于《长门赋》在艺术表现方面达到的高度,加上它对封建制度、封建礼教具有一定程度的批判意义,历来就被人们传诵,是古代抒情小赋中的名作。《长门赋》又是写宫怨题材最早最成功的作品。班婕妤《自悼赋》以下许多写春怨的辞赋,六朝以后尤其是唐代的许多宫词,都受了该赋的滋溉。李白的乐府诗《白头吟》、辛弃疾的词《摸鱼儿》等作品还都歌咏了该赋的故事。所以,《长门赋》是中国文学史上较有影响的一篇优秀作品,值得一读。

原 文

长门赋（并序）

孝武皇帝陈皇后，时得幸，颇妒。别在长门宫，愁闷悲思。闻蜀郡成都司马相如天下工为文，奉黄金百斤，为相如、文君取酒，因于解悲愁之辞。而相如为文以悟主上，陈皇后复得亲幸。其辞曰：

夫何一佳人兮，步逍遥以自虞。魂逾佚而不反兮，形枯槁而独居。言我朝往而暮来兮，饮食乐而忘人。心慊移而不省故兮，交得意而相亲。伊予志之慢愚兮，怀贞悫之欢心。愿赐问而自进兮，得尚君之玉音。奉虚言而望诚兮，期城南之离宫。修薄具而自设兮，君曾不肯乎幸临。

廓独潜而专精兮，天漂漂而疾风。登兰台而遥望兮，神恍恍而外淫。浮云郁而四塞兮，天窈窈而昼阴。雷殷殷而响起兮，声象君之车音。飘风回而起闺兮，举帷幄之襜襜。桂树交而相纷兮，芳酷烈之訚訚。孔雀集而相存兮，玄猿啸而长吟。翡翠胁翼而来萃兮，鸾凤翔而北南。心凭噫而不舒兮，邪气壮而攻中。下兰台而周览兮，步从容于深宫。正殿块以造天兮，郁并起而穹崇。间徒倚于东厢兮，观夫靡靡而无穷。挤玉户以撼金铺兮，声噌吰而似钟音。刻木兰以为榱兮，饰文杏以为梁。罗丰茸之游树兮，离楼梧而相撑。施瑰木之欂栌兮，委参差以槺梁。时仿佛以物类兮，象积石之将将。五色炫以相曜兮，烂耀耀而成光。致错石之瓴甓兮，象瑇瑁之文章。张罗绮之幔帷兮，垂楚组之连纲。抚柱楣以从容兮，览曲台之央央。白鹤噭以哀号兮，孤雌跱于枯杨。日黄昏而望绝兮，怅独托于空堂。

悬明月以自照兮，徂清夜于洞房。援雅琴以变调兮，奏愁思之不可长。案流徵以却转兮，声幼眇而复扬。贯历览其中操兮，意慷慨而自卬。左右悲而垂泪兮，涕流离而从横。舒息悒而增欷兮，蹝履起而彷徨。揄长袂以自翳兮，数昔日之諐殃。无面目之可显兮，遂颓思而就床。持芬若以为枕兮，席荃兰而茝香。忽寝寐而梦想兮，魄若君之在旁。惕寤觉而无见兮，魂廷廷若有亡。众鸡鸣而愁予兮，起视月之精光。观众星之行列兮，毕昴出于东方。望中庭之蔼蔼兮，若季秋之降霜。夜曼曼其若岁兮，怀郁郁其不可再更。澹偃蹇而待曙兮，荒亭亭而复明。妾人窃自悲兮，究年岁而不敢忘。

穷愁但有骨 贫贱可安身

扬雄和他的《逐贫赋》

蒋文燕

作者介绍

蒋文燕,1971年生,北京外国语大学中文学院副教授。

推荐词

扬雄早年以辞赋闻名于世,晚年却认为作赋是"童子雕虫篆刻","壮夫不为",还提出"诗人之赋丽以则,辞人之赋丽以淫"的看法,原则性地区别了楚辞和汉赋。《逐贫赋》以一种反谐的方式,名为逐贫而去,实是与贫相依。文中将"贫"作为一个仆人来处理,主人嫌"贫"给自己带来种种不如人的感觉,欲将他赶走,"贫"却反唇相讥,批评主人不懂"贫"的好处。主人如梦方醒,将他留下。文中充满了谐趣与哲理。

这种写作方法令人称奇,也给人以启示。它在题材上开启了后代诗文专以贫为吟咏对象的先河。如东晋江逌的《咏贫诗》、张望的《贫士诗》、陶渊明的《咏贫士七首》,等等。

对于中国古代的文人士大夫来说，安贫乐道不仅是人格上的自觉追求和修炼，而且也是文学上经常表达和摹写的主题。如孔子曰"富贵于我如浮云"，他夸赞颜回说"一箪食，一瓢饮，在陋巷，人不堪其忧，回也不改其乐也"，而孟子的"富贵不能淫，贫贱不能移，威武不能屈，此之谓大丈夫"，更是有一股浩然正气长留天地之间。但长期以来人们多把对这类题材的注意力投注在诗文上，却相对忽视了赋中的佳作。汉代扬雄的《逐贫赋》，就是赋史中这类题材的首发之作。与一般诗文直陈情志不同的是，《逐贫赋》以一种反谐的方式，名为逐贫而去，实是与贫相依；与汉代洋洋洒洒千余言的散体大赋不同的是，《逐贫赋》短小精悍，全文仅460个字，较早地呈现出汉赋小品化的风貌。

关于扬雄的记载，最早见于班固的《汉书·扬雄传》，但这篇传记又是源于扬雄本人的自传。那么，根据他的自我描绘，我们很容易把扬雄与中国传统的读书人形象联系在一起，内秀沉静，淡泊自守，"为人简易佚荡，口吃不能剧谈，默而好深湛之思，清静无为，少耆欲，不汲汲于富贵，不戚戚于贫贱，不修廉隅以徼名当世。家产不过千金，乏无儋石之储，晏如也。自有大度，非圣哲之书不好也；非其意，虽富贵不事也"（《汉书·扬雄传》）。《文选·运命论》李善注引扬雄《自序》云："雄家代素贫，嗜酒，人希至其门。"所以《逐贫赋》一开始对离俗遁居的"扬子"身处荒郊野外的描绘具有真切的现实基础。

> 扬子遁居，离俗独处。左邻崇山，右接旷野。邻垣乞儿，终贫且窭。礼薄义弊，相与群聚。惆怅失志，呼贫与语。

段末一句，赋作出人意料地将"贫"拟人化，以对话的形式，通过主人公"扬子"对"贫"的责难，"贫"对责难的反诘，展开了一个充满谐趣意味的故事。"扬子"责问道：

汝在六极，投弃荒遐。好为庸卒，刑戮相加。匪惟幼稚，嬉戏土砂。居非近邻，接屋连家。恩轻毛羽，义薄轻罗。进不由德，退不受呵。久为滞客，其意谓何？人皆文绣，余裼不完；人皆稻粱，我独藜餐。贫无宝玩，何以接欢？宗室之燕，为乐不槃。徒行负笈，出处易衣。身服百役，手足胼胝。或耘或耔，沾体露肌。朋友道绝，进宫凌迟。厥咎安在？职汝为之！舍汝远窜，昆仑之巅；尔复我随，翰飞戾天。舍尔登山，岩穴隐藏；尔复我随，陟彼高冈。舍尔入海，泛彼柏舟；尔复我随，载沉载浮。我行尔动，我静尔休。岂无他人，从我何求？今汝去矣，勿复久留！

西方有"七宗罪"，中国有"六极说"，《尚书·洪范》云："六极：一曰凶短折，二曰疾，三曰忧，四曰贫，五曰恶，六曰弱。"所谓"极"，就是穷极恶事。处在贫穷中的"扬子"哀叹自己在基本的生活需求上衣食住行处处不如人，劳役耕作样样常苦辛；在高一点的精神追求上，朋友相继离去，官职越来越低，宗族的聚会上也无人理睬，郁郁寡欢。但"贫"却像影子一样，时时刻刻紧相随。于是负气的"扬子"对"贫"下了逐客令,"赶快走吧,再也别在我这儿呆!"面对驱逐,"唯唯"但不"诺诺"的"贫"的答词却不卑不亢,掷地有声:

> 贫曰:唯、唯。主人见逐,多言益嗤。心有所怀,愿得尽辞!昔我乃祖,宗其明德。克佐帝尧,誓为典则。土阶茅茨,匪雕匪饰。爰及季世,纵其昏惑。饕餮之群,贪富苟得。鄙我先人,乃傲乃骄。瑶台琼榭,室屋崇高。流酒为池,积肉为崤。是用鹄逝,不践其朝。三省吾身,谓予无愆。处君之家,福禄如山。忘我大德,思我小怨。堪寒能暑,少而习焉;寒暑不忒,等寿神仙。桀跖不顾,贪类不干。人皆重蔽,予独露居;人皆怵惕,予独无虞!

走可以,但要把心里的话说个明白,想想过去祖先们虽身居茅舍,却一心为公、恪尽职守。看看现在处处瑶台琼室、酒池肉林,世风追名逐利、奢侈浪费。于是贤人远逝,朝阙空虚。而现如今处君之家,虽没有给朝夕相处的主人带来荣华富贵,却有清白无辜的从容和镇定,正大光明的轻松和勇气。一番慷慨陈词之后,"贫"掀起衣襟,走下阶堂,

决意离去:

> 言辞既罄,色厉目张。摄齐而兴,降阶下堂:"誓将去汝,适彼首阳。孤竹二子,与我连行!"

主人"我"顿时醒悟,起立下席,辞谢不已。从此心静澄明,与贫游息。

> 余乃避席,辞谢不直:"请不贰过,闻义则服。长与汝居,终无厌极!"贫遂不去,与我游息。

"贫"是什么样的?这是常人无法想象的问题,在失意的"扬子"看来,"贫"是"礼薄义弊"的乞儿,是身无宝玩的尴尬,是手脚长满老茧的粗糙,是无处不在的影子……总之,是处处低人一等的感觉。但在"贫"铿锵有力的陈词中,"他"有血有肉、有情有义、坦荡磊落、傲然独立,全然一副君子之相。所以,鲜明生动的形象性是《逐贫赋》的艺术特色之一。而且这不仅是文学史上首次出现的形象,在题材上也开启了后代诗文专以贫为吟咏对象的先河。如东晋江逌有《咏贫诗》,张望有《贫士诗》。陶渊明在晚年也创作了《咏贫士七首》,七首中第一首描述贫士的高洁与孤独,第二首叙述自己的贫状与怀抱,并以"何以慰吾怀,赖古多此贤"作结,之后五首分咏古代著名贫士的品德行迹,借以抒情述怀。在散文的创作上,韩愈的《送穷文》是其中的代表。

《逐贫赋》另一个艺术特色是丰富而有层次的对比。在文章中,贫富的俭朴与奢豪,"扬子"开始时的失意踌躇与结束时的幡然悔悟,以及他的烦躁不安与"贫"的沉着冷静,都形成了有趣的对比,并且随着故事的进行,反映出扬雄本人心路历程的变化和他不谐流俗、自尊自重的风骨。据《汉书·扬雄传》记载,扬雄自汉成帝起与王莽同被待诏除为黄门郎,哀帝时又与董贤同官,后来"莽、贤皆为三公,权倾人主","诸附离之者或起家至二千石",而扬雄则历成帝、哀帝、平帝,"三世不徙官",却以著书立说恬于势利,安于贫贱。他曾耗时27年,编撰成我国历史上第一部方言词典——《方言》。在给刘歆的书信中扬雄自己谈到了当时写作时的情景:"雄常把三寸弱翰,齐油素四尺,以问其异语,归即以铅摘次之于椠。二十七岁于今矣。"(《答刘歆书》)其间辛苦可见一斑。

最后,《逐贫赋》凝练活泼的语言格外值得一提。一般说来,作为汉赋主体的散体大赋常因炼入大量的难字僻字而给人一种晦涩难懂的印象,包括扬雄本人的部分创作亦是如此,从而使读者失去了阅读的兴趣,但《逐贫赋》却令人耳目一新。它全用四言,是汉赋中少见的一篇四言赋,所以与同时期的散体大赋相比显得句式精炼、平易活泼、节奏分明、朗朗上口。而且它多处化用、借用、套用《诗经》中的句子,如"终贫且窭"化自《诗经·邶风·北门》"终窭且贫"句,而借自《诗经·周南·卷耳》"陟彼高冈,我马玄黄"的"陟彼高冈"句,《诗经·邶风·柏舟》"泛彼柏舟,亦泛其流"的"泛彼柏舟"句以及《诗经·小雅·菁菁者莪》"汎汎杨舟,载沉载浮"的"载沉载浮"句,更使得"贫"的形象动起来活起来,它和主人一起上山入海,起起伏伏,真是甩不掉,丢不了,从而使全文饶有风趣。当"贫"的真情告白结束后,赋作将《诗经·魏风·硕鼠》中的"逝将去汝,适彼乐土"套用成"誓将去汝,适彼首阳",此处逝、誓音同,义通,首阳山传说是商代孤竹君的两个儿子伯夷、叔齐因高尚守节而隐居饿死处,因此成为"贫"心目中追寻的乐土。所以《逐贫赋》对《诗经》语句的运用似曾相识实含用心。

一般的文学史著作通常是以题材的三段式来描述汉赋的发展，汉初是以贾谊为代表的骚体赋，之后是以司马相如为代表的散体大赋，踵继者还有扬雄、班固和张衡，而张衡的《归田赋》则开创了具有小品化风貌的抒情小赋。除此之外的汉赋创作则不包括在这条描述的线索中，《逐贫赋》亦被忽略不提。那么，这是否与实际的情况相符，尚值得商榷，比如自贾谊的《吊屈原赋》、《鹏鸟赋》之后，抒情赋的发展并未中断，相反在西汉末年至东汉初年的朝代嬗替之时还大量出现了以说理、纪行等方式来抒情言志的作品，如刘歆的《遂初赋》、崔篆的《慰志赋》、班彪的《北征赋》、冯衍的《显志赋》等，它们实际上可看做是西汉初年骚体赋到东汉末年抒情小赋的过渡。又比如关于汉赋小品化的特征，其实早在扬雄的创作中就有所体现，如其《太玄赋》和这篇《逐贫赋》都是作者自觉追求的小品赋。此外，在有汉一代四百余年间还有大量的咏物赋，与散体大赋的鸿篇巨制相比，它们中的有些作品也具有小品化的特点。所以笔者认为在汉赋的分类、汉赋的小品化以及汉代咏物赋等问题的研究上，依旧可以有所作为。

形骸尔何有 生死谁所戚

张衡和他的《骷髅赋》

蒋文燕

作者介绍

《骷髅赋》讲了一个故事:张平子在野外的泥淖霜土之中看到一个骷髅,不由感慨说:"你怎么到了这个地步呢?你活着的时候是聪明人还是愚笨的人呢?是男人还是女人呢?"那个骷髅说:"我是宋国的庄周啊。有什么可问的呢?"张平子说:"那么我祈祷神将你的四肢、骨骸、手足都找回来,让你生还吧!"骷髅说:"我不愿意。死就是休息,活着是受苦劳。何况我已经死了,化为自然,逍遥自在,想怎样就怎样,我何必活着呢?"说完,化作一道光消失了。张平子在路边祭奠了他,不由得很感慨。

尽管这故事有些幽默,但是,人们读了这个故事还是会觉得有些压抑。除了这个故事所蕴含的哲理外,张衡为什么这样消沉呢?蒋文燕先生这篇文章为理解张衡及类似张衡的人提供了认识途径。

在汉赋发展史上，张衡的创作非常具有传承与开拓的转折意义。他既是"大赋之极轨"（《二京赋》）的创造者，也是抒情小赋（《归田赋》）的开拓者，又是哲理赋（《骷髅赋》）的肇始者。集汉赋各种体式的创作于一身，这充分表明了张衡的才情以及他在汉赋发展史中的地位。然而长期以来人们却相对忽略了对《骷髅赋》的深入研究，其实赋中短短的四百余字正为我们提供了探寻张衡晚年思想状况之津梁。

根据孙文青《张衡著述年表》的推测，《骷髅赋》大约作于汉顺帝永和二年（公元137年）的秋末，和张衡著名的《四愁诗》作于同一年。其云："平子《骷髅赋》乃假庄周'冬水之凝，何如春冰之消；荣位在身，不亦轻于尘毛'之念，以表现其消极思想；是直由郁郁不得志而进于出世之界矣。"其又曰："盖亦因民乱生愁，因愁生厌，因厌而思归，因思归而上书乞骸骨之意也。"据《后汉书·张衡传》的记载，张衡当时正出任河间相，"视事（出任河间相）三年，上书乞骸骨，征拜尚书"。"乞骸骨"之时是顺帝永和三年，张衡时年六十一岁，一年之后他就撒手人寰。所以说孙文青的推测颇符合张衡晚年的情况。而张衡出任河间相之前的五年，是在汉顺帝身边担任侍中一职。侍中在汉代为宫内近侍官，伺应在皇帝左右，因此得以参议枢密。但是树欲静而风不止，此时的汉家王朝在宦官与外戚的专权争斗中早已江河日下、风雨飘摇。张衡虽仍是竭忠尽职、毕力补缀，但一人之功不敌众宦之谗，《后汉书·张衡传》记云："后迁侍中，帝引在帷幄，讽议左右。尝问衡天下所疾恶者。宦官惧其毁己，皆共目之。衡乃诡对而出。阉竖恐终为其患，遂共谗之。衡常思图身之事，以为吉凶倚伏，幽微难明，乃作《思玄赋》，以宣寄情志。"恪尽职守与苟且安身之间的矛盾和苦闷由此可见一斑，而张衡最终选择的是屈势以求生，这种情势甚至一直持续到他出任河间相。《后汉书》本传载，张衡所辅助的"国王（刘政）骄兵，不遵典宪；又多豪右，共为不轨"。虽然张衡"治威严，整法度，阴知奸党名姓，一时收禽，上下肃然，称为政理"，但这并没有减少他内心的苦痛与彷徨，再加上迟暮之年羁留他乡，更平添了一份凄凉之感。相应的佐证还有《文选》卷二十九《四愁诗》序云："时天下渐弊，郁郁不得志，为《四愁诗》，屈原以美人为君子，以珍宝为仁义，以水深雪雰为小人，思以道术相报，贻于时君，而惧谗邪不得以通。"可见无论是《髑髅赋》还是《四愁诗》，都是张衡晚年一片悲凉心境的真实写照。

一般来说，大家都认为《髑髅赋》取材于《庄子·至乐》篇，但是细读之下，我们发现《髑髅赋》中浓厚的道家思想与庄子的思想尚有不同。也许可以这样说，《庄子·至乐》为《髑髅赋》提供了基本的骨骼，而张衡则是用自己的心情与才情铺衍出文章的血脉。在《庄子·至乐》篇中，其主旨是描绘"死之说"：

> 夜半，髑髅见梦曰："子之谈者似辩士。诸子所言，皆生人之累也。死则无此矣。子欲闻死之说乎？"庄子曰："然。"髑髅曰："死，无君于上，无臣于下，亦无四时之事，从（纵）然以天地为春秋，虽南面王，乐不能过也。"髑髅深矉蹙额曰："吾安能弃南面王乐而复为人间之劳乎？"

这实际上是借骷髅之口写出人生在世的拘累和劳苦。而张衡《骷髅赋》也说:"死为休息,生为役劳……荣位在身,不亦轻于尘毛?"可见他主要是从《庄子·至乐》篇这一段话中获得灵感的。但通观《至乐》全文,我们可以发现,庄子眼中的"至乐"实为"无乐"。在他看来,人之生死本是气的聚合和流散,犹如昼夜的转换与四季的更替,纯属自然现象。既然生死都不足以引领人的欢乐与忧愁,所以人们只能顺应这一自然变化。而达此境界的人就是所谓的"真人",因为"古之真人,不知悦生,不知恶死;其出不欣,其入不距;翛然而往,翛然而来而已矣。不忘其所始,不求其所终;受而喜之,忘而复之,是之谓不以心捐道,不以人助天。是之谓真人"(《大宗师》)。这样说来,《庄子·至乐》中所描绘的"死之说"与《大宗师》中"不知悦生,不知恶死"的"真人"境界不是相互矛盾吗?其实不然,我们认为《至乐》中"死之说"立论的背后,是凡常人贪生怕死的情绪与念头,所以其立论的本意是为了消除人们内心对死亡的恐惧,提升人们对死亡的认识,追求生死同一的理想境界。而那些能做到清心寂神、离形去智、忘却生死、顺应自然的"真人","其心志,其容寂,其颡頯;

凄然似秋,煖然似春,喜怒通四时,与物有宜而莫知其极"(《大宗师》)。我们可以试想,这是怎样的一种境地:"他的内心忘记了周围的一切,容颜淡漠安闲,面额质朴庄严;他时而冷肃如秋,时而温暖如春;他的喜怒哀乐如同春夏秋冬的嬗递,情怀心智与外物合宜相称,而且犹如汪洋恣肆的大海,无边无极、不知其垠。"

相形之下,张衡《骷髅赋》之主旨虽然与道家思想有着密切的关系,但却与庄子的思想仍有一段距离,二者在境界上也并非合辙一致。在《骷髅赋》中,面对张平子欲为其复命还生的问询,化名"庄周"的骷髅对曰:

> 死为休息,生为役劳。冬水之凝,何如春冰之消?荣位在身,不亦轻于尘毛?飞锋曜景,秉尺持刀,巢许所耻,伯成所逃。况我已化,与道逍遥。离朱不能见,子野不能听。尧舜不能赏,桀纣不能刑。虎豹不能害,剑戟不能伤。与阴阳同其流,与元气合其朴。以造化为父母,以天地为床褥。以雷电为鼓扇,以日月为灯烛。以云汉为川池,以星宿为珠玉。合体自然,无情无欲。澄之不清,浑之不浊。不行而至,不疾而速。

这才真正是在抒写"死之说",其中充满了对死亡世界的向往之情:那是一个坚冰消融于涣涣春水之中的自由世界,那是一个没有刀光剑影、风霜雪雨严相逼的清白世界,那是一个无声无形、无赏无罚、无害无伤、无情无欲的逍遥世界。正是因为自由、清白和逍遥,没有钩心斗角,没有阿谀诌媚,所以这个世界的境界开阔、气魄宏大,人们的精神可以得到真正的解脱。作者对此心向往之。然而张衡真的解脱了吗?其实他所高举标扬的这番来世的逍遥自在之中,我们可以深深地体会到弥漫于今生的那种彷徨与凄凉。实际上,骷髅所说的,恰恰是张衡所向往的精神上的彻底解脱;而张衡所悲哀的,正是他清醒地认识到活人不可能获得这种精神解脱。因此当骷髅"言卒响绝,神光除灭",张衡"乃命仆夫,假之以缟巾,衾之以玄尘,为之伤涕,酹于路滨"。骷髅关于生死荣辱的一番话,说到了张衡的痛处,使他伤感而落泪。而张衡所祭奠的不仅仅是使其顿悟的骷髅,更是自己无力改变的生活。所以我们认为,《骷髅赋》中"死之说"立论的背后是"生之恶",这与《庄子·至乐》中顺应自然、生死同一的"死之说"是两种境界。前面我们说过,常人对于生命的态度是贪生怕死,那么为什么在张衡的晚年,他不是紧紧抓住最后一点生命的火焰,而是如此"恶生"?这当然和其人生经历、个性学养有着密切的关系。

据《后汉书》本传载,张衡"少善属文,游于三辅,因入京师,观太学,遂通《五经》,贯六艺。虽才高于世,而无骄尚之情",所以从青年时期起他就具备良好的儒家修养和德行,而且性情比较内向沉静,"常从容淡静,不好交接俗人",又淡泊功名,自汉和帝永元九年(公元97年)第一次"举孝廉不行,连辟公府不就"起,张衡多次不应外戚大将军邓骘之请,"大将军邓骘奇其才,累召不应"。不应朝廷权贵之召,这需要很大的勇气,可见在其内秀的气质中自有一股坚韧的力量。研究界一般认为,和帝、安帝、顺帝时代是东汉社会的衰落时期,而出生于汉章帝建初三年(公元78年),卒于汉顺帝永和四年(公元139年)的张衡在其成年后则完整地经历了这一时期。而且,张衡曾先后两次共计十三年担任太史令一职,钩沉古史,参验现世,他定会比一般人更生出几分对世事的感慨。这一点在张衡的其他作品中亦有反映。比如,在顺帝永建五年(公元130年)张衡任太史令时,他目睹政事渐损,权移于下,因上《陈事疏》,其中认为"愿陛下思惟所以稽古率旧,勿令刑德八柄,不由天子。若恩从上下,事依礼制,礼制修则奢僭息,事合宜则无凶咎"(《后汉书·张衡传》),主张以礼制约束宦官的权力。而创作于顺帝阳嘉四年(公元135年)的《思玄赋》则是借用大量史事来讽刺现实,比如:

> ……窦号行于代路兮,后膺祚而繁庑。王肆侈于汉庭兮,卒衔血而绝绪。尉厖眉而郎潜兮,逮三叶而遘武。董弱冠而司衮兮,设王隧而弗处。夫吉凶之相仍兮,恒反仄而靡所。穆屈天以悦牛兮,竖乱叔而幽主。文断祛而忌伯兮,阉谒贼而宁后。通人暗于好恶兮,岂昏惑而能剖?嬴玼谶而戒胡兮,备诸外而发内。

这里连用了汉文帝窦太后、汉平帝王太后,佞臣颜驷、董贤、叔孙豹,阉宦勃鞮、赵高等人擅权得宠的事例,暗刺汉代后妃制所引起的外戚、宦官之祸,由此可见张衡对此社会痼疾的关注。但是他最终没能像屈原那样选择以死抗争的方式,也没有迹象表明他加入了同时代以李固为首的清流官僚士大夫集团反对宦官和外戚专权的斗争。在出仕与遁隐、抗争与退避的矛盾中,张衡最终还是选择了后者。所以在这一时期，无论是《四愁诗》的幽怨，还是《骷髅赋》的苦闷，抑或《归田赋》的超脱，都反映出张衡晚年交织于内心的各种复杂情感。我们很难说哪一种情感占据着主导地位，我们也很难说他最终是否真的得到了解脱，因为对于张衡这样一位规范知性的儒者来说，在那个是非颠倒、曲直不分的混乱时代里，虽然他也曾对自己安身立命之本产生了犹豫和疑问，也多次在其作品中借四处游历、问询的形式来叩问自己的灵魂，但深厚的儒家背景最终还是使张衡在情感和理智上要完成对道德的皈依。汉顺帝永和三年张衡"上书乞骸骨"之事，从一个方面我们可以认为这是张衡对于理想的放弃，但从另一方面我们也可以说他是在用以退为进的方式来坚持理想。"质本洁来还洁去，不教污淖陷渠沟"，也许对张衡来说，只有死亡才能给他带来真正的解脱。

除了深厚的哲理意味外，《骷髅赋》的构思之巧与文辞之美也相当值得推崇。与《庄子·至乐》篇相比，《骷髅赋》最可深味处是它的故事性，而且其中又有细致入微的描绘，这使得细节也熠熠生辉。在一个深秋早晨，作者设想自己如凤飞举、如龙腾骧，周游遍览九州之野，观看万物风情于四面八方，"张平子将游目于九野，观化乎八方。星回日运,风举龙骧。南游赤岸,北陟幽乡。西经昧谷,东极扶桑"。这本是一次让人意气风发的畅游,但恰逢"季秋之辰,微风起凉。聊回轩驾,左翔右昂"。人世间阵阵寒凉的秋风,使得作者又回到了平安的土地上。当他"步马于畴阜,逍遥乎陵冈"之时,回头看见了一具被委弃于路旁的骷髅,"下居淤壤,上负玄霜",下边身陷淤泥朽壤之中,上边负着一层寒凉的白霜。这是一个非常容易让人触景生情的细节,从幻想回到现实,从天界神游回到地上漫步,从昂首阔步到一个不经意的回头,这种对比形成了故事的跌宕起伏。原来那些最能惹人思绪的常常不是传说中的神物,而是一些不经意的平凡发现。于是,此情此景不由使张平子怅然探问这具骷髅的前生:

> 子将并粮推命,以天逝乎?本丧此土,流迁来乎?
> 为是上智,为是下愚?为是女人,为是丈夫?

"你是因为缺乏食物而摧折了生命?你是本丧于此还是迁徙流落而来?你是上等的智者还是下贱的愚民?你是女人还是男子?"这连续的发问充满了作者的感情,他似乎看到了自己百年之后不知所终的命运。而骷髅也"肃然有灵,但闻神响，不见其形"，开始了与张平子那番有关生死荣辱的晤谈。这样的构思使骷髅和作者都变得有情有义，使故事变得有张有弛，我们很容易成为其中的第三者。无论是畅游于天界还是踟蹰在田间，无论是身负玄霜的骷髅还是寂寞怅惘的张平子，无论是张平子对骷髅前生的疑惑还是骷髅对来世自由逍遥的作答，它们都像茧丝般一点点、一层层地缠绕和触动着人心。扪心自问，我们每个人不都日日身披着自己的形骸，然而谁又曾真正想过生死的意义？那么形骸于我们是有还是无呢？所以，如果说《至乐》中的庄子堪称辩士，那么《骷髅赋》中的张衡则可视为文士；《至乐》中洋溢着的是思想者的清醒和锐利，而《骷髅赋》中则充斥着文人的无奈与感伤。既然是文人，文采当然飞扬。近人金秬香《骈文概论》对此评价道："其《骷髅》一赋，游目九野，观化八方，语托蒙庄，曲尽其变；其言与阴阳同其流，与元气合其朴，以造化为父母，以天地为床褥。雷电为鼓扇，日月为灯烛，云汉为川池，星宿为珠玉，合体自然，无情无欲，造辞精奥，无异前修。"的确，《骷髅赋》这种干净浅近的文字、无可伦比的气魄、从容不迫的文笔，比起汉代的苑猎京都大赋来说实在是有情趣、有诗味。

后世直接模仿《骷髅赋》的有曹植的《骷髅说》，刘大杰《中国文学发展史》云："再如张衡《骷髅》一篇，情趣既好，技巧亦佳。曹植《骷髅说》完全是模仿这篇的。"曹植《骷髅说》曰："夫死之为言归也，归也者，归于道也。道也者，身以无形为主。故能与化推移。昔太素氏不仁，无故劳我以形，苦我以生。今也幸变而之死，是返吾真也。"（严可均校辑《全三国文》卷十八）这段话完全是在《骷髅赋》恶生乐死的思想基础上加以推演的。在曹植之后，陆续还有人作同题赋，其内容也大抵不离生不如死的主题。而且在后来以骷髅为主题的文字中还多带有劝世之目的，如隋树森《古诗十九首集释》中引吴淇对"去者日以疏"的注云："余曾见修行人有绘死骷髅于床几间者，作骷髅谓人之语曰：'昔日我如尔，吁！何不悔？异日尔如我，吁！何不修？'"由此可见，庄子和张衡在乱世中借骷髅之口说出的激愤之语，到了后世却多少变成了劝人修善的文字。毕竟，对于凡常人来说死后的乐趣还是太渺茫了。

↘ 原 文

骷髅赋

张平子将游目于九野,观化乎八方。星回日运,凤举龙骧。南游赤野,北陟幽乡。西经昧谷,东极扶桑。于是季秋之辰,微风起凉。聊回轩驾,左翔右昂。步马于畴阜,逍遥乎陵冈。顾见骷髅,委于路旁。下居淤壤,上负玄霜。平子怅然而问之曰:"子将并粮推命,以天逝乎?本丧此土,流迁来乎?为是上智,为是下愚?为是女人,为是丈夫?"于是肃然有灵,但闻神响,不见其形。答曰:"吾,宋人也。姓庄名周,游心方外,不能自修,寿命终极,来此玄幽。公子何以问之?"对曰:"我欲告之于五岳,祷之于神祇。起子素骨,反子四肢。取耳北坎,求目南离。使东震献足,西坤援腹。五内皆还,六神尽复。子欲之不乎?"骷髅曰:"公子之言殊难也。死为休息,生为役劳。冬水之凝,何如春冰之消?荣位在身,不亦轻于尘毛?飞锋曜景,秉尺持刀。巢许所耻,伯成所逃。况我已化,与道逍遥。离朱不能见,子野不能听。尧舜不能赏,桀纣不能刑。虎豹不能害,剑戟不能伤。与阴阳同其流,与元气合其朴。以造化为父母,以天地为床褥。以雷电为鼓扇,以日月为灯烛。以云汉为川池,以星宿为珠玉。合体自然,无情无欲。澄之不清,浑之不浊。不行而至,不疾而速。"于是言卒响绝,神光除灭。顾盼发轸,乃命仆夫,假之以缟巾,袭之以玄尘,为之伤悌,醉于路滨。

疏阔悲凉　苍茫隽永

读刘歆《遂初赋》和班彪《北征赋》

蒋文燕

推荐词

两汉之际的以刘歆《遂初赋》和班彪《北征赋》为代表的抒情言志赋,将或是事实存在、或是虚拟想象的游历与对历史人物事迹的凭吊结合起来,没有香草美人之隐喻,也没有求仙通神之夸张,相反它们是以平实朴素、真切深沉的面貌来打动人心。所以就汉代整个抒情言志赋的发展脉络而言,两汉之际的抒情言志之作无疑起着承上启下的作用。

而灌注个人性情与心情的《遂初赋》和《北征赋》则开启了汉赋写作史上一种全新的美学风格,并直接影响了东汉那些或清丽自然或慷慨激昂的抒情小赋的创作。

在汉代文学史上，作为一代文学之主体"体国经野，义尚光大"（《文心雕龙·诠赋》）的苑猎京都大赋，无疑最能够代表和反映盛汉雄壮堂皇的时代风气与精神面貌，虽然其中的描绘夹杂着许多想象和夸张的成分，但虚实相生之间我们却不难看出汉代人对当代社会的观照角度与描述方式。而在汉赋发展史上，与苑猎京都大赋并行发展的还有抒情言志赋。如果说，"体国经野"的苑猎京都大赋表现的是汉代赋家的才情的话，那么，"述行序志"的抒情言志赋展示的则是他们的心情。而且颇有意味的是，汉代的大赋作者在写作皇皇大赋之余，又都无一例外地用短章小制或抒情、或言志、或述行，表达着他们在制度和规范下的喜怒与哀乐。两相对照我们可以发现，汉代的苑猎京都大赋是以宏大的叙述模式呈现出对社会的历史观照，而抒情言志赋则是以感性的内在展现着赋家个体的心灵世界。因为内容不同，价值也就各异。但总体而言，因为汉代与人文精神极度发展的战国相距不远，战国时期的意气风发与汉代的专制统治极易形成鲜明的对照，所以两汉士人愈发会在政治制度与个体命运的冲突之间面临一种巨大的压力感。汉代的抒情言志赋正是以个人身世之感、时事生存之惑努力贯穿全篇，细腻熨帖地展现了汉代文士的性情世界，千古之下才能颇动人心。而这其中艺术价值最高、传诵时间最长的则是两汉之际的言志赋。

两汉之际正是易代之时，西汉王朝溃败没落，风雨飘摇，王莽的篡权造势运动已近登峰造极，士人无论是精神的皈依还是情感的寄托都身陷四顾茫然的境地。所以在这一时期，"士不遇"主题的抒情言志赋在表现手法上加入了新的元素，即以个人的行程游踪来贯穿全篇，并借咏史怀古来抒情言志，在打通现实与历史的时空距离之后，常令读者产生一种悠久而苍茫的回味之感。虽然这些手法并非肇始于此，但它们在汉赋发展史上却是最有特色的一批抒情言志之作，而这其中尤以刘歆《遂初赋》和班彪《北征赋》为代表。

刘歆作《遂初赋》的缘起是由于他为争立《春秋左氏传》而移书责让太常博士，因责言太切而忤罪权臣，招致众怨，于是他为避祸而求出补吏，原为河内太守，后因"宗室不宜典三河，徙守五原，后复转在涿郡，历三郡守"（《汉书·刘歆传》）。在赴任途中路过三晋故地，学识渊博、熟谙历史的刘歆不由"感今思古，遂作斯赋，以叹征事而寄己意"（《遂初赋》序）。所以在构思上，《遂初赋》的前半部分是用一路行程连缀起一系列的所思、所感，展开议论，以历史典故来蕴涵褒贬；其后半部分则是用景物描写来抒发情怀，以想象勾勒来表明心志。而在写作手法上最值得称道的则是其中的景物描写，其云：

> 野萧条以寥廓兮，陵谷错以盘纡。飘寂寥以荒眇兮，沙埃起之杳冥。回风育其飘忽兮，回鸷鸷之泠泠。薄涸冻之凝滞兮，茀溪谷之清凉。漂积雪之皑皑兮，涉凝露之降霜。扬电霓之复陆兮，慨原泉之凌阴。激流澌之鹦泪兮，窥九渊之潜淋。飒棲怆以惨怛兮，憾风潺以洌寒。兽望浪以穴窜兮，鸟胁翼之浚浚。山萧瑟以喷鸣兮，树木坏而哇吟。地坼裂而愤忽急兮，石捌破之岩岩。天烈烈以厉高兮，廖囡窗以臬牢。雁邕邕以迟迟兮，野鹳鸣而嘈嘈。望亭隧之骈骈兮，飞旗帜之翩翩！回百

里而无家兮,路修远而绵绵。

这里以秋季的野旷、沙石、冷风、霜雪、枯木、冻土、寒鸦、驿亭、飞帜等意象勾勒出一幅萧瑟凄清、寂寥苍凉的自然图景,而它们与赋家当时羁旅行程中的落寞心情互相符契。以此心观景观物,四周的景物也就格外荒凉凄楚,所以,如果说苑猎京都大赋中的景物描写因过度的想象夸张而令人产生一种不合实际的隔离之感,读者始终于景外观物无法会然于心,那么《遂初赋》则是以写景来烘托气氛,点染心情。这不禁让人想到宋玉的《九辩》,应该说《遂初赋》这种融情于景、借景抒情的写作手法有明显借鉴《九辩》的地方,特别是其开始的一段:"悲哉,秋之为气也!萧瑟兮草木摇落而变衰。憭慄兮若在远行。登山临水兮送将归。泬寥兮天高而气清,寂寥兮收潦而水清。憯凄增欷兮薄寒之中人。怆怳懭悢兮去故而就新,坎廪兮贫士失职而志不平。廓落兮羁旅而无友生,惆怅兮而私自怜。燕翩翩其辞归兮,蝉寂寞而无声。雁廱廱而南游兮,鹍鸡啁哳而悲鸣。独申旦而不寐兮,哀蟋蟀之宵征。时亹亹而过中兮,蹇淹留而无成。"

在《九辩》中,抒情主人公也是因为遭受党人群小排挤，被迫离开朝廷，孤苦伶仃地行走在去国离乡的羁旅途中。而那时正值草木摇落、满目悲凉的深秋，诗人则已是垂暮老矣。在一声声沉重的叹息中，我们仿佛看到独立于凄清苍凉之秋色中形容憔悴的诗人形象。所以，虽然《九辩》属于楚辞体的抒情诗，《遂初赋》是赋体，但在抒发个人情感方面我们可以看到，时代、文体以及个人经历之间并无界限，这些灌注性情的文字总是能历千载而让人产生共鸣。在这之后，班彪《北征赋》在以行程来统领全篇、情景交融的写作手法上对《遂初赋》亦有全面的继承。

根据陆侃如先生在《中古文学系年》的考订，班彪的《北征赋》作于光武帝建武元年，当时更始政权刚刚败落，刘秀虽已即位于冀州，但各路诸侯仍雄肆一方，"隗嚣据陇，拥众招辑英俊，而公孙述称帝于蜀；天下云扰，大者连州郡，小者据县邑"（《汉书·叙传上》），其势宛若战国。《文选》卷九《北征赋》李善注云："《流别论》曰：更始时，班彪避难凉州，发长安至安定，作《北征赋》也。《汉书》曰：……彪年二十，遭王莽败，刘圣公立未定，乃去京师，往天水郡，归隗嚣，嚣时据陇拥众。"从《北征赋》的叙述来看，班彪这一路的行程可谓历历可稽，其云：

"朝发轫于长都兮,夕宿瓠谷之玄宫。历云门而反顾……息郇邠之邑乡……登赤须之长坂,入义渠之旧城……指安定以为期……过泥阳而太息兮,悲祖庙之不修。释余马于彭阳兮……越安定以容与兮,遵长城之漫漫……吊尉卬于朝那……谷水灌以扬波。"作者完全是按其一路行程上的所见所闻所想来同时展开笔墨,而且从西汉哀、平年间的朝政多失,到此时的宗室颠覆,诸侯争雄,《北征赋》似乎比《遂初赋》更增添一份乱世之中的惆怅与悲苦。因此在景物描写上,如果说《遂初赋》是寓情于景的话,那么《北征赋》则是借景抒情,如其写道:

> 陟高平而周览,望山谷之嵯峨。野萧条以莽荡,迥千里而无家。风猋发以漂遥兮,谷水灌以扬波。飞云雾之杳杳,涉积雪之皑皑。雁邕邕以群翔兮,鹍鸡鸣以哜哜。游子悲其故乡,心怆悢以伤怀。抚长剑而慨息,泣涟落而霑衣。揽余涕以于邑兮,哀生民之多故。夫何阴曀之不阳兮,嗟久失其平度。谅时运之所为兮,永伊郁其谁愬?

登山临水,四目远望,群山遍野,萧条寂寥。秋景、秋容、秋声，无不让人愁肠郁结，沉痛落寞。这里既有顾影自怜之下低吟出的背井离乡的飘零之苦，志意不申的感遇之叹，又有放眼天下之时涌上心头的那种悲悯苍生的哀痛，以及无力作为于乱世、无人可以倾诉的惶惑。我们也仿佛随着赋家立定于那片空旷的荒野之中，体味弥漫于四周的萧萧悲凉。而《北征赋》不同于《遂初赋》的是，前者在语句上更加平易朴素、自然流畅，意境上也更显疏阔悲凉、苍茫沉郁。

那么，当面对时政的衰敝败落和生命的颠踬挫折，士人们既要用时命不当之思来消解个人沉郁下僚的感伤，又要以沧海一粟之力来坚守修德尽忠的信念，还要用遥想倾慕之态来追随先贤从容履道的风姿。所以在到达五原之后，刘歆《遂初赋》一方面表示要"勒障塞而固守兮，奋武灵之精诚。摅赵奢之策虑兮，威谋完乎金城。外折冲以无虞兮，内抚民以永宁"。励精图治，固守边防，安抚百姓，这颇具有儒家积极入世的意气风采。班彪《北征赋》最后亦云："夫子固穷，游艺文兮。乐以忘忧，惟圣贤兮。达人从事，有仪则兮。行止屈申，与时息兮。君子履信，无不居兮。虽之蛮貊，何忧惧兮。"这也是本着时止则止、时行则行、遵道守

信、无所畏惧的儒家思想,所以亦有一种磊落坦荡之气在其中。但另一方面,《遂初赋》又云:

> 既邕容以自得兮,唯惕惧于笙寒。攸潜温之玄室兮,涤浊秽于太清。反情愫于寂漠兮,居华林之冥冥。玩琴书以条畅兮,考性命之变态。运四时而览阴阳兮,总万物之珍怪。虽穷天地之极变兮,曾何足乎留意。长恬淡以欢娱兮,固贤圣之所喜。乱曰:处幽潜德,含圣神兮。抱奇内光,自得真兮。宠幸浮寄,奇无常兮。寄之去留,亦何伤兮。大人之度,品物齐兮。舍位之过,忽若遗兮。求位得位,固其常兮。守信保己,比老彭兮。

不以物喜,不以己悲,动静不失,去留无伤,得失若轻,作者试图以老庄思想来慰藉心灵,寻求解脱。但总体而言,刘歆和班彪毕竟是饱读诗书、具有深厚修养的士大夫,虽然身遭困顿,心思也曾一度有所游移、不知所措,但最终还是会回归儒家正途,表现出要与王朝休戚与共的心愿。

从西汉初期的抒情赋到西汉中、晚期答难体的言志赋,再到两汉之际的纪行赋和言志赋，"士不遇"主题一直是文人士大夫创作中最重要的表现内容。而在这个大的主题之下有士人对上古盛世的向往和对现实政治的忧患，有对君臣关系的诡异难测和对个体命运的感伤，有对时命观念的体认和对人生出路的探寻。当然，在不同的时期，"士不遇"主题抒情言志赋表现内容又各有侧重。比如西汉时期的抒情言志赋着重表达的是在大一统专制政治的威压之下士人的生存焦虑，而两汉之际，在动荡的时代潮流的冲击与裹挟之下，具有经学修养和世族背景的士人被抛入了一种两难的处境。所以这一时期的纪行赋和言志赋更趋向于以内在的体察的方式来表达士人对社会前途的追问与探索，对个体命运的惶惑与不安。在写作手法上，由于这一时期的赋家本身多亲历羁旅之苦、漂泊之愁，因此屈骚中那种四处漫游、上下追寻的方式正与他们的心情非常契合。所不同的是，两汉之际的以刘歆《遂初赋》和班彪《北征赋》为代表的这批抒情言志赋，将或是事实存在、或是虚拟想象的游历与对历史人物事迹的凭吊结合起来，没有香草美人之隐喻，也没有求仙通神之夸张，相反它们是以平实朴素、真切深沉的面貌来打动人心。所以就汉代整个抒情言志赋的发展脉络而言，两汉之际的抒情言志之作无疑起着承上启下的作用,而灌注个人性情与心情的《遂初赋》和《北征赋》则开启了汉赋写作史上一种全新的美学风格,并直接影响了东汉那些或清丽自然或慷慨激昂的抒情小赋的创作。

形似与神似　朗健与悲怆

谢惠连《雪赋》与谢庄《月赋》对赏

陈庆元

作者介绍

陈庆元，福建省金门县人。1982年毕业于南京师范大学中文系，获硕士学位。福建师范大学文学院院长兼中文系文任、古籍所所长，教授，博士生导师。

推荐词

谢惠连的《雪赋》是南朝物色短赋的名篇之一，最早见于《文选》。《宋书·谢方明附子惠连传》："为《雪赋》亦以高丽见奇。"谢惠连是谢灵运族弟，十岁时就深得灵运知赏。谢灵运《登池上楼》中的名句"池塘生春草"，就是在梦中见到谢惠连而写出来的。

《月赋》，南朝谢庄所作，与宋玉《风赋》、谢惠连《雪赋》并称。谢庄也是一个从小就聪明异常的人，七岁就能做文章了。刘宋的政局起伏变化很大，同为谢氏家族的成员，谢庄赋可以写与谢惠连相近的题材，哪怕结构、手法都对《雪赋》有所承袭，但作于元嘉末年的《月赋》，则再也不可能有《雪赋》那样的旷达朗健之气了。

谢惠连(397—433)，谢灵运族弟，年十岁，深得灵运知赏。尝预灵运山泽之游，作连句诗"题刻树侧"（《水经注·浙江水》）。元嘉七年(430)，24岁时始为司徒彭成王义康法曹参军，三年后卒。《宋书·谢方明附子惠连传》；"义康治东府城，城堑中得古冢，为之改葬，使惠连为祭文，留信待成，其文甚美。又为《雪赋》亦以高丽见奇。"

《雪赋》是南朝物色短赋的名篇之一，最早见于《文选》。赋假托西汉梁孝王在菟园赏雪，召邹阳、枚乘、司马相如居其左右，或吟咏古人之作，或摹写眼前之状。作者假口于司马相如写雪之其始、其状、其积素、其纷缛繁骛，其中写雪之状及积素云：

其为状也，散漫交错，氛氲萧索。蔼蔼浮浮，澥澥弈弈。联翩飞洒,徘徊委积。始缘甍而冒栋,终开帘而入隙。初便娟于墀庑,末萦盈于帷席。既因方而为圭,亦遇圆而成璧。眺䑃则万顷同缟,瞻山则千岩俱白。于是台如重璧,逵似连璐,庭列瑶阶,林挺琼树,皓鹤夺鲜,白鹇失素,纨袖惭冶,玉颜掩姱。

若乃积素未亏,白日朝鲜,烂兮若烛龙衔耀照昆山。尔其流滴垂冰,缘霤承隅,粲兮若冯夷剖蚌列明珠。

观察非常细致,体物逼真,形容和譬喻都很新鲜。《文心雕龙·物色》云:"自近代以来,文贵形似,窥情风景之上,钻貌草木之中。吟咏所发,志惟深远,体物为妙,功在密附。故巧言切状,如印之印泥,不加雕削,而曲写毫芥。故能瞻言而见貌,即字而知时也。"《雪赋》的写景,正体现了宋初文学的这种风貌。元代祝尧编《古赋辨体》卷六评此赋云:"此赋中间极精丽,后人咏雪皆脱胎焉,盖琢句练字,描写细腻,自是晋宋间所长。"

谢庄的《月赋》与惠连的《雪赋》为姐妹篇。谢庄(421—466),字希逸,灵运、惠连的族侄。七岁便能属文,元嘉末,官太子中庶子。孝武帝时曾任吏部尚书、都官尚书，迁右卫将军，加给事中。明帝即位，加金章紫绶，转中书令，"所著文章四百余首，行于世"（《宋书·谢庄传》）。文帝时，与袁淑同作《赤鹦鹉赋》，淑见而叹曰："江东无我，卿当独秀。我若无卿，亦一时之杰也。"大明中，作《舞马赋》，其文载于本传之中。

《月赋》在写法上有摹袭《雪赋》之处，作品假托陈王命王仲宣抽毫进牍开篇，接着假仲宣之口说些有关月的典故，然后铺叙"气霁地表"与"凉夜自凄"两种情况，最后也以歌作结。两相比较，《雪赋》情调旷达明朗，而《月赋》感伤悲凉。《月赋》一开篇便云："陈王初丧应、刘，端忧多暇。"曹王《与吴质书》云："徐、陈、应、刘，一时俱逝。"赋虽是假托之辞，然以应（玚）、刘（桢）而兼及徐（干）、陈（琳），言一时友朋俱逝。"多暇"二字，则言不复有往日"行则连舆，止则接席，何曾须臾相失，每至觞酌流行，丝竹并奏，酒酣耳热，仰而赋诗"（《与吴质书》）之乐矣。格外凄苦，开篇已奠定一篇基调。与《雪赋》"置旨酒，命宾友"有意识地赏雪不同，本篇则写出游观月。"悄焉疚怀，不怡中夜"，"临浚壑而怨遥，登崇岫而伤远"，出游是为了"怨遥"、"伤远"，抒发内心的"疚

怀"、"不怡"。所以,下文仲宣的铺叙描绘便只能在此种浓重感伤的氛围中展开。作品写"气霁"时之月云:

> 若夫气霁地表,云敛天末,洞庭始波,木叶微脱。菊散芳于山椒,雁流哀而江濑。升清质之悠悠,降澄辉之蔼蔼。列宿掩缛,长河韬映。柔祇雪凝,圆灵水镜。连观霜缟,周除冰净。

许梿评曰:"数语无一字说月,却无一字非月。清空澈骨,穆然可怀。"(《六朝文絜笺注》卷一)《雪赋》写雪,巧构形似之言,曲尽毫芥,虽不乏名句,但所写只在雪的"貌"上。谢庄此赋,则遗貌而写神,在神似上下功夫,更显得意趣洒然。此一节,作者以木叶脱、雁流哀为下一节"凉夜自凄"、陈王的凄苦感受铺垫:

> 若乃凉夜自凄,风篁成韵。亲懿莫从,羁孤递进。聆皋禽之夕闻,听朔管之秋引。于是丝桐练响,音容选和。徘徊《房露》,惆怅《阳阿》。声林虚籁,沦池灭波。情纡轸其何托,愬皓月而长歌。

这一节由景而情,越写越见陈王的寂寞、孤独、神伤。

"亲懿莫从"两句,回应篇首"初丧应、刘","愬皓月"则紧扣赋题。许梿评云:"笔能赴情,自情生文,正不必苦镂,而冲淡之味,耐人咀嚼。"(《六朝文絜笺注》卷一)《月赋》与《雪赋》相比,除一重体物的神似,一重形似外,《月赋》的抒情味道也较《雪赋》浓,写景与抒情的融合也较胜。

《雪赋》结尾有"邹阳"的《积雪之歌》和《白雪之歌》,还有"枚乘"的"乱"辞。《白雪之歌》后四句云:"怨年岁之易暮,伤后会之无因,君宁见阶上之白雪,岂鲜耀于阳春!"不仅回应篇首的"岁将暮",也抒发了岁月易逝、友朋相聚不易之慨。而"乱"辞则重在说理:"白羽虽白,质以轻兮。白玉虽白,空守贞兮。未若兹雪,因时兴灭……素因遇立,污随染成。纵心皓然,何虑何营!"委顺自然,颇见老庄式的达观。无论是歌还是"乱"辞,与正文的体物,似都未达到水乳交融的境界。《月赋》则不同,"歌曰"是紧紧承接"愬皓月而长歌",也同为"仲宣"所作:"美人迈兮音尘阙,隔千里兮共明月。临风叹兮将焉歇?川路长兮不可越。"又曰:"月既没兮露欲晞,岁将晏兮无与归。佳期何以还,微霜沾人衣。"故祝尧编《古赋辨体》卷六评云:"篇末之歌犹有诗人所赋之情。"许梿评云:"以二歌总结全局,与'怨遥'、'伤远'相应,深情婉致,有味外味。"(《六朝文絜笺注》卷一)

文学作品往往摆脱不了时代风尚的影响,宋初庄、老虽已告退,山水诗开始滋长,但谢灵运的作品仍未能完全挣脱玄言玄理的羁绊,其山水诗如此,其《山居赋》也如此,谢惠连生活在那个时代,《雪赋》在两首歌之后,再加上一小段阐发玄理的"乱"辞也并非不正常。谢庄的《月赋》作年一时不好考订,曹道衡先生认为至迟当在宋孝武帝初年,假定作于元末,则此时距谢灵运和谢惠连谢世已有20年,其时的文风已开始由"多为经史"向"吟咏情性"转变(详见裴子野《雕虫论》)。我们看活动年代与谢庄比较接近的鲍照诗,就可以知道元嘉末至大明中的诗风和谢灵运、谢惠连时代有很大的不同,《月赋》的注重抒情也是时代风尚的反映。刘宋初年,陈郡阳夏谢氏在朝野仍有相当影响,一则其时去东晋不远,谢安、谢玄威名众人仍记忆犹新;再则一个新政权刚刚建立,不能没有王、谢等高门大族的支持,加上谢惠连其时年纪尚轻,多少有点"少年不知愁滋味"的味道,不甚遵从礼法,"轻薄"(《宋书·谢方明附子惠连传》），不太以仕途为意，所以其《雪赋》显得旷达朗健。谢庄活动的主要年代已到了元嘉后期及孝武帝时期了。刘宋的政局起伏变化很大，谢氏家族也屡屡遭受创害，先是谢晦卷入宗室斗争，与子世休，弟㬭，㬭子世平，兄子世基、绍等被杀，晦作《悲人道》云："悲人道兮，悲人道之实难。哀人道之多险，伤人道之寡安。"临终又作诗云："既涉太行险，斯路信难陟。"接着，是以为才能宜参政要的谢灵运被杀。元嘉二十二年（445），谢综参与范晔等谋立彭城王义康等，被杀，弟约亦坐死。孝建元年（554），谢庄在《与江夏王义恭笺》中自称"家素贫弊"，虽不免夸大，但晋宋之际谢家显赫的影子确已不可再现。笺又云："家世无年，亡高祖四十，曾祖三十二，下官新岁便三十五，加以疾患如此，当复几时见圣世。"又云："实因赢疾，常恐奄忽，故少来无意于人间。"谢庄的仕途还比较顺畅，但他的执着追求并不在于官场，而在于生命，所以，一篇《月赋》中始终笼罩着悲怆的气氛、感伤的情调。同为谢氏家族的成员，谢庄赋可以写与谢惠连相近的题材，哪怕结构、手法都对《雪赋》有所承袭，但作于元嘉末年的《月赋》再也不可能有《雪赋》的旷达朗健之气了。

从《雪赋》到《月赋》，反映出刘宋时期物色赋由"曲写毫芥"的体物，到结合抒情来体物的赋风的转变。但是《月赋》在南朝的骈赋中还没有达到完美的境地，例如"擅扶光于东沼，嗣若莫于西冥"一小节则尚嫌著迹。最能代表南朝骈赋成就的，则要等到刘宋后期江淹所作的《恨赋》和《别赋》的问世，但《雪赋》等特别是《月赋》在骈赋演进过程中仍功不可没。

原 文

雪 赋

岁将暮，时既昏。寒风积，愁云繁。梁王不悦，游于兔园。乃置旨酒，命宾友。召邹生，延枚叟。相如末至，居客之右。俄而微霰零，密雪下。王乃歌北风于卫诗，咏南山于周雅。授简于司马大夫，曰：抽子秘思，骋子妍辞，侔色揣称，为寡人赋之。

相如于是避席而起，逡巡而揖。曰：臣闻雪宫建于东国，雪山峙于西域。岐昌发咏于来思，姬满申歌于黄竹。曹风以麻衣比色，楚谣以幽兰俪曲。盈尺则呈瑞于丰年，袤丈则渗于阴德。雪之时义远矣哉！请言其始。

若乃玄律穷，严气升。焦溪涸，汤谷凝。火井灭，温泉冰。沸潭无涌，炎风不兴。北户墐扉，裸壤垂缯。于是河海生云，朔漠飞沙。连氛累霭，掩日韬霞。霰淅沥而先集，雪纷糅而遂多。

其为状也，散漫交错，氛氲萧索。蔼蔼浮浮，瀌瀌弈弈。联翩飞洒，徘徊委积。始缘甍而冒栋，终开帘而入隙。初便娟于墀庑，末萦盈于帷席。既因方而为圭，亦遇圆而成璧。眄隰则万顷同缟，瞻山则千岩俱白。于是台如重璧，逵似连璐。庭列瑶阶，林挺琼树，皓鹤夺鲜，白鹇失素，纨袖惭冶，玉颜掩嫮。

若乃积素未亏，白日朝鲜，烂兮若烛龙衔耀照昆山。尔其流滴垂冰，缘霤承隅，粲兮若冯夷剖蚌列明珠。至夫缤纷繁骛之貌，皓皏皦洁之仪。回散萦积之势，飞聚凝曜之奇，固展转而无穷，嗟难得而备知。

若乃申娱玩之无已，夜幽静而多怀。风触楹而转响，月承幌而通晖。酌湘吴之醇酎，御狐貉之兼衣。对庭鹍之双舞，瞻云雁之孤飞。践霜雪之交积，怜枝叶之相违。驰遥思于千里，愿接手而同归。

邹阳闻之,懑然心服。有怀妍唱,敬接末曲。于是乃作而赋积雪之歌。歌曰:

携佳人兮披重幄,援绮衾兮坐芳褥。燎熏炉兮炳明烛,酌桂酒兮扬清曲。

又续写而为白雪之歌。歌曰:

曲既扬兮酒既陈,朱颜酡兮思自亲。愿低帷以昵枕,念解佩而褫绅。怨年岁之易暮,伤后会之无因。君宁见阶上之白雪,岂鲜耀于阳春。

歌卒。王乃寻绎吟玩,抚览扼腕。顾谓枚叔,起而为乱。乱曰:

白羽虽白,质以轻兮,白玉虽白,空守贞兮。未若兹雪,因时兴灭。玄阴凝不昧其洁,太阳耀不固其节。节岂我名,洁岂我贞。凭云升降,从风飘零。值物赋象,任地班形。素因遇立,污随染成。纵心皓然,何虑何营!

月 赋

陈王初丧应、刘,端忧多暇。绿苔生阁,芳尘凝榭。悄焉疲怀,不怡中夜。乃清兰路,肃桂苑;腾吹寒山,弭盖秋阪。临浚壑而怨遥,登崇岫而伤远。于时斜汉左界,北陆南崖；白露暧空，素月流天，沉吟齐章，殷勤陈篇。抽毫进牍，以命仲宣。

仲宣跪而称曰：臣东鄙幽介，长自丘樊，昧道懵学，孤奉明恩。臣闻沉潜既义，高明既经，日以阳德，月以阴灵。擅扶桑于东沼，嗣若英于西冥。引玄兔于帝台，集素娥于后庭。朒朓警阙，朏魄示冲。顺辰通烛，从星泽风。增华台室，扬采轩宫。委照而吴业昌，沦精而汉道融。

若夫气霁地表，云敛天末，洞庭始波，木叶微脱。菊散芳于山椒，雁流哀于江濑。升清质之悠悠，降澄辉之蔼蔼。列宿掩缛，长河韬映。柔祇雪凝，圆灵水镜。连观霜缟，周除冰净。君王乃厌晨欢，乐宵宴；收妙舞，驰清县；去烛房，即月殿；芳酒登，鸣琴荐。

若乃凉夜自凄，风篁成韵，亲懿莫从，羁孤递进。聆皋禽之夕闻，听朔管之秋引。于是丝桐练响，音容选和。徘徊《房露》，惆怅《阳阿》，声林虚籁，沦池灭波。情纡轸其何托，诉皓月而长歌。歌曰：

美人迈兮音尘阙，隔千里兮共明月。临风叹兮将焉歇？川路长兮不可越。

歌响未终，余景就毕。满堂变容，回徨如失。又称歌曰：

月既没兮露欲晞，岁方晏兮无与归。佳期可以还，微霜沾人衣。

陈王曰："善。"乃命执事，献寿羞璧。敬佩玉音，复之无怿。

道德距离与审美距离

从萧纲诗看南朝宫体诗的美学意趣

王力坚

作者介绍

王力坚,新加坡国立大学文学博士,台湾"中央大学"中文系教授。

推荐词

历代对于南朝宫体诗的评价总是贬多褒少,唐朝宰相魏征说,宫体诗"其意浅而繁,其文匿而采。词尚轻险,多哀思,格外延陵之听,盖亦亡国之音乎!"唐朝大诗人李白也不屑一顾地说:"自从建安来,绮丽不足珍。"一些现代的文学家指责其是"色情文学","诗歌中的糟粕",有的甚至把南朝宫体诗视为不堪入目的"淫声媚态"作品。但也有许多学者认为,南朝宫体诗是当时文人士大夫的一种审美追求。

平心而论,南朝宫体诗的历史贡献在于:开拓了诗歌的题材,可以用来表现一些生活化的东西,如宋婉约词中大量闺情词的出现,及宋人诗趋向世俗化生活化,不能说没有宫体诗的影响;增加了诗的表现内容。诗可以用来刻画人物,这正是由于审美意识的变化导致对女性外在美的重视。宋词元曲明清小说中大量妇女成为刻画对象,也是受到它的影响。

近年来，南朝宫体诗成为中国古代诗歌研究中的一个热点，不少论者从不同层面和角度对南朝宫体诗进行重新分析、探讨，试图做出更为合理的解读与诠释。其中"距离说"不失为一种颇有启发性的探讨途径，如Paul F. Rouzer指出："（南朝宫体诗）在诗人与描写对象之间制造了一个审美距离（aesthetic distance），使诗人可以纵情享受性爱的快感，而又不会干下情欲失控——真实生活的情欲和语言表达的情欲失控——的傻事。""这种方式在宋玉的《登徒子好色赋》中便已得到体现，在此赋中，当诗人精心地描绘美女时，就宣明了他对女性魅力的自我制约。毋庸置疑，宋玉的赋是宫体诗色情描写的主要源头。更广泛地说，其影响还形成了汉赋赞美肉欲快感而又在结尾加以抨击，以及赋作家和宫体诗人皆热衷于物象描写的传统。"Rouzer大体分析了南朝宫体诗中"审美距离"的制造及其渊源，但他没有辨明二者的不同——南朝宫体诗的"距离感"基本不露痕迹，而宋玉赋的"距离感"则借助"礼防"的明示。另外，他所强调的只是道德上的安全距离感（尽管他用了"审美的"字眼），其实，在南朝宫体诗中，这种距离感，不仅表现为道德上的安全距离感，还更主要是表现为艺术上的审美距离感，从而使宫体诗在内容上不致沦落至淫荡无度的深渊，在艺术形式上则获得较为"纯净"的审美娱乐感受。且以萧纲两首宫体诗为例分析：

> 北窗聊就枕，南檐日未斜。攀钩落绮障，插捩举琵琶。梦笑开娇靥，眠鬟压落花。簟文生玉腕，香汗浸红纱。夫婿恒相伴，莫误是倡家。（《咏内人昼眠》）

> 娈童娇丽质，践董复超瑕。羽帐晨香满，珠帘夕漏赊。翠被含鸳色，雕床镂象牙。妙年同小史，姝貌比朝霞。袖裁连璧锦，笺织细种花。揽裤轻红出，回头双鬓斜。懒眼时含笑，玉手乍攀花。怀猜非后钓，密爱似前车。足使燕姬妒，弥令郑女嗟。（《娈童》）

这两首诗可称得上是久负恶名的宫体诗代表作，直到今天，还被人严厉地批评为"淫靡笔墨"、"纯粹用一双色情眼光来观察现实生活"、"污秽的同性恋描写，真是不堪入目"。这显然是侧重于道德标准的评价。那么，在艺术上，这两首诗是否也一无是处呢？

先看《咏内人昼眠》。该诗前八句细腻地描绘了一幅美人昼眠图：梦绽娇靥、鬓压落花、席印玉腕、汗浸红纱，可谓活色生香，艳光逼人，极富感观刺激性甚至是欲望挑逗性。但最后却再来两句表白："夫婿恒相伴，莫误是倡家。"很显然，作者想用这表白造成一种道德上的安全距离——我并非玩倡，而是在伴守我"内人"。某些试图为南朝宫体诗平反的论者，正是据此称道："不离不弃，常共厮守，又是何等的情专！"其实，我们不必煞费心机地强调作者"情专"，诗中的女性是"内人"还是"倡家"并不重要。平心而论，作者的表现重心并不在"情"，而在女性的外在形态美。诗中的女性也并没有呈现出鲜明的情感生命与独特个性，只不过是作为一种极富感官美的客观存在。诗末二句虽然也造成一种道德上的安全距离感，但在艺术表现上，却是多余的"蛇足"之笔。因为前八句对女色的细腻描绘，已构成独立、自足的客观审美造型，从而形成一种艺术上的审美距离感。也就是说,诗中的女性描写,一方面以其活色生香、艳光逼人而产生某种感官刺激性和挑逗性,一方面又以其局限于外在形态的客观性,而产生一种空间距离感与绝缘感,使诗中女色的诱惑得以缓弛。这就是该诗,也是一般宫体诗的美感张力所在。

再看《娈童》诗。作者欣赏、玩弄男色的生活态度确实是丑的、"不堪入目"的。但是,如果隐去"男色"的生活背景,我们能说这首诗的艺术表现不美吗?姣姝的容貌,华丽的服饰,回首鬓斜的倩影,懒眼含笑的媚态,玉手攀花的妍姿,再衬以羽帐、珠帘、翠被、雕床的环境气氛,难道不是美的表现?平心而论,"色"(无论是"男色"或"女色")本身并不是淫秽的,只有将它置于淫秽的情境(或语境,就文学而言)中才会发生"淫秽"的质变。相反,从一般意义上说,"色"是事物美的外观,正如P.F.Rouzer所说:"在一个受限制的语境中,色可以指涉性的欲望(sexual passion);在宽泛的意识中,色可归之于激发美感(sensuous)的事物外观。"《娈童》诗的情境(语境)很难说是淫秽的,诗中的"男色"亦不应指涉性的欲望,而应该是相反——给人以美的感受。老实说,如果该诗的描写对象是女色，人们的抗拒心理绝不会那么强烈。偏偏作者表现的是男色美，这对今天的读者（尤其是东方人）来说，确实是难以接受的。近年来众多对宫体诗做重新评价的论者，仍然未敢涉及这类表现男色美的作品。但是，南朝宫体诗作者的观念，决定于当时的时代及他们的地位。自魏晋以来，不仅欣赏女性美色已成为时代风气。"目之所欲见者美色"（《列子·扬朱》），"人情莫不爱红颜薄姿、轻体柔身"（《抱朴子·辨问》），"蛾眉岂同貌，而俱动于魄"（江淹《杂诗三十首序》），就连男性本身也以女性美的装扮与表现为时尚，"资质端妍，衣服鲜丽"（《宋书·徐湛之传》），"无不熏衣剃面，傅粉施朱"（《颜氏家训·勉学》）。而在宫体诗人眼中，男色与女色一样，都是美的物体，他们并不在乎这物体的性别，只是欣赏其外在形态美。如果用道德标准来要求，宫体诗人对女色与男色的态度都应该同样受批评；如果用艺术的标准来衡量，也不应该厚此薄彼。《娈童》诗的男色，跟《咏内人昼眠》诗的女色一样，都是一种美的客观存在，作者并没有给他们注入情感的生命，只是对他们做一种纯客观的欣赏与审美，只是以他们作为表现美的媒体而创作出一种平面的图画美。从萧纲的《咏

美人看画》诗,我们能更清楚地了解南朝宫体诗人对图画美的追求:

> 殿上图神女,宫里出佳人。可怜俱是画,谁能辨伪真?
> 分明净眉眼,一种细腰身。所可持为异,长有好精神。

宫中的"佳人"与图中的"神女",都十分可爱("可怜"),却"俱是画"。二者都是美的物体,难分彼此,"谁能辨伪真"!宫体诗人正是站在画外画的距离,把画外的"佳人"与画中的"神女"等同视之,都作为一样美的物体,加以欣赏与玩味,于是,宫中佳人的表现,也只能产生出一种图画式的纯视觉美感。Kang-i Sun Chang曾中肯地论述:"对于萧纲来说,诗歌是为艺术而艺术,并非为生活而艺术,他确信诗歌的功能是为了体现诗歌自身赖以生存的美学特质,这种观点就是要在诗中细致地展现一种绘画美。"通过对《咏美人看画》的分析,Kang-i 进一步指出:"诗中的一切,旨在精切地描绘美的外观,创造一种矫揉造作的超然艺术……萧纲相信,绘画美体现了艺术的永恒价值,而现实生活中的美女存在只是昙花一现。"从今天的道德观念角度看,萧纲等宫体诗人只注重男女主人公之"色",而漠视他们的独立人格与情感，无疑是应该严厉批判的。但我们也应该冷静地承认两点：一、宫体诗人的这种观念，是他们所处时代及地位决定的，合乎封建社会规范的现实存在。我们可以批判他们，却不能苛求他们；二、在对这类诗做艺术和美学探讨分析时，不宜以道德的标准取代艺术的标准。就艺术表现而言，上引二诗无疑是美的，这种美，不是内在的道德美、精神美，而是外在的形象美、画面美①。从艺术审美的角度看，宫体诗人抽去了描写对象的情感生命，只把他们当作一个纯客观的物件来观赏，反而能更注目对象的外在感官美。因此，他们的创作，只是刻意追求描写对象的外在美感造型，从而呈现出无情感生命流动，却极具形态美、感官美的画面。也就是说，萧纲等南朝宫体诗人在创作时，更多注意的是审美的距离而非道德的距离，通过审美的距离，观察、选择以及营造独具形态美与感官美的画面，以达到宫体诗唯美的创作目的。

---

① 此外，还具有声律美、语言美。这二者是宫体诗普遍的艺术特征，同时也是南朝诗的共同特征。

惊涛飞瀑 一倾而出

读贾谊的《过秦论》

韩兆琦

推荐词

如此强大的秦王朝,竟然在不到两年的时间内就被推翻了。秦王朝当初为什么能吞并六国,后来为什么又失败得这么快呢?汉王朝为什么能胜利?汉王朝又怎样才能巩固自己的统治,而不致重蹈秦王朝的覆辙呢?这是西汉初期一切政治家、思想家都要认真思考、做出回答的问题。

贾谊是西汉初期著名的思想家与文学家。《过秦论》是贾谊的代表作，是西汉初期的名文，是古典文学中脍炙人口的政论作品之一。文章写于汉文帝（前179—前157年在位）即位初期。当时正处在陈胜、吴广所发动的农民战争刚刚过去，西汉帝国刚刚建立而尚未巩固的时候。如此强大的一个秦王朝，竟然在不到两年的时间内就被推翻了。秦王朝当初为什么能吞并六国呢？后来为什么又失败得这么快呢？汉王朝为什么能胜利呢？汉王朝又怎样才能巩固自己的统治，而不致重蹈秦王朝的覆辙呢？这是西汉初期一切政治家、思想家都要认真思考、做出回答的问题。例如，早在高祖时期，陆贾就为此写过《新语》；到文帝时，张释之又"言秦汉间事"，言"秦所以失，而汉所以兴者久之"，贾山又借秦为喻写了论"治乱之道"的《至言》，等等。而其中最有名、最为人称道的是贾谊的《过秦论》。

《过秦论》分上、中、下三篇。上篇主要是批评秦始皇,说他不知道打天下和守天下的方略应有不同,说他能够兼并六国,而最后却亡于陈涉的原因,是"仁义不施"。中篇主要是批评秦二世胡亥,说他上台以后不知道刹车,不知道迅速地拨乱反正,相反地又沿着老皇帝的错误道路走得更远了。下篇主要是批评三世子婴,说他在东方已乱的情况下,未能固守关中,徐以待变,其"救败"的方略有错误。三篇的中心思想各有所重,但相互之间互相联系、互相补充。清代姚鼐早就说过:"固是合后二篇义乃完。"这是非常重要的。因此读《过秦论》不能单读一篇,须将三篇通起来综合地进行分析,才能把秦朝的问题以及贾谊对这些问题的认识看得较为清楚准确。在这三篇文章中表现了贾谊的哪些思想见解呢?我觉得主要有三点。

一、批评秦王朝的"仁义不施"。一提到"仁义",人们往往就联想到先秦的孔孟。其实贾谊笔下的"仁义"和孔丘、孟轲所表述过的"仁义"究竟有多少相同,这是值得怀疑的。所谓"仁义",在汉代初期是与残虐、暴政相对而言的。项羽好坑杀,刘邦性宽和,楚怀王命刘邦西取咸阳,于是人们就称此行为"扶义而西"。刘邦入关后,废除了秦朝的苛法，与民约法三章，不接受百姓们的贡献，能使之"安堵如故"，这就更是被人拥戴的"仁义"之师了。

贾谊所讲的"仁义不施"，主要是指秦朝对人民所实行的政治高压、经济掠夺和思想禁锢而言。《过秦论》（上）说：秦朝"堕名城，杀豪俊，收天下之兵，聚之咸阳，销锋镝，铸以为金人十二，以弱天下之民"。《过秦论》（中）说秦朝"酷刑罚"，"以暴虐为天下始"，说由于这种"繁刑严诛，吏治深刻"，使得"自君卿以下，至于众庶，人怀自危之心，亲处穷苦之实，咸不安其位"。我们把贾谊的这种批评，和《史记·秦始皇本纪》中所记的始皇帝因有人走漏他对某大臣的看法，愤而大肆捕杀左右侍卫人员，以及为清查陨石刻字而尽诛石旁居民的事件来对照一下，可知贾谊的话是不会离事实太远的。

《过秦论》（中）批评秦朝于全国统一后，不能"发仓廪，散财币，以振孤独穷困之士"，不能"轻赋少事，以佐百姓之急"，相反地更加"赋敛无度"，从而弄得人民"糟糠"不厌，"天下苦之"。与此同时，统治者却骄奢淫逸，纵情挥霍，筑阿房，修坟墓，无止无休。

《过秦论》（上）批评秦朝于全国统一后，"废先王之道,焚百家之言,以愚黔首";《过秦论》(中)批评秦朝"废王道,立私权,禁文书而酷刑法"。这就是指那个有名的焚书坑儒事件。

对于秦朝所实行的这些政策的真实性,怀疑的人不多,问题是如何理解与评价它的意义。十年前的批儒评法中,对秦朝的这些"暴政"大体上都是肯定的,说这是秦始皇为镇压"反动复辟势力"而采取的"进步措施"。这个提法是立不住的。秦国削弱并最后统一东方六国,是一个渐进的过程,前后用了一百三四十年的时间。秦国统一后,当时国内的主要矛盾是复辟与反复辟,还是阶级压迫与反压迫?对于这一点,贾谊在《过秦论》(中)说得相当清楚。他说:"秦并海内,兼诸侯,南面称帝,以养四海,天下之士,斐然向风,若是者何也?曰:近古之无王者久矣,周室卑微,五霸既殁,令不行于天下,是以诸侯力政,强侵弱,众暴寡,兵革不休,士民罢敝。今秦南面而王天下,是上有天子也。既元元之民,冀得安其性命,莫不虚心而仰上。"这是当时的形势,是人民拥护统一,期待秦王朝能让他们得以苏息的时刻。很遗憾,秦王朝没有让他们苏息,对他们采取的是政治高压、经济掠夺和思想言论禁锢。人民受不了了,于是陈胜、吴广发动了大泽乡的起义。他们长吁出的第一口气,就是"天下苦秦久矣"。他们起义的原因,就是"亡亦死,举大计亦死",与其束手待毙,那就不如铤而走险、死里求生了。一篇《史记·陈涉世家》正是回答了我们这个有争议的,当时究竟是什么矛盾为主的问题。当然六国残余势力也有反秦的,例如张良椎秦始皇于博浪沙就是一例,但是这种亡命之徒的孤注一掷是成不了什么气候的,他们已经摆不出任何的"堂堂之阵,正正之旗"。在陈涉掀起的农民起义中,当然也杂有六国贵族分子,但他们也不过是浑水摸鱼,企图因人成事而已。

贾谊的《过秦论》(中)在分析了秦朝统一后的形势和人民的思想愿望后,他说秦王应该"计上世之事,并殷周之迹,以制御其政",也就是实行一些宽和的政策。而刘邦正是抓住了"劳民易为仁"这一时机,入关后废秦苛法,不侵暴人民,从而迅速取得了秦人的拥护。而这一点恰恰又是使他后来能够打败项羽,能够稳定西汉政权的根基。

综上所述,可知贾谊对秦朝"仁义不施"的指责,大体上都是正确的,甚至有些话在今天读起来都还觉得很鲜。

二、批评秦二世的不能"正倾"。贾谊的《过秦论》

(中) 在首先批评了秦始皇不懂得"并兼者高诈力,安定者贵顺权"这种攻与守的不同术后,接着批评了秦二世上台之后未能立即拨乱反正,未能不断地采取"正倾"的措施。贾谊说:"今二世立,天下莫不引领而观其政。夫寒者利短褐,而饥者甘糟糠,天下之嗷嗷,新主之资也,此言劳民之易为仁也。"贾谊说,这时候,"乡使二世有庸主之行,而任忠贤,臣主一心而忧海内之患,缟素而正先帝之过……虚囹圄而免刑戮……发仓廪,散财币以振孤独穷困之士,轻赋少事,以佐百姓之急……而以威德与天下,天下集矣"。到那时,"虽有狡猾之民,无离上之心,则不轨之臣无以饰其智,而暴乱之奸弭矣"。但遗憾的是,"二世不行此术,而重之以无道",变本加厉地"繁刑严诛,""赋敛愈重,徭役无已"。于是全国范围的农民大起义就不可避免了。

贾谊对秦二世的这段批评有其正确的一面,这就是秦二世上台后不仅未对秦始皇的暴政有所改革,反而进一步地把秦始皇的残暴政策推到了极限。秦二世是靠着搞阴谋活动上台的,为了"上以威震天下,下以除去其生平之所不可者",于是就挥起屠刀,大肆"行诛大臣及诸公子",以至于"以罪过连逮少近官三郎,无得立者"。另一面,他们为了培植自己的党羽，于是"收举余民，贱者贵之，贫者富之，远者近之"，提拔起一大批火箭式升迁的官僚，组成了他们残暴的"专政机器"。他们继续着秦始皇的骄奢淫逸，"复作阿房宫，外抚四夷"，进一步地纵情挥霍。

至于贾谊遗憾秦二世未能拨乱反正，未能"缟素而正先帝之过"，这恐怕就如同遗憾虎狼未能改变吃人本性一样的没有道理了。胡亥自幼跟随赵高学决狱，掌握的是法家的一套东西，赵高和李斯之所以一定要篡改始皇帝的遗诏杀扶苏、立胡亥，恐怕正与这点有关。胡亥为帝，李斯、赵高为哼哈二将，对掌朝权，这个政权还有可能"正先帝之过"吗？再从公元前210年七月，始皇帝死，前209年七月，陈涉就发动了起义，以及起事后那种干柴烈火、风起云涌的情势看，恐怕当时即使秦二世想要刹车，想要采取"缟素而正先帝之过"的行动，也无济于事，因为太晚了。"天下苦秦久矣"，熔岩在地壳下酝酿滚动，就等待一个时机，一个点着引信的火星了，怎么可能指望秦二世会有那么大的神通来力挽危局呢？

不过我们应该注意，尽管贾谊对秦二世的这种指责有些不切实际，但是"缟素而正先帝之过"的这种思想理论，在封建社会里仍是十分重要的。《诗经》有示:"不愆不忘,率由旧章。"孔子曰:"三年无改于父之道,可谓孝矣。"这都是儒家的教条。贾谊虽然也以"能诵《诗》、《书》"闻名,但他却不受这些"劳什子"的束缚。贾谊的这种理论,比起孔丘那种守旧的教条,不知要高明多少倍。

三、批评始皇帝的专断独裁。《过秦论》(下)的中心论点是指责三世子婴的救败方略错误。他认为当时起义军的形势是:"诸侯起于匹夫,以利合,非有素王之行也,其交未亲,其下未附,名为亡秦,其实利之也。"他认为,三世子婴应该采取的方略是:"秦虽小邑,并大城,守险塞而军,高垒毋战,闭关据阨,荷戟而守之。""安土息民,以待其敝,收弱扶罢,以令大国之君。"这样,他认为秦朝就"不患不得意于海内"。对于这个看法,早在东汉时,班固就在《典引》中议论说:"贾谊《过秦论》云,向使子婴有庸主之才,仅得中佐,秦之社稷未宜绝也!此言非是。""秦之积衰,天下土崩瓦解,虽有周旦之材,无所复施其巧,而以责一日之孤,误哉。"这段批驳是相当准确的。

尽管如此,《过秦论》(下)仍是不能忽视的,因为这篇文章中还有许多其他闪光的思想,其中很重要的一项就是对秦始皇专断独裁、自以为是等一系列问题的批评。秦朝的失败，除了由于它实行了一系列的错误政策外，还与秦始皇晚年过分的专断独裁、自以为是有很大关系。这个问题是人们不大讲的，而贾谊注意到了。他在《过秦论》（中）写道："秦王怀贪鄙之心，行自奋之智，不信功臣，不亲士民，废王道，立私权"；《过秦论》（下）又说他"足己而不问，遂过而不变"。这些我们可以给他大体归纳为两条，一是自以为是，一意孤行，听不得任何不同的意见；一是脱离士民，脱离功臣，把自己完全孤立了起来。

秦始皇的早期是很能够采用属下的意见，并有感人的公开认错的勇气的，但是后期就显然不行了。试以前面所说的"坑儒"一事来看：秦始皇派方士侯生、卢生为他入海寻求不死之药，侯生、卢生寻不来，底下议论说："始皇为人，天性刚戾自用，起诸侯，并天下，意得欲从，以为自古莫及己。丞相诸大臣皆受成事，倚办于上。上不闻过而日骄，下慑伏欺谩以取容。贪于权势如此，未可为求仙药。"（《史记·始皇本纪》）抛开仙药不谈，这段议论好极了，它的每一句话好像都能切中秦始皇的弊病。如果非要说这也是一种"攻击"的话，那么，它的程度也绝不比前面尉缭所讲的那段更恶毒。但是,两者的结局却大不相同了,前者是加官晋爵,后者是引起了一场大屠杀。

对于这场大屠杀,曾经有人说这是为了打击"复辟势力"。其实,我们只要稍微分析一下上面引起灾难的那段话就可以明白,其中并没有什么鼓吹"复古倒退"的内容,而主要是针对秦始皇的思想作风而发的。因此,所谓"坑儒"事件实际上是为了压制批评而采取的一种残酷的报复手段,如此而已。

秦始皇晚年的不亲士民、不信功臣、疑神疑鬼、残酷杀戮是异常严重的。他总是疑心有人要反他、害他,于是他也就千方百计地琢磨着如何防范人、对付人。他们的理论是"人主所居而人臣知之,则害于神",因此要做到"上所居宫勿令人知"。于是,"乃令咸阳之旁二百里内宫观二百七十复道甬道相连,帷幄钟鼓美人充之,各案署不移徙。行所幸,有言其处者,罪死。自是后莫行之所在"(《史记·始皇本纪》)。可悲的始皇帝,这时真被搞成一个地道的"孤家寡人"了。贾谊在《过秦论》(下)中说得好:"当此时也,世非无深虑知化之士也,然所以不敢尽忠拂过者,秦俗多忌讳之禁,忠言未卒于口,而身为戮没矣。故使天下之士倾耳而听,重足而立,箝口而不言。是以三主失道，忠臣不敢谏，智士不敢谋，天下已乱，奸不上闻，岂不哀哉！"这段话是多么深刻，多么精辟，多么发人深省啊！

此外，贾谊对于陈涉的评价，也独具眼光。秦王朝是被农民起义推翻的，这是事实。秦末农民起义是陈涉首先发难的，这也是事实。然而陈涉起事后不到六个月，他这股势力就被秦将章邯打败了，陈涉本人也被叛徒庄贾所杀，真正推翻秦王朝的，是继陈涉而起的项羽和刘邦。但是贾谊不管这些，他所突出的是陈涉。他认为正是这个"蹑足行伍之间，俯起阡陌之中"的小人物振臂一呼，那个震烁古今、使人闻之战栗的秦王朝，就如此迅速地崩溃了。他这样突出陈涉，固然有其写作上的需要，即对比鲜明、容易达到耸人听闻的效果。但不容否定，这里也表现了他对农民英雄的高度评价，表现了他透过这个历史事件而对于那种蕴藏在下层人民当中的巨大力量的觉察，表现了他非凡的政治眼光。司马迁就是在贾谊的这种启发之下为陈涉立传的。司马迁不仅把陈涉列入"世家"，而且还进一步地把他这次起义比作汤武革命和孔夫子写《春秋》，说："桀纣失其道而汤武作，周失其道而《春秋》作，秦失其道而陈涉发迹。"陈涉俨然成了圣人了。有人说，因为刘邦也是追随陈涉起义的，所以汉朝人都不否定陈涉。这话不对。汉代的扬雄就在《法言·重黎》中写道："或问陈胜吴广，曰：'乱。'曰：'不若是则秦不亡。'曰：'亡秦乎？恐秦未亡而先亡矣。'"在如何看待人民起义的问题上，扬雄与贾谊的认识距离简直难以道里计。

《过秦论》的文章是历来被人称道的，许多有名的人物都把它用作权衡文章高下的标准，晋朝左思曾自诩道："弱冠弄柔翰，卓荦观群书。著作准《过秦》，作赋拟相如。"（《咏史》）宋代范晔也曾自诩道："吾（《后汉书》）杂传论皆有精意深旨，既有裁味，故约其词句。至于《循吏》以下及六夷诸序论，笔势纵放，实天下之奇作，其中合者往往不减《过秦》篇。"（《狱中与诸甥侄书》）左思、范晔的文章能否与贾谊相比，姑且不说，《过秦论》则的确是一篇不可多得的杰作。

在写作方法上它的主要特点如下。

一、用反复的对比映衬以突出文章的中心论点。这一特点在《过秦论》（上）表现得最为突出。高步瀛说："此篇前半极力形容秦国累代之强，非诸国所能敌；及始皇益强,遂灭六国而统一天下,其势力益雄,防卫益固,真可谓若万世不亡者,而陈涉以一无势力之人一出,而遂亡秦。此段更就前文所述,两两比较,几同卵石之异,而卵竟碎石,是真奇怪不可测度。其千回百折,止为激出末句,故正意一经揭出,格外警悚出奇,可谓极谋篇之能事矣。"(《文章源流》)这段话说得很扼要,很精彩。《过秦论》(上)就其结构布局来说,不复杂,甚至还可以说它有些简单。但是它的好处在于两两对比得极其有力。为了突出秦国的强大,文章首先渲染了东方六国的强大:"当是之时,齐有孟尝,赵有平原,楚有春申,魏有信陵。此四君者,皆明智而忠信,宽厚而爱人,尊贤而重士。"同时还有许多著名的政治家、外交家、军事家,为六国出谋划策、八方联络、统兵打仗。然而这样的势力在秦国面前竟不堪一击,"秦人开关而延敌,九国之师遁逃而不敢进,秦无亡矢遗镞之费,而天下诸侯已困矣"。在忙碌与闲暇的对比中,秦国的强大已显现得凛然不可逼视。文章在写陈涉的时候,极力排抑,极写他的平庸微末,不足挂齿,"瓮牖绳枢之子,氓隶之人,而迁徙之徒也。才能不及中庸,非有仲尼、墨翟之贤,陶朱、猗顿之富"。但是秦王朝竟被这么一个小人物搞垮了。这就是说，不是因为陈涉有什么奇异的神通，而是秦王朝在攻守之势已经变化的情况下，它自己已经成为腐尸朽木了。这就非常有力地强调了"仁义"的作用，为人们提出了触目惊心的惨痛教训。

二、文章不仅以道理、以逻辑的力量服人，而且以感情、以气势的作用动人。清代何焯曾说："自首至尾，光焰动荡，如鲸鱼暴鳞于皎日之中，烛天耀海。"孙月峰说："中间险字奇句，亦尽杂见错出，乃却以粗鲁矫健之气行之，读者但见其飞沙走石，横溢不可遏，然而精巧实理俱在内。"这些都涉及了文章的感情气势问题。为了做到这一点，作者运用了大量的排比对偶。如《过秦论》（上）在叙述秦国不可一世的强盛情景时说："秦孝公据崤函之固，拥雍州之地，君臣固守，以窥周室，有席卷天下，包举宇内，囊括四海之意，并吞八荒之心。""及至始皇，奋六世之余烈，振长策而御宇内，吞二周而亡诸侯，履至尊而制六合，执捶拊以鞭笞天下，威震四海。"上段里的"席卷天下"、"包举宇内"、"囊括四海"、"并吞八荒"意思都一样，说了四遍；下段里的"御宇内"、"亡诸侯"、"制六合"、"鞭笞天下"、"威震四海"意思也差不多，说了五遍。细想起来，可能会觉得有些重复，但如果只留下一句，而删掉其他，那么读起来其感人效果就大不相同了。再如《过秦论》（中）在叙述秦始皇成功后的失误时说："秦王怀贪鄙之心，行自奋之智，不信功臣，不亲士民，废王道，立私权，禁文书而酷刑法，先诈力而后仁义，以暴虐为天下始。"在一连串的排比对偶中突出了惨痛的历史教训，同时也饱含着作者的极端的痛惜之情。

此外，作者还善于使用大量的铺排、大量的夸张渲染。倒如《过秦论》（上）在欲抑先扬地叙述六国强大时说："于是六国之士，有宁越、徐尚、苏秦、杜赫之属为之谋，齐明、周最、陈轸、召滑、楼缓、翟景、苏厉、乐毅之徒通其意，吴起、孙膑、带佗、儿良、王廖、田忌、廉颇、赵奢之伦制其兵。"气势何其壮观！接着笔锋一转，叙述秦国的以逸待劳、以强制弱的形势说："秦人开关而延敌，九国之师，遁逃而不敢进。秦无亡矢遗镞之费，而天下诸侯已困矣。于是从散约解，争割地而赂秦。秦有余力而制其弊，追亡逐北，伏尸百万，流血漂橹。因利乘便，宰割天下，分裂河山。强国请服，弱国入朝。"精神多么振奋，整个文章如同惊涛飞瀑，一倾而出，不可阻挡。这是战国的文风，也是西汉初期、中期一些大散文家的共同特点。

至于作品中一系列关联词、语气词的运用,从而使文章给人一种蝉联不绝、周回反复、一唱三叹的无穷韵味,这也是构成文章感情气势的因素之一。如《过秦论》(上)在总结秦王朝"仁义不施"的严重性时说:"且夫天下非小弱也,雍州之地,殽函之固,自若也。陈涉之位,非尊于齐、楚、燕、赵、韩、魏、宋、卫、中山之君也;锄櫌棘矜,非铦于钩戟、长铩也;谪戍之众,非抗于九国之师也;深谋远虑,行军用兵之道,非及乡时之士也。然而成败异变,功业相反。""一夫作难而七庙隳,身死人手,为天下笑者,何也?仁义不施,攻守之势异也。"前七个"也"字句,一气而下,势如破竹,而后用"然而"两字蓦地兜住,如横截奔马;再用一个"何也"的反问句一逗,最后"仁义不施,攻守之势异也"的千古结论喷涌而出,如"合六州四十三县铁"一下铸就,永世不可动摇,不可移易。邵二云说:"一气团结,直至末段一齐倒卷,逼出结句,何等神力!"当然是不错。再如《过秦论》(下)在叙述秦王朝"雍蔽"问题的严重性时说:"秦王足己而不问,遂过而不变。二世受之,因而不改,暴虐以重祸。子婴孤立无亲,危弱无辅。三主惑而终身不悟，亡，不亦宜乎？当此时也，世非无深虑知化之士也，然所以不敢尽忠拂过者，秦俗多忌讳之禁，忠言未卒于口，而身为戮没矣。故使天下之士倾耳而听，重足而立，箝口而不言。是以三主失道，忠臣不敢谏，智士不敢谋，天下已乱，奸不上闻，岂不悲哉！"短短的一段话中，三次转折，第一次用的是惋惜的反问语，第二次用的是伤心的感叹语，第三次用的是无可奈何的哀吊语。文章的动人力量就包含在这种汹涌澎湃的感情气势之中。

《过秦论》所表现的贾谊的思想以及为表现这些思想所使用的材料都是有毛病的。对于三世子婴的错误指责，前而我们已经论及。说到"仁义不施，攻守之势异也"，这个提法也有其片面性。似乎攻国就靠"谲诈"，可以不用"仁义"，而守国就靠"仁义"，可以不要"兵刑"似的。这也是汉初人常说的话。叔孙通的"儒者难与进取，可以守成"，到陆贾的"居马上得之，宁可以马上治之乎？"意思都大体相同。宋代真德秀云："贾生论秦成败千有余言，而断之曰'仁义不施，攻守之势异也'，文字甚妙，但非至当之论，盖儒者以攻尚谲诈，而守尚仁义故耳。"大概就是指这种片面化、绝对化而言。

再有,《过秦论》是一组讲气势、重感情的文章,作者为了使文章动人,采用了许多铺排的手法,这些当然都是可以的。但是他在引用历史人物、历史事件时,往往信手拈来,多有不够准确之处。如《过秦论》(上),他说秦孝公时,"商君佐之,内立法度,务耕织,修守战之具,外连衡而斗诸侯。"日人泷川资言云:"苏秦说连衡不用在秦惠王时,孝公时未闻有此事。"当他叙述六国之盛时说:"当是之时,齐有孟尝,赵有平原,楚有春申……"日人中井积德云:"齐有孟尝以下二十余人,多不并世者,皆任口说出,非有考据。"其中的吴起要早出七八十年。孙膑略晚,也要早出五十多年。再有他说,"及至秦王(始皇)","吞二周而亡诸侯"。吴枋曰:"秦昭王五十一年灭西周,后七年庄襄王灭东周,则吞二周乃始皇之曾祖与父,非始皇也。"另外在《过秦论》(下)中他还说:"秦使章邯将而东征,章邯以三军之众要市于外,以谋其上。"司马光云:"此评失也。章邯之降由赵高用事,不信任军将,一则恐诛,二则楚兵既盛,王离见虏,遂以兵降耳,非要市于外以求封明矣。"凡此种种,虽然不影响他所总结的历史经验的结论,但史实不确,终为一病。不过我们应该明白,这种情况的出现往往不是作者缺乏这样的知识,而是为了文章的需要而故意这样写。司马迁的《报任安书》说："不韦迁蜀，世传《吕览》；韩非囚秦，《说难》、《孤愤》；《诗》三百篇，大抵圣贤发愤之所为作也。"司马迁难道不知道事实并非如此么？当然知道。但为了说理抒情的需要，他就这么写了。意思说清了，读者也明白了，得鱼忘筌，正可不必深究那些细枝末节。这就是汉初人们的文学观。明代孙月峰说《过秦论》："中间奇字险句亦杂见错出，乃却以粗鲁矫健之气行之。"清代林云铭说："看其词气，多是矢口成言、殊不费力，盖与苏秦立谈游说之语相仿佛，要不可以操觚缀文论也。"这"粗鲁矫健"、"不可以操觚缀文论"二语，可以说是道中了贾谊文章风格的某些特点。这也是我们应该知道的。